OSTSEEGLUT

Julia Bruns studierte Politikwissenschaft, Soziologie und Psychologie an der Universität Jena. Nach ihrer Promotion im Fach Politikwissenschaft arbeitete sie viele Jahre als Redenschreiberin und in der Öffentlichkeitsarbeit. Heute lebt sie als freie Autorin in Thüringen.
www.julia-bruns.com

JULIA BRUNS

OSTSEEGLUT

Küsten Krimi

emons:

Bibliografische Information der Deutschen Nationalbibliothek
Die Deutsche Nationalbibliothek verzeichnet diese Publikation
in der Deutschen Nationalbibliografie; detaillierte bibliografische
Daten sind im Internet über http://dnb.d-nb.de abrufbar.

© Emons Verlag GmbH
Alle Rechte vorbehalten
Umschlagmotiv: mauritius images/Scott Wilson/Alamy
Umschlaggestaltung: Nina Schäfer, nach einem Konzept
von Leonardo Magrelli und Nina Schäfer
Umsetzung: Tobias Doetsch
Gestaltung Innenteil: DÜDE Satz und Grafik, Odenthal
Lektorat: Marit Obsen
Druck und Bindung: CPI – Clausen & Bosse, Leck
Printed in Germany 2021
ISBN 978-3-7408-1111-2
Küsten Krimi
Originalausgabe

Unser Newsletter informiert Sie
regelmäßig über Neues von emons:
Kostenlos bestellen unter
www.emons-verlag.de

Dieses Werk wurde vermittelt durch die Agentur Editio Dialog,
Dr. Michael Wenzel (www.editio-dialog.com).

Für Jörg, der die Ostsee liebte

Prolog

Hotel Frieden, Sellin, im Sommer 1955

Verehrter Herr Rosenblum,

*bitte entschuldigen Sie vielmals meine jüngste Zurück-
haltung bezüglich der brieflichen Korrespondenz. Das
lag mitnichten an unserer fehlenden Verbindung. Viel-
mehr hatte mich eine Krankheit an das Bett gefesselt,
was mir meinen normalen und überaus geschätzten
Tagesablauf über längere Zeit unmöglich machte. Die
sich daraus ergebenden Unannehmlichkeiten werden
unglücklicherweise auch noch eine Weile anhalten. Es
gibt nun einmal Dinge, die der liebe Gott uns auferlegt
und unter denen wir, zur Untätigkeit verdammt, auf
seine Gnade hoffen müssen.*

*In Gedanken sehr oft bei Ihnen und Ihren Lieben, hoffe
ich, dass Sie alle wohlbehalten sind. Meine gute Emma
hat das Schicksal auf einen neuen Weg geschickt, aber
ich behalte sie stets in meinem Herzen.*

*Die liebe Marion dagegen erfreut mich jeden Tag. Sie
ist schon fast ein richtiges Fräulein und mir eine große
Stütze. Erstaunlich, wie sehr sie die Bedeutung des
Ganzen selbst in ihren jungen Jahren einzuschätzen
weiß.*

*Der Sommer zeigt sich in diesem Jahr wieder einmal
von seiner schönsten Seite, fast könnte man glauben,
die Sonne habe niemals zuvor so wundervoll und lange
gestrahlt, wie sie es dieser Tage tut. Manch einer meint,
dass dies schon fast zu viel des Guten ist, aber wir Rüganer wissen die unvermeidbaren Herausforderungen
unseres Daseins seit jeher aufrecht und unverdrossen zu*

nehmen, selbst wenn es sich dabei nur um eine Kapriole
des Wetters handelt.
Was immer die Zeit uns bringen mag, der liebe Gott
wird ein Auge auf uns haben.
Behalten Sie sich wohl!

Ihre Freundin
Lieselotte Russow

»Diese Insel hat etwas Magisches. Allein das Licht. Und die energetischen Schwingungen. Das ist ja auch absolut nachvollziehbar, also ich meine, wenn die intensive Kraft der Sonne auf die geballte Stärke des Meeres trifft. *Bam!*« Sie ballte ihre linke Hand zur Faust und boxte damit in die Luft, was die vielen bunten Armreifen an ihrem Handgelenk unter mächtigem Klappern bis zum Ellbogen hinabrutschen ließ. »Sellin ist der perfekte Kraftort für uns. Ich bin mir sicher.« Versonnen streichelte sie über die Blätter einer der Fächerpalmen, die zwischen den Tischen des Frühstückssalons aufgestellt waren, um für mehr Behaglichkeit und etwas Privatsphäre zu sorgen.

»Deine Tasse«, sagte ihr Begleiter streng, ohne von dem vor ihm aufgestellten iPad aufzusehen.

Sie redete einfach weiter. »Wir müssen so nah wie möglich ans Meer, aber das ist ja klar. Meine Kunden brauchen diesen Spirit.« Sie zeichnete mit ausgestreckten Armen zwei große Kreise in die Luft, wandte den Kopf zur Seite und schaute verträumt lächelnd durch die Scheiben des Wintergartens hinaus in den Garten.

Der Mann, der ihr am Tisch gegenübersaß, schenkte ihr kurz seine Aufmerksamkeit, indem er sie ansah und seine rechte Augenbraue nach oben zog. »Du guckst in den Garten. Das Meer ist auf der anderen Seite.« Dann widmete er sich wieder den Nachrichten auf seinem Tablet.

Sie griff nach ihrer Tasse, beugte sich ein wenig über den Tisch und fragte: »Hast du schon ein geeignetes Objekt gefunden?«

»Deine Tasse, Marga, oder wie lange soll der Herr hier noch stehen?«, maulte er nun zunehmend ungehalten. »Es gibt schließlich noch andere Gäste. Ich bezweifle zwar, dass die von deinem speziellen Tee probieren möchten, aber der Kellner wird trotzdem noch ein paar andere Aufgaben haben, als für dich die Kanne zu halten.« Er nickte und schloss kurz die Augen, eine Geste, die Hilgert offenkundig zeigen sollte, dass er die Sache regeln würde.

Sören Hilgert verzog keine Miene. Er wusste, auf sein »Pensionslächeln«, wie er den Ausdruck, der während der Arbeit auf seinem Gesicht lag, scherzhaft nannte, konnte er sich verlassen. Hilgert war schon immer ein Meister der Selbstbeherrschung gewesen. Das, was in seinem Kopf vorging, war seine Privatsache, und niemals, nicht einmal in seinen schwächsten Momenten, würde er seine Mimik zur Projektionsfläche seines Innersten machen. Durchschaubarkeit bedeutete Gefahr, und auch wenn das für ihn als Eigentümer und Betreiber der Pension »Seevilla« am Selliner Hochuferweg mitnichten in dem Maße zutraf, wie es in seinem einstigen Beruf als Kriminalhauptkommissar des Berliner LKA der Fall gewesen war, so konnte er einfach nicht aus seiner Haut. Für ihn spielte es keine Rolle, ob er einen übel riechenden Gesundheitstee ausschenkte oder in den Lauf einer Glock 26 Kaliber 9 blickte, die äußere Gelassenheit blieb stets dieselbe. Wobei er dem zu allem bereiten Georgier, den sie damals im Tiergarten wegen des Mordes an seinem Geschäftsfreund festgenommen hatten, fast noch mehr Sympathie entgegenbringen konnte als dieser exaltierten, nervtötenden Frau hier. Der Georgier hatte immerhin relativ schnell ein Einsehen gehabt – zweifelsohne ausgelöst durch Eces gezielten Schuss in seinen Oberschenkel, aber man musste eben wissen, wo die persönlichen Grenzen lagen.

Sie hatten den Georgier zuvor ohne große Umwege als Täter identifiziert, denn er war ziemlich stümperhaft vorgegangen, aber dann war er abgetaucht, und es hatte drei Tage gedauert, bis eine Streife ihn eher zufällig im Tiergarten entdeckte. Er hatte dort ein paar Kindern beim Spielen zugesehen. Wie sich später herausstellte, war eines der Mädchen seine kleine Tochter. Vor seiner Flucht ins Ausland hatte er sich von ihr verabschieden wollen. Hilgerts Leute waren schneller gewesen. Er konnte sich noch gut erinnern, wie Ece ihn wegen seines kompromisslosen Vorgehens angegangen hatte. Letztendlich hatte sie sich seiner ausdrücklichen Anweisung widersetzt und dem Mörder zwei Worte mit seinem Kind gewährt, aus dem Krankenwagen heraus und in Handschellen gelegt. Er, der knallharte Ermittler, der er damals gewesen war, hatte das als törichten und vor allem überflüssigen Blödsinn abgetan und sie entsprechend gemaßregelt. Für ihn hatte es keine Sentimentalitäten geben dürfen. Ece war darüber hinweggegangen, genau wie über viele andere seiner unverständlichen Reaktionen auch. Im Nachhinein betrachtet, konnte er sich glücklich schätzen, dass sie so viel Geduld mit ihm als ihrem Vorgesetzten gehabt hatte. Hilgert war in dem letzten Jahr seiner Dienstzeit nicht er selbst gewesen. Ece wusste das, nur er hatte es da noch nicht sehen wollen. Der Mensch konnte vieles ausblenden, die Dosis an Psychopharmaka musste nur hoch genug sein.

Hilgert atmete tief. Wieso war er eigentlich von dieser Frau hier auf den Georgier gekommen? Er wusste es nicht. Aber seit einiger Zeit ergriffen ihn die düsteren Erinnerungen wieder öfter, ohne erkennbaren Auslöser und hartnäckiger als sonst. Er spürte, dass die Vergangenheit nicht abgeschlossen war, höchstwahrscheinlich würde sie das nie sein. Irgendwann würde er mit Ece reden müssen. Ihr war er eine Erklärung schuldig, nur ihr. Aber nicht jetzt. Irgendwann einmal. Ganz sicher. Er schob das Gewesene gedanklich beiseite und lächelte weiter, als wäre dieser Ausdruck in sein Gesicht eingemeißelt.

Was die Dame am Tisch anging, die nun schon seit einer Woche zwischen seiner Pension und der Seebrücke hin und her tänzelte, »um ihre Chakren zu harmonisieren«, wie sie jeden hier wissen ließ – für den Umgang mit ihr brauchte er ebenso viel Geduld wie Gelassenheit, und von beidem hatte er glücklicherweise genug, seitdem er wieder auf der Insel war. Sie und ihr Mann suchten nach einer Immobilie für ein Yogazentrum, das hatte sie ihm noch während des Eincheckens wortreich erklärt. Hilgert wusste, dass dies in Sellin schwierig werden würde. Zumal bei den unrealistischen Vorstellungen, die die Frau hatte. Eine Alleinlage mit direktem Meerzugang zu einem erschwinglichen Preis stand mit hundertprozentiger Sicherheit in keinem der Seebäder auf der Insel mehr zur Verfügung. In seiner freundlich-zurückhaltenden Art hatte er versucht, ihr diese Illusion zu nehmen, aber die Frau schien in ihrer Euphorie immun gegen jegliche Einwände ihrer Mitmenschen zu sein. Die Gereiztheit ihres Mannes nahm dementsprechend täglich zu. Er war in seinem Verdruss sogar schon so weit gegangen, horrend hohe Angebote für Hilgerts Seevilla zu machen, die er jeden Morgen beim Gang zum Frühstücksbüfett noch einmal überbot. Aber Hilgert gelang es natürlich, auch diese Unverfrorenheit wegzulächeln. Immerhin hatte ihm die Aussichtslosigkeit des Vorhabens eine Verlängerung der Buchung des Paares um eine weitere Woche beschert, was angesichts des wetterbedingt holprigen Saisonstarts ein guter Anreiz war, die Dame weiter zu ertragen.

Im nunmehr zweiten Jahr der Verwirklichung seines Lebenstraums als Pensionswirt war der Berg an Schulden nicht wesentlich kleiner geworden. Dafür waren die bei einem so alten Haus erforderlichen Investitionen und, das musste er sich zweifelsohne eingestehen, seine Ansprüche an einen guten Gastgeber einfach zu hoch. Aber er hatte es bereits – nicht zuletzt auch durch sein einnehmendes Wesen – zu einigen Stammgästen gebracht, die seine Leidenschaft für dieses besondere Haus teilten und ihm wenn auch kein üppiges, so doch ein regelmäßiges Einkommen bescherten. Den Vergleich zum Salär eines Berliner Kripobeamten müsste es mehr als scheuen, aber Hilgert stellte diese Überlegung niemals an,

12

denn das Kapitel LKA war abgeschlossen und ein Zurück für ihn undenkbar.

Nachdem der Mann seine Frau zwei weitere Male dazu aufgefordert hatte, trank sie ohne jede erkennbare Eile die letzten beiden Schlucke ihres sicherlich längst erkalteten Tees und reichte Hilgert schließlich mit gönnerhafter Geste die Tasse. Vorsichtig goss er nach, erkundigte sich, ob die Herrschaften noch etwas wünschten, und widmete sich nach ihrer dankenden Verneinung den beiden älteren Damen am Nachbartisch.

»Für einen Kellner ist der neckisch«, urteilte die Frau nach seinem Weggang mit jauchzender Stimme und gedrosselter Lautstärke, die für Hilgerts Ohren allerdings noch hervorragend zu verstehen war. »Gepflegt und durchtrainiert. Dabei ist der bestimmt schon über fünfzig.« Sie schnalzte mit der Zunge. »Du könntest auch mehr für dich tun.«

»Soll ich dir nun eine Yogahütte kaufen oder in einer Muckibude herumturnen?«, blaffte ihr Mann unwirsch. »Hier, schau dir das mal an, klingt nicht schlecht, und Wasser hast du dort auch.«

Hilgert, der mit den Damen über das Wetter plauderte, spürte die Blicke der Frau im Rücken und ging ebenso souverän darüber hinweg wie über ihr einfältiges Geschwätz. Wenn die Menschen für etwas bezahlten, meinten sie mitunter, das befreie sie von jeglichem Anstand gegenüber dem Personal. Er war abgeklärt genug, um dem keine Bedeutung beizumessen. Alles hatte neben guten auch schlechte Seiten. Nur die Gewichtung musste stimmen.

»Hier spielt die Musik!«, fauchte der Mann.

»Selliner See?« Hilgert konnte ihr Naserümpfen aus den beiden Wörtern deutlich heraushören. »Kein Meer? Undenkbar für mein Vorhaben«, keifte sie, und ihre Stimme steigerte sich um mindestens drei Oktaven. »Du hast mal wieder keine Ahnung, worum es mir geht. Wenn du dich nur ein Mal mit meinen Wünschen auseinandersetzen könntest, nur ein Mal!«

Hilgert konnte hören, wie sie mit Schwung ihren Stuhl zurückschob und hastig den Frühstückssalon verließ. Er trat an das Büfett, rührte in den Schüsseln mit Joghurt, Quark und Bircher Müsli, bis alles wieder wie frisch eingefüllt aussah, legte die Löffel auf den dafür vorgesehenen Tellerchen ab, zupfte ein paar Servietten zurecht und schickte sich an, frischen Kaffee aus der Küche zu holen, als sein Blick eher zufällig in den Garten fiel. Eine dicke dunkelgraue Rauchwolke ließ ihn kaum noch das nur wenige Meter entfernte Nachbarhaus erkennen. Eilig trat er an das Fenster heran. Er brauchte nicht lange, um die Quelle auszumachen. Die großen orangeroten Flammen, die aus den Fenstern des Gebäudes schlugen, waren deutlich auszumachen.

Das Hotel Kurhaus Sellin brannte lichterloh.

***

Der Anblick des Mannes hatte etwas Schauerliches. Das mochte bei einer Leiche nichts Ungewöhnliches sein, aber in diesem Fall war es anders. Es war befremdlich und zugleich auch irgendwie faszinierend. Anne Berber konnte nicht anders, als einfach nur dazustehen und ihn anzuschauen. Selbst in ihren vielen Jahren beim Kommissariat Stralsund war ihr so ein Anblick noch nie begegnet. Und hier auf Rügen, im Polizeihauptrevier Bergen, ohnehin nicht. Seitdem sie sich vor mehr als zwei Jahren nach Hause auf die Insel hatte versetzen lassen, gehörten Gewaltverbrechen nicht mehr in ihre Zuständigkeit. Die Leidenschaft für ihre Arbeit als Kriminalhauptkommissarin hatte wegen der Liebe zurückstecken müssen. Nun war die Liebe weg, Anne die Leiterin des Reviers, und der tote Mann ging sie offiziell absolut nichts an. Trotzdem war da dieser Kick, das Adrenalin, das förmlich durch ihre Blutbahn schoss. Anne war eine Ermittlerin, auch wenn in ihrer Dienstpostenbeschreibung etwas anderes stand.

»Danke, dass du gleich gekommen bist«, sagte jemand. Sie drehte sich langsam um, als würde sie befürchten, dass ihr dadurch etwas entgehen könnte. Hinter ihr stand ein Feuerwehrmann, den sie kannte. Anne, die sich Gesichter hervorragend merken konnte, aber Namen so schnell vergaß wie den Wetterbericht des vergangenen Tages, brauchte eine Weile, um zu realisieren, wer sie angesprochen hatte. Es war Max Peters, ein alter Schulkamerad. Anne lächelte schmal, um nicht ganz und gar unhöflich zu erscheinen. Mit Sicherheit hatte Max ihr Zögern bemerkt, und nichts lag ihr ferner, als jemanden zu kränken, nur weil ihr ein paar soziale Fähigkeiten abgingen. Ihr Gegenüber blickte sie jedoch mit unveränderter Miene an. Er schien sich nicht ganz schlüssig zu sein, ob er erleichtert oder entsetzt sein sollte. Max trug einen Schutzanzug, hatte den Helm unter seinen Arm geklemmt und wischte sich immer wieder mit dem Handrücken den Schweiß von der Stirn.

»Ich dachte, es ist besser, wenn ich dir Bescheid gebe«, sagte er fast schon ein wenig schüchtern, nachdem sie nicht weiter reagierte. »Er ist doch ein Selliner. Und jeder weiß, dass du hier ...«

Ohne abzuwarten, was er sagen wollte, drehte ihm Anne den Rücken zu. Wenn sie zu einer Leiche gerufen wurde, wollte sie nicht reden, sondern ihre ganze Aufmerksamkeit auf die Situation richten, um sie in ihrem Gedächtnis abzuspeichern. Ein Selliner sollte der Mann gewesen sein? Aber das spielte keine Rolle, denn Anne war sich sicher, dass man sie in jedem Fall alarmiert hätte. Seit sie im letzten Jahr den Mord an Peter Klart, einem Selliner Honoratior, aufgeklärt hatte, war sie in der Gemeinde so etwas wie eine kleine Berühmtheit geworden. Jeder schien sie zu kennen, und, was sie noch mehr erstaunte, die Menschen brachten ihr Vertrauen entgegen. Was, so vermutete Anne zumindest, hauptsächlich daran lag, dass sie eine Rüganerin war und die Insulaner allem und jedem, was von jenseits des Sunds kam, seit jeher misstrauten. Das galt auch für den Kriminaldauerdienst aus Stralsund, der seit einigen Jahren als schnelle, flexible Eingreiftruppe die Mordermittlungen in der Region übernahm und der von Annes altem Teampartner und engem Freund Erik geleitet wurde. Sobald sich der Verdacht auf Fremdverschulden auch nur andeutete, waren Eriks Leute zuständig, aber Anne war überzeugt, dass die bisher von niemandem informiert worden waren. Stattdessen schien die halbe Insel über ihre private Handynummer zu verfügen, zumindest hatte Max sie vor einer Dreiviertelstunde auf diesem Wege kontaktiert, und sie konnte sich beim besten Willen nicht erinnern, sie ihm irgendwann einmal gegeben zu haben. Immerhin hatte sie ihn das letzte Mal bei ihrer Abiturabschlussfeier gesehen, und die lag mehr als zwanzig Jahre zurück. Dass Max Peters schon in der Schule eine furchtbare Labertasche gewesen war, ließ bei ihr hinsichtlich des Leichenfundes zudem sämtliche Alarmsignale angehen.

»Das hier ist kein Thema für den Stammtisch, nur dass du's weißt.« Der Satz war nicht nur unvermittelt, sondern auch härter rübergekommen, als sie es beabsichtigt hatte. Wenn sie Max gegen sich aufbrachte, erreichte sie womöglich nur das Gegenteil von dem Gewollten. Unbeholfen versuchte sie, sich aus der Situation zu manövrieren. »Ich wusste nicht, dass du noch auf Rügen lebst«, sagte sie milde, aber es gelang ihr dabei nicht, den Blick von dem toten Mann abzuwenden. »Wer ist der Mann, kennst du ihn?«

»Seit einem halben Jahr bin ich wieder da«, antwortete Max in einem Tonfall, der deutlich machte, dass er froh über ein wenig Small Talk war. »Lübeck war auf die Dauer nichts für mich. Ein Insulaner braucht eine Insel, das sagt ja schon der Name.« Seine Stimme wurde immer euphorischer. »Seitdem bin ich auch Wehrführer bei unserer Freiwilligen. Man muss seinem Ort ja auch etwas zurückgeben. Aber so einen Einsatz wie heute …« Er stoppte, und das Timbre veränderte sich wieder. »Ich bin mir nicht sicher, aber das hier … ich

meine, wir waren doch nicht zu spät, und er ist erstickt?«
Er atmete tief ein. Dass dies bei dem noch immer im Haus
hängenden Brandrauch ein Fehler war, hätte er sich denken
können. Aber angesichts des Leichnams vor ihnen schien er
es schlichtweg vergessen zu haben. Er begann zu husten, bis
sein Kopf knallrot angelaufen war, hob die Hand zum Gruß
und verschwand, ohne auf Annes zweite Frage einzugehen,
nach draußen.

Anne blieb allein zurück, vor ihr, in einem Schrank, der
Tote. Er schien, soweit man das in seiner sitzenden Position
beurteilen konnte, extrem groß zu sein. Und er war auffallend
hager. Er trug eine dunkelgraue Breitcordhose, ein im selben
Ton gehaltenes Hemd und eine farblich darauf abgestimmte
Tweedweste, aus der ein gelbes Einstecktuch herausragte. An
den Hemdsärmeln blitzten silberne Manschettenknöpfe mit
den Initialen »GV«. Auf den ersten Blick schien der Körper
komplett unversehrt zu sein. Auch an seiner Kleidung ließen sich keine Spuren des Feuers ausmachen. Seine weißen
Haare waren kurz geschoren und zeigten eine leichte Rot-
färbung. Sein ledrig braunes Gesicht war eingefallen, was
den Dreitagebart an Kinn und Wangen deutlich hervortreten
ließ. Auch die Fingernägel wiesen eine für einen Mann ungewöhnliche Länge auf. Dafür erweckten die Nasenspitze und
das Kinn den Anschein, als hätte sie jemand platt gedrückt.
Das Schlimmste allerdings waren die Augen. Weit geöffnet
starrten sie Anne an, glanzlos, trüb. Dicke schwarze Streifen
zogen sich quer über beide Augäpfel.

»Der Blick. Man kann gar nicht hinsehen.« Max war zurück. Sein Gesicht war noch immer rot, und auf seiner Stirn
stand der Schweiß. »Wie in einem Zombiefilm, aber da weiß
man, dass es nicht echt ist. Anders als hier, das ist echt, oder?«
Er räusperte sich und sprach mit belegter Stimme weiter:
»Das ist übrigens Georg Vetterich, der Eigentümer des Hotels. Auch wenn er jetzt etwas anders aussieht als damals,
habe ich ihn gleich wiedererkannt. Wir haben letztes Jahr den

achtzigsten Geburtstag meiner Großmutter hier im Hotel gefeiert, musst du wissen, da habe ich ihn kennengelernt.« Max schaute sich um, so als suchte er etwas, das seine Aussage unterstreichen würde. »Das erste Haus am Platz, na ja, du weißt ja, wie die alten Leute sind. Für meinen Geschmack war die Hütte etwas zu altbacken, aber nun ist ja ohnehin Schicht im Schacht.« Er zuckte mit den Schultern. »Ach, und Anne«, er wartete, bis sie ihn kurz ansah, »ich bin ein Profi. Soll heißen, ich kann den Mund halten. Grundsätzlich und überhaupt.«

Anne lief vor dem Schrank auf und ab und fotografierte den Toten aus den unterschiedlichsten Perspektiven mit ihrer Handykamera. Das Geplapper ihres einstigen Schulkameraden überhörte sie dabei geflissentlich. Die einzig wichtige Information war die Identität des Opfers. Georg Vetterich. Der Name sagte ihr nichts, aber von den Hoteliers der Gemeinde kannte sie nur wenige persönlich. Dafür wusste sie, dass das Hotel Kurhaus Sellin seit Weihnachten geschlossen war. Wenn man dem Buschfunk Glauben schenken durfte, stand ein Verkauf an. Manche sprachen auch von einer Generalrenovierung und einer Neueröffnung zur Sommersaison. In jedem Fall war das Haus nach dem zu urteilen, was Anne bisher gesehen hatte, fast vollständig ausgeräumt und machte einen entsprechend traurigen Eindruck. »Wer hat den Mann gefunden?«, fragte sie Max.

»Ich«, entgegnete er zögerlich. »Gemeinsam mit Oliver, meinem Kameraden. Er ist draußen und kotzt Galle. Das passiert öfter, wenn er sich heftig erschrickt. Seinen Magen will ich jedenfalls nicht haben.«

»Das verstehe ich nicht«, antwortete Anne gedankenverloren, wobei sie das Mobiltelefon verstaute, sich Gummihandschuhe anzog und die Hosentaschen des Toten zu durchsuchen begann. Bis auf ein Zellstofftaschentuch hatte er nichts bei sich. Sie fasste nach dem Mantel, der neben ihm an der Garderobenstange hing. Er war braun, von schwerem Material und, wie Anne anhand des Etikettes mutmaßte, musste ziemlich teuer gewesen sein. Dass er tatsächlich dem Opfer gehörte, war unschwer auszumachen. Er passte nicht nur zu dessen Kleidungsstil, sondern unter dem Namensetikett des italienischen Schneidermeisters stand auch in schnörkeligen gestickten Buchstaben »Georg Vetterich«. Eine Maßkonfektion war nichts, was Anne jeden Tag zu sehen bekam. Aber auch in den Manteltaschen fand sich bis auf ein paar Halsbonbons nichts Brauchbares. Max beobachtete jeden ihrer Handgriffe, sie spürte seine neugierigen Blicke im Rücken. Als sie fertig war, trat Anne einen Schritt zurück und schaute ihn fragend an.

Max wirkte ein wenig verdattert, erklärte dann aber umgehend das Verhalten seines Kameraden: »Ich bitte dich. Der Anblick kann einem schon auf den Magen schlagen. Der sieht aus wie eine geräucherte Makrele.« Er verzog das Gesicht. »Wir werden zu einem Brand gerufen, und da sitzt der Kerl mit seinen schwarzen Augen im Schrank und guckt uns an. Gruselig.« Sein Anzug raschelte bei jeder Bewegung. »Wenigstens stinkt er nicht. Obwohl wir das mit unseren Atemmasken ja gar nicht mitbekommen hätten, also zunächst, jetzt allerdings ...« Er winkte ab. »Egal. Nun bist du ja da.«

»Und trotzdem verstehe ich da was nicht«, wiederholte Anne energisch. Sie schaute sich um. Die Bar, in der sie sich befanden, war von den Flammen verschont geblieben, wirkte aber ansonsten ziemlich trostlos. Dass sich hier einmal das Nachtleben des Hotels abgespielt hatte, war nur noch an der aus Kirschbaumholz gefertigten großen Theke zu erkennen. Die war sicherlich mal der letzte Schrei gewesen, aber diese Zeit lag mindestens drei Jahrzehnte zurück. Hinter dem Tresen gab es ein Wandregal gleicher Bauart, das bis zur Decke reichte und in dem noch einige Spirituosenflaschen standen. Die waren allesamt nicht einmal mehr halb voll und wirkten wie die nach einer ausschweifenden Party übrig gebliebenen Neigen, nur dass sie nicht wild durcheinander irgendwo herumstanden, sondern ordentlich eingeräumt waren. Vereinzelt gab es auch noch ein paar Gläser, die Reste unterschiedlicher Sets, die ebenso vergessen wirkten wie der Schnaps, aber trotzdem in Reih und Glied gruppiert waren. Gegenüber dem Ausschank standen drei ebenfalls in Kirschbaumoptik gehaltene, fest installierte halbrunde Sitzgruppen. Ansonsten war der Raum leer. Bis auf den Garderobenschrank. Und darin saß der tote Georg Vetterich.

»Ihr habt den Mann genau so vorgefunden?« Anne deutete mit einer Handbewegung, die auch die nähere Umgebung des Leichnams mit einschloss, auf den Toten.

»Im Schrank, jawohl«, bestätigte Max, begleitet von hektischem Nicken. Er stockte. »Also fast. Die Schranktüren waren zu. Abgeschlossen«, gestand er kleinlaut, wobei die Spitzen seiner Ohren zu glühen anfingen.

Anne, die sich die ganze Zeit gefragt hatte, wieso sich jemand zum Sterben in einen Schrank setzte oder – und das schien ihr das wahrscheinlichere Szenario zu sein – gesetzt wurde, schaute Max fragend an. »Er war verschlossen?« Sie machte einen Ausfallschritt nach links, betrachtete das Möbel eingehend und bewegte die Schiebetür, bis die Leiche vollständig dahinter verwunden war. Dann schob sie die beiden anderen Türen auf.

Der Schrank war an der Wand befestigt, etwa drei Meter lang und verfügte über drei identische Türen. Sein Innerstes war ebenfalls dreifach unterteilt und die Trennwände fest verschraubt. In jedem Abschnitt gab es eine Garderobenstange und eine Hutablage. Mehr nicht. Anne griff nach der Tür, hinter der sich Herr Vetterich befand. Sie hatte einen in das Türblatt eingelassenen ovalen Beschlag, durch den man sie leichter führen konnte. In dessen Mitte gab es einen kleinen, beweglichen Hebel, den Anne bislang nur für eine Zierde gehalten hatte, der aber, wie sie nun feststellte, zum Abschließen des Schrankes gedacht war. Das Schließsystem wiederholte sich an den beiden anderen Türen.

»Schließ mich ein!«, forderte sie, und noch ehe Max reagieren konnte, verschwand sie linker Hand im Schrank. »Aber zieh den an.« Sie zog den Gummihandschuh von ihrer rechten Hand und reichte ihn Max. Als er die Tür zuschob, wurde es um sie herum stockdunkel. Dann hörte sie das leise Klicken des Schlosses und die zeitgleiche Bestätigung von Max, dass er die Tür jetzt verriegelt habe. Anne fummelte ihr Handy aus der Tasche und betätigte die Taschenlampenfunktion. »Da hätte ich auch vorher drauf kommen können«, murmelte sie. »In einem Schrank ist es dunkel.«

An der Innenseite der Tür gab es nichts, wonach man fassen konnte. Das hätte auch keinen Sinn ergeben, denn im Normalfall musste sich niemand aus einem verschlossenen Garderobenschrank befreien.

»Soll ich aufmachen?«, hörte sie Max fragen.

»Einen Moment noch.« Sie drückte ihre Hand gegen das Türblatt, stemmte sich auch gegen die Wände und den Einlegboden über ihrem Kopf. Nichts davon gab nach. »Okay«, rief sie, als sie ganz sicher war, dass der Mann keine Chance gehabt hatte, hier aus eigener Kraft herauszukommen. »Du kannst aufmachen.«

Max beeilte sich, dies zu tun. »Er hätte sich nichts selbst befreien können«, sagte er betroffen und streckte den Arm aus, um Anne behilflich zu sein. Sie tat so, als hätte sie es nicht gesehen, denn Anne hasste nichts so sehr, wie von fremden Menschen angefasst zu werden.

»Sieht nicht danach aus«, entgegnete Anne. »Wie seid ihr aber darauf gekommen, den Schrank aufzumachen? Der Brandherd befand sich nicht in diesem Raum, und selbst wenn, seit wann geht die Feuerwehr los und –«

»Hinten in der Küche, genau«, fiel ihr Max ins Wort. »Alles deutet auf eine defekte Notbeleuchtung hin, das ist aber noch nicht ganz sicher. Wir konnten verhindern, dass sich das Feuer ausbreitet. Die Küche allerdings ist hinüber, sollte das überhaupt noch jemanden interessieren.«

»Mich interessiert es«, sagte Anne. »Wieso habt ihr den Schrank aufgemacht?«

»Äh, wieso?« Max schien von ihrer Frage überrascht zu sein. »Na, wir mussten doch sichergehen, also wegen des Brandes.« Er schien es dabei belassen zu wollen, doch Anne reichte diese Antwort noch nicht. Sie wartete und bemühte sich, dabei nicht mit ihrem Fuß zu wippen. Offenkundig hatte er Sorge, etwas Falsches zu sagen. Die Ungeduld, die gerade in ihr aufkam, hätte Max noch mehr verunsichert.

»Das Notlicht, der Strom …«, stammelte er ein wenig irritiert. »Mensch, wir mussten an den Sicherungskasten, um die Hütte lahmzulegen«, platzte er schließlich heraus. »Wer kann denn wissen, ob nicht irgendwo in diesem riesigen Kasten noch ein Kabel durchschmort.«

»Und der Sicherungskasten ist in dem Schrank?«, fragte Anne mit nach oben gezogenen Augenbrauen. »Das wusstet ihr?«

Max trat an den Schrank, schob die rechte Tür auf und bedeutete Anne, dass sie sich selbst überzeugen solle. In der Tat. Im oberen Drittel der Rückwand war ein aus demselben Holz gefertigter Rahmen mit abnehmbarer Verkleidung aufgesetzt. Dahinter verbargen sich zwei Dutzend mit kantigen Buchstaben beschriftete Sicherungen.

»Die Küche hat einen eigenen Kasten. Der hier ist nur für den Barbereich, den Eingang, die Toiletten und die Abstellräume«, erklärte Max.

»Und das wusstest du?«, wiederholte Anne ungeduldig, wobei sie sich fragte, ob dem Mörder das auch klar gewesen war. Hätte er Georg Vetterich nämlich in den Schrankteil mit den Sicherungen gesperrt, hätte dieser sich durch Ein- und Ausschalten des Lichtes womöglich bemerkbar machen können.

»Wie gesagt, meine Oma hat hier gefeiert, und ich bin immer für die Klamotten der alten Herrschaften zuständig. Wenn du geschlagene zwanzig Minuten vor einem Schrank stehst, weil die Alten ihren Schal nicht finden können oder nach ihrem Schirm suchen, kennst du den nach einer Weile in- und auswendig.« Max machte nicht den Eindruck, als ob er sich die Geschichte gerade ausgedacht hatte.

Anne ließ dennoch nicht locker. »Und trotzdem hast du vorhin auch die anderen beiden Türen geöffnet und sicherheitshalber noch mal in alle Fächer geguckt?«

»Oh Mann, Anne! Du bist ja noch schlimmer als damals in der Schule.« Max blies die Wangen auf und ließ die Luft hörbar entweichen. »Oliver hat den Auftrag bekommen, die Sicherungen rauszudrehen, und ich habe nur gesagt: ›Im Schrank‹. Zufrieden?«

Anne wollte etwas erwidern, als zwei seiner Kameraden die Bar betraten, um sich zu erkundigen, ob alles in Ordnung sei. Sie waren für die Brandwache eingeteilt und wollten am Küchenausgang Position beziehen. Einer von ihnen, er schien den Toten vorher noch nicht gesehen zu haben, stieß bei Vetterichs Anblick einen unschönen Fluch aus. Max ging zu den beiden rüber und gab ihnen Anweisungen.

Für Anne war das Eintreffen der Feuerwehrleute der Moment, in dem ihr mal wieder aufging, dass das hier keine One-Woman-Show war. Sie hätte die Kollegen vom Kriminaldauerdienst längst in Kenntnis setzen sollen. Natürlich kannte sie die Notwendigkeiten und auch die Vorschriften, aber schon früher hatte sie diese gern ausgeblendet und war auf eigene Faust losgezogen. Dass dies nicht erwünscht war und in Bezug auf einen schnellen Ermittlungserfolg zudem kontraproduktiv sein konnte, daran hatte sie ihr Teampartner Erik mit schier grenzenloser Geduld immer wieder erinnert. Erik war allerdings in Stralsund geblieben und hatte dort einen Karrieresprung gemacht, den er ohne Annes Weggang sicherlich niemals vollzogen hätte. Wenn es nach ihm gegangen wäre, hätten sie beide bis zur Pensionierung Seite an Seite gearbeitet – und mehr. Aber vor allem zu Letzterem war Anne nie bereit gewesen.

Sie musste es nicht lange klingeln lassen, bis Erik sich meldete.

»Einen Mordfall auf Rügen kann ich jetzt so gut gebrauchen wie einen Kreuzbandriss«, sagte er, noch ehe sie ihn begrüßen konnte. »Aber da du ansonsten nicht anrufst, wird es das wohl sein.«

»Wir haben erst letzte Woche miteinander telefoniert«, widersprach Anne mit gedämpfter Stimme, wobei sie sich langsam durch den lang gezogenen, verwinkelten Raum bewegte, um nach Fenstern Ausschau zu halten. Wie in den meisten Bars gab es jedoch keine.

»Es war der 24. Februar, und das Gespräch hat keine zwei Minuten gedauert, denn du hattest wie immer keine Zeit. Abgesehen davon hast du mich nicht angerufen, um dich nach meinem Wohlergehen zu erkundigen oder mit mir zu plaudern. Es war ein dienstliches Anliegen, und ich könnte dir auch genau sagen, welches, aber ich schenke mir das. Es bleibt der Fakt, dass ich einen Monat nichts von dir gehört habe.« Erik sprach schnell und betont geschäftsmäßig wie immer. Trotzdem gelang es ihm nicht, seine Enttäuschung über Annes Verhalten zu verbergen.

Jetzt erinnerte Anne sich wieder. Grund für den Anruf war die Sache mit den Pfarrhauseinbrüchen gewesen, die erst auf Usedom und dann in verschärfter Form auch auf Rügen verübt worden waren. Dabei hatten es die Täter nur auf die kleinen Gemeinden abgesehen gehabt, und seltsamerweise war niemals etwas entwendet worden. Allerdings hatten die Einbrecher ziemlich viel Geduld bewiesen, indem sie sämtliche Schränke des Hauses akribisch durchsucht und letztlich ein mächtiges Chaos hinterlassen hatten, vom Sachschaden durch das gewaltsame Eindringen einmal ganz abgesehen. Anne hatte geglaubt, das Muster, nach dem sie vorgingen, wiederzuerkennen. Vor einigen Jahren waren Erik und sie an einer ähnlichen Geschichte dran gewesen, nur dass es sich bei den Zielobjekten um Gemeindeämter gehandelt hatte, in die eingebrochen wurde, um den jeweiligen Bürgermeistern Angst einzujagen. Ein von den Gemeinden angestrebter Kläranlagenbau war den Tätern ein Dorn im Auge gewesen. Erik, der über ein Elefantengedächtnis verfügte, hatte alle Informationen auf Abruf parat gehabt, doch bei der »Pfarrhausserie«, wie Annes Mitarbeiter auf dem Revier die Vorfälle getauft hatten, gab es keine derartige Verbindung zwischen den Gottesmännern oder Kirchengemeinden, und die Täter hatten noch immer nicht dingfest gemacht werden können. »Ich hatte viel zu tun«, flunkerte sie. »Du weißt doch, dass ich für den ganzen Papierkram länger brauche als andere, und als Revierleitung ist der enorm.«

Eriks ausbleibende Reaktion verriet ihr, dass ihn das nicht überzeugte, er aber keinen Streit vom Zaun brechen wollte. »Wie kann ich dir helfen?«

»Eine männliche Leiche im verschlossenen Schrank eines leer stehenden Hotels«, antwortete sie, während sie sich durch den Wirrwarr aus Türen einen Weg zur Küche bahnte. Sie hatte keine Ahnung, wo sie sich befand, aber das musste sie auch nicht. Je stärker das Brennen in der Lunge wurde, umso näher musste sie ihrem Ziel sein.

»Wie lange wird das Haus schon nicht mehr betrieben?«, wollte Erik wissen, und Anne konnte an seiner zögerlichen Sprechweise hören, welcher Film da gerade in seinem Kopf ablief.

»Nein, nein, so schlimm ist es nicht. Er sieht noch gut aus, ein bisschen wie eine Mumie, aber sonst ganz okay«, entgegnete sie schnell. »Der Tod kann noch nicht so lange her sein, und im Schrank war es trocken und sicherlich auch luftig. Aber die Augen. Ich habe so etwas noch nie in echt gesehen.«

»Die eingetrocknete Hornhaut, ich weiß«, antwortete Erik und atmete erleichtert aus. »Dir geht es also gut?«, fragte er und schien umgehend zu bemerken, wie blöd sich diese Frage in Annes Ohren anhören musste. Sie war weder neu in dem Job, noch war sie so zartbesaitet, dass sie den Anblick eines vertrockneten Leichnams nicht abkonnte. Aber Erik wähnte sich schon immer in der Rolle von Annes großem, starkem Beschützer, und seit sie nicht mehr zusammenarbeiteten, befürchtete er, dass sie nicht zurechtkommen könnte. »Ich meine, soll ich mit meinen Mannen über den Sund geeilt kommen, um dir zur Seite zu stehen?«, schob er übertrieben locker nach. »Der Kerl wird sich ja nicht freiwillig in den Schrank gehockt haben.«

Vor allen Dingen konnte er sich nicht selbst darin einsperren, dachte Anne. »Ich brauche die KTU«, sagte sie nur. Anne wollte diesen Fall, und Erik würde das verstehen.

Erik schwieg für einen kurzen Moment. »Wie geht es Martin Kaminski?«, fragte er, und Anne wusste, dass er sie hier machen lassen würde.

»Sollte ich ihn mal zufällig treffen, könnte ich ihn fragen, aber ich glaube, auch dann würde ich nicht drauf kommen«, sagte Anne – wohl wissend, dass Erik lediglich abcheckte, ob sie standhaft geblieben war. Zu ihrem Noch-Ehemann Martin pflegte Anne seit ihrem Auszug vor etwa drei Monaten ein Nichtverhältnis, und daran wollte sie auch nichts ändern. Trotzdem mochte sie nicht darüber reden. Erst recht nicht mit Erik, der Martin ohnehin nie hatte leiden können und dessen Abneigung sich mit Martins zunehmenden Eskapaden über die Jahre in ein fast schon krankhaftes Feindbild verwandelt hatte.

»Habt ihr nun endlich die Scheidung eingereicht?«, bohrte er weiter. »Wenn du ihn nicht unbedingt hättest heiraten müssen, wäre das nun nicht notwendig, aber unter den gegebenen Umständen würde ich sagen, je eher, desto besser.« Eriks Stimme hatte nun wieder diesen insistierenden Klang erreicht, den Anne absolut nicht ausstehen konnte, daher entgegnete sie nichts. »Habt ihr?«

Anne hatte auf einmal ihre Hochzeit wieder vor Augen. Es war ein schrecklich dunkler, nebliger Tag gewesen, ihre Eltern und Erik hatten Gesichter wie auf einer Beerdigung gemacht, und Martin war so sehr in den Flirt mit der Standesbeamtin vertieft gewesen, dass er nach dem »Jawort« fast vergessen hätte, sie zu küssen. Der Tag ihrer Scheidung konnte also nur besser werden. »Wieso? Willst du kommen und feiern?« Anne konnte förmlich spüren, wie Erik überlegte, ob sie die Einladung ernst meinte. »Bratkartoffeln und Hering sind immer drin«, schob sie feixend nach.

»Du weißt, dass ich dieses Armeleute-Inselessen hasse«, gab Erik hörbar enttäuscht zurück. »Hast du nun alles in die Wege geleitet oder nicht? Wie ich dich kenne, drückst du dich wieder um den Papierkram. Dafür gibt es aber Anwälte, Anne, die können das. Im Fall deines Ex kann ich dir nur dringend dazu raten, dir einen zu suchen. Dem ...«, er verkniff sich das Wort, »ist alles zuzutrauen.«

Anne hatte die Küche erreicht. Die Tür stand ein Stück offen, und mit einem leichten Fußtritt wurde der Spalt so groß, dass sie hindurchschlüpfen konnte. Das Bild, das sich hier bot, war grauenhaft. Von der Einrichtung war abgesehen von den Edelstahlelementen, die typischerweise in Gastroküchen zu finden waren, nicht mehr viel zu erkennen. Die große Hitze hatte die Scharniere der Schranktüren verbogen, sodass sie herunterbaumelten oder ganz herausgefallen waren. Das Innere der Schränke war schwarz. Die gefliesten Wände waren ebenfalls von einer dicken Schicht Ruß überzogen, und auch wenn Anne vermutete, dass sie einmal weiß gewesen sein mussten, war von dieser Farbe nichts mehr auszumachen. Die einstige Deckenvertäfelung hing in dicken Fetzen von der Decke oder lag in schwarzen, verklebten Klumpen auf den Arbeitsflächen und dem Fußboden. Sollten noch Lebensmittel in den Regalen gewesen sein, so waren sie nur noch unkenntliche Aschehaufen.

Durch die zersprungenen Fensterscheiben drang frische Luft in den Raum, was ein halbwegs normales Atmen möglich machte. Die Hintertür stand offen, und Anne sah, wie die Feuerwehrleute, die eben mit Max gesprochen hatten, über den Hof liefen. Zufrieden registrierte sie, dass Max die Burschen offenkundig nicht an dem toten Vetterich vorbeigelassen hatte. Möglicherweise war er ja doch erwachsen geworden. Sie schaute den Jungs zu, wie sie ein rot-weißes Absperrband quer über den Platz zogen, als hinter den beiden Fritz Friesen, der hiesige Streifenpolizist, auftauchte.

»Anne?« Erik wartete am Telefon noch immer auf ihre Antwort.

»Noch keinen Termin«, murmelte Anne geistesabwesend. Friesen hatte sie entdeckt und kam mit erstauntem Blick auf sie zu. »Die KTU, danke. Ich muss jetzt«, schob sie hastig nach und drückte Erik weg.

»Frau Berber? Aber ...« Friesen stieg über den verkohlten Schutt, als balancierte er über Glatteis. »Habe ich was verpasst? Wollen Sie den Brand aufnehmen?«, fragte er und konnte seine Irritation über Annes Anwesenheit nicht verbergen. »Ich wusste nicht, dass Sie auch hier sind. Dann hätte ich doch –«

»War es Brandstiftung? Wissen Sie schon Näheres?«, fragte Anne. Natürlich hatte sie das von Max erwähnte kaputte Notlicht nicht vergessen, aber angesichts des nur wenige Meter weiter sitzenden toten Hotelinhabers brauchte sie eine endgültige und vor allem genaue Aussage zur Brandursache. Immerhin war es möglich, dass derjenige, der den Mann in den Schrank befördert hatte, nichts dagegen gehabt hätte, wenn Vetterich mit dem gesamten Hotel in Flammen aufgegangen wäre.

Friesen stutzte, und Anne vermutete, dass ihre forsche Art der Grund dafür war. Sie würde ihn noch früh genug einweihen, aber bevor sie das tat, wollte sie etwas von ihm hören. Fritz Friesen war ein netter Kerl, doch sobald er auf sie traf, schien ihm das Herz in die Hose zu rutschen. Bereits bei ihrer ersten Zusammenarbeit am Neujahrstag war ihr das aufgefallen. Dabei hatte sie damals selbst jeden Schritt, den sie in der Mordermittlung Klart gehen wollte, dreimal abgewogen. Wie eine Anfängerin hatte sie sich gefühlt, und das absolut grundlos. Ihr notorisch untreuer Ehemann hatte ihr kontinuierlich das Selbstbewusstsein ausgesaugt wie ein Vampir seinem Opfer das Blut. Und sie war die ganze Zeit der Ansicht gewesen, dass ihre Gehemmtheit von ihrer Auszeit als Mordermittlerin oder dem Fehlen ihres Teampartners Erik herrührte. Anne hatte bis heute keine Erklärung dafür, wie sie sich diesen ausgemachten Blödsinn hatte einreden können, außer vielleicht, dass das typisch weibliche Verhalten schuld war. Eine Frau zweifelte zuallererst einmal an sich selbst, bevor sie das Verhalten der anderen hinterfragte. Das mochte eine genetische Prädisposition sein oder nicht, in jedem Fall war es ein schwerer Fehler. Anne war eine gute Polizistin, und ihr unerwarteter Ermittlungserfolg hatte ihr das glücklicherweise rechtzeitig genug wieder vor Augen geführt.

»Brandstiftung?« Friesen massierte sich mit Daumen und Zeigefinger seiner rechten Hand die Augen. »Äh, nein, also nach Aussage der Kameraden ist das sehr unwahrscheinlich.« Er deutete auf die Überbleibsel einer Lampe in der unteren Ecke neben der Hintertür. »Seit Weihnachten schaltet sich nachts eine Notbeleuchtung an, zur Sicherheit, Sie wissen schon. Irgendetwas muss daran durchgeschmort sein.«

Anne ging hinüber, um sich das genauer anzusehen. »Eine Zwanzig-Watt-Birne in einer Fliesenwand mit ein bisschen Plastik drum herum?«, fragte sie skeptisch.

Friesen nickte eilig und wischte sich dabei angesichts der Wärme, die das verkohlte Interieur noch immer abstrahlte, mit dem Unterarm über das Gesicht. »Die Jungs meinen, da hätten Kästen oder so etwas davorgestanden. In jedem Fall was Brennbares. Der Gutachter ist auf dem Weg.«

»Gut. Den brauchen wir dringend«, antwortete Anne.

Friesen gab ihr recht.

»Wieso stellt man ein Notlicht zu?«, überlegte Anne laut. »Vor allem hier, in direkter Nähe zum Hintereingang. Wenn man sich vor einem Einbruch fürchtet, schirmt man das Licht, das die Einbrecher abhalten soll, doch nicht ab.« Anne trat zur Tür hinaus auf den Hof des Gebäudes und schaute sich um. Von den umliegenden Häusern gab es nur wenige Blickwinkel, die eine freie Sicht auf den Hintereingang erlaubten. Allerdings handelte es sich dabei weitestgehend um Hotels und Pensionen, und da jetzt im Frühjahr nur wenige Gäste hier waren, war es durchaus möglich, ungesehen in das Hotel zu gelangen. Sie drehte sich um und betrachtete die Tür. Das Türblatt sowie auch das Schließblech waren stark beschädigt. Sie wandte sich Friesen zu und registrierte dabei, dass die beiden Feuerwehrmänner sie verstohlen von der Seite beäugten.

»Es wurde nicht eingebrochen«, beeilte sich Friesen zu sagen. »Die Tür war unversehrt, das sagen zumindest die Freiwilligen. Sie mussten gewaltsam rein. Die Riegel der Fenster hier unten sind intakt, das habe ich geprüft.« Er schaute sie an, als erwartete er ein Lob.

Mit einem schnellen Blick zu den Fenstern fand Anne Friesens Aussage bestätigt. Auch die Glastür des Haupteinganges, durch die sie vorhin gekommen war, wies keine Schäden auf. »Gibt es noch andere Möglichkeiten, ins Gebäude zu kommen?«

Friesen überlegte. »Ein paar ungesicherte Fenster vielleicht und womöglich der Eingang der Tiefgarage. Ich schaue mir das gleich an. In Ordnung?«

»Mhm.«

»Wenn hier ab und zu mal jemand nach dem Rechten gesehen hätte, wäre das Schwelen möglicherweise bemerkt worden, aber offenkundig war dem nicht so.« Er kratzte sich ein wenig verlegen an der Stirn. »Wenn ich meine Meinung sagen dürfte?«

Anne lächelte ihn ermunternd an.

»Die haben beim Ausräumen den Müll oder Ähnliches neben der Tür abgestellt und ihn dann dort vergessen. Das kann passieren. An die Notbeleuchtung hat dabei keiner gedacht. Dumm gelaufen.« Seine Wangen röteten sich vor Eifer. »Es ist ja nichts weiter passiert.«

»Wer hat den Brand gemeldet?«, fragte Anne, die seine Erklärung durchaus für schlüssig hielt, aber trotzdem zunächst wissen wollte, was der Gutachter zu allem sagen würde.

Friesen hielt einen Moment inne. »Sören, also Herr Hilgert«, entgegnete er sodann kaum vernehmbar und mit scheelem Blick zu den Feuerwehrleuten. Er zog einen kleinen Block aus seiner Reverstasche, klappte ihn auf und las halblaut vor: »Anruf acht Uhr zehn, Pension Seevilla, Flammen schlagen aus den Fenstern im Erdgeschoss, starke Rauchentwicklung.« Der Block verschwand umgehend wieder.

Anne nickte. Hilgert war der direkte Nachbar und mit etwas Glück auch ein Zeuge. Vermutlich wäre sie als seine Langzeitmieterin selbst zur Zeugin geworden, hätte sie die Seevilla heute zu ihrem größten Bedauern nicht bereits vor seinem köstlichen Frühstück verlassen müssen. Ihre Mutter kannte keine Gnade, wenn sie den Stralsunder Markt besuchen wollte. Anne hatte sich breitschlagen lassen, sie nach Bergen zum Bahnhof zu bringen. Warum, das war ihr klar geworden, kaum dass ihre Mutter im Auto gesessen hatte. Das Gespräch von Mutter zu Tochter war denn auch eher einseitig gewesen. Martin Kaminski war nun einmal kein Thema, über das Anne sich austauschen wollte. Ihr näheres Umfeld, Erik selbstverständlich eingeschlossen, schien indes ein dringendes Bedürfnis danach zu haben. Anne dachte an Hilgert. Ob er wohl schon von der Leiche wusste? Nein, ausgeschlossen. Selbst einer wie Sören Hilgert konnte nicht durch geschlossene Wände sehen.

Sie sah Friesen an, der ihrem Blick sofort auswich. Natürlich war ihr der seltsame Ausdruck in seinem Gesicht bei der Erwähnung von Hilgerts Namen nicht entgangen, aber da stand sie drüber. Je länger sie in der Seevilla wohnte, umso mehr spekulierten die Leute über ihr Verhältnis zu dem allein lebenden Mann. Dabei war sie nichts weiter als ein normaler Gast, der es seit einem Vierteljahr nicht geschafft hatte, sich eine eigene Wohnung zu suchen. Als ob das in Sellin auch so einfach wäre. Abgesehen davon wusste sie noch nicht einmal, was sie genau wollte. Nach dem zu urteilen, was sich hier andeutete, würde sie darüber in der nächsten Zeit auch nicht allzu intensiv nachdenken können.

**

»Verdammte Sache! Ich erreiche ihn nicht«, schimpfte Dombrowski, kaum dass er die Küche der Seevilla betreten hatte. Vor lauter Rage, die man ihm an seinem knallroten, runden Gesicht deutlich ansehen konnte, war ihm sogar der Morgengruß durchgeflutscht. Genervt schob er sein Mobiltelefon in die Gesäßtasche seiner Jeans.

»Wen?«, fragte Hilgert und warf dabei einen flüchtigen Blick auf Felix, den Pinscher, den er zur Pflege hatte, seit Lothar Baum wegen Mordes im Gefängnis saß. Dass der alte Baum den Hund niemals würde zurücknehmen können, darüber machte sich Hilgert keine Illusionen. Mit Mitte achtzig inhaftiert, dürfte er seine Entlassung wohl kaum mehr erleben. Felix hatte es dagegen gut getroffen, auch wenn Anne Berber Hilgert erst davon hatte überzeugen müssen, dass ein Hund hervorragend zur Pension Seevilla passte. Mit Dombrowski stand der Pinscher allerdings auf Kriegsfuß und suchte sofort das Weite, wenn er auch nur dessen Stimme hörte. So hatte Felix sich denn auch gewohnheitsmäßig unter dem Spülschrank verzogen und wartete dort mit der treuherzigen Geduld, die nur ein Hund aufbringen konnte, bis der Krawallnachbar verschwunden war.

Dombrowski murmelte etwas Unverständliches, und Hilgert verspürte keinerlei Bedürfnis, noch einmal nachzufragen. Er sortierte gleichmütig das Frühstücksgeschirr in die Spülmaschine. Seine Gäste hatten sich inzwischen alle ihrer Tagesbeschäftigung hingegeben, und so konnte er das Seinige tun. Natürlich hatte er beim Abräumen des Büfetts immer wieder zum Nachbarhotel hinübersehen müssen. Wenn man ein Unglück direkt vor der Nase hatte, kamen einem die seltsamsten Gedanken, vor allem solche, die mit dem Glück des Selbst-nicht-Betroffenseins zu tun hatten. So war sie nun einmal, die menschliche Natur. Hilgert war zunehmend erleichtert gewesen, als die Feuerwehr den Brand relativ zügig unter Kontrolle gebracht hatte. Er hatte sie eine Weile beobachtet, weniger aus Neugier, sondern eher aus Sorge um sein eigenes Hab und Gut, das kaum zwanzig Meter vom Kurhaus Sellin entfernt lag. Jetzt, nachdem alles glimpflich abgelaufen war, trieb ihn etwas anderes um. Er glaubte, Anne Berber im Innenhof des Hotels gesehen zu haben, nur flüchtig zwar, aber er war sich ziemlich sicher. Und sie hatte nicht den Eindruck gemacht, zufällig dort zu sein.

»Ich nehme einen Kaffee«, forderte Dombrowski. »Und mach mir gleich einen Klaren rein. Ich kriege Stress.«

Hilgert schaute seinen Nachbarn abwartend an. Dombrowskis Getränkewunsch war nichts Ungewöhnliches, nicht einmal in den Vormittagsstunden. Was ihn verwunderte, war eher der Umstand, dass Dombrowski noch mit keinem Wort den Brand im Kurhotel erwähnt hatte. Wennemar Dombrowski, dem in Sellin nichts entging, vor allem nichts, was mit dem Hotelwesen zu tun hatte, und der immer und überall seine Nase hineinstecken musste, den juckte es nicht, wenn in seiner unmittelbaren Nachbarschaft die Feuerwehr einrückte? Das war einfach nicht zu glauben. Er betätigte die Kaffeemaschine und ging zum Kühlschrank, um die Milch herauszuholen.

»Schwarz, ein echter Potti mag nur schwarz. Das solltest auch du dir irgendwann einmal merken können«, unkte Dombrowski. »Aber du bist und bleibst ein lausiger Gastgeber.« Er lachte schallend.

Hilgert war nicht bei der Sache gewesen. Dabei kam

Dombrowski mehrmals täglich auf einen Kaffee vorbei, um sich etwas zu borgen oder Hilgert um Hilfe zu bitten. Manchmal auch nur, um zu tratschen oder sich über seine Frau Claudia zu beschweren. Dombrowski fand immer einen Grund, sich vor der Arbeit in seinem eigenen Hotel, dem »Seetang«, zu drücken. Er betrieb das Hotel seit mehr als dreißig Jahren und rühmte sich selbst des Öfteren damit, einer der ersten westdeutschen Glücksritter gewesen zu sein, die hier auf Rügen das große Geld gemacht hatten. Wo die Kohle allerdings geblieben war, darüber schwieg er sich konsequent aus. Für Dombrowski selbst, der über Jahr und Tag alte abgewetzte Jeans, billige karierte Oberhemden und geschenkte Flipflops aus dem Sonnenstudio trug, konnte das Vermögen jedenfalls nicht draufgegangen sein. Auch im Hotel sparte er an allem, angefangen bei der Einrichtung bis hin zu den Lebensmitteln, die seine Claudia für das Frühstück der Gäste einkaufen durfte. Nichtsdestotrotz brummte Dombrowskis Laden. Wo sonst konnte man auch für nicht einmal dreißig Euro auf Rügen ein Zimmer beziehen und bekam Sellins Bestlage vis-à-vis der Seebrücke noch obendrauf?

Dombrowski schlürfte seinen Kaffee. »Ich verstehe das alles nicht. Georgi hat mich noch nie hängen lassen. Ausgerechnet jetzt, wo doch morgen früh die Polen auf der Matte stehen. Claudi macht mich alle, wenn das nicht klappt.« Er wuchtete seinen Hintern auf den Vorbereitungstisch und ließ die Beine baumeln. Dabei quoll sein Bauch so weit über den Hosenbund, dass dieser gänzlich verdeckt wurde. Dombrowski sah aus, als hätte er schon wieder einiges an Gewicht zugelegt. Das konnte aber auch täuschen, denn die Klamotten, die er trug, entstammten nicht nur einem anderen Jahrzehnt, sondern hatten auch eine Konfektionsgröße, die mindestens eine Nummer unter seinen gegenwärtigen Maßen lag. »Ausgerechnet jetzt. Ich habe die Penunzen doch schon fest einkalkuliert.«

Was auch immer Dombrowski gerade für abenteuerliche Geschäfte machte, Hilgert würde ihn nicht danach fragen. Er nahm sich ebenfalls einen Kaffee und dachte an Anne Berber. Sie hatte heute gegen ihre Gewohnheit nicht gefrühstückt. Das könnte bedeuten, dass sie es eilig gehabt hatte. Aber das ging ihn nichts an. Sicher war jedenfalls, dass die Feuerwehr sie angerufen hatte. Wieso sollte sie sonst da drüben herumlaufen? Für die routinemäßige Aufnahme des Brandes genügte Fritz Friesens Anwesenheit. Also musste mehr dahinterstecken. Womöglich war es ein Einbruch mit Brandstiftung gewesen? So etwas konnte passieren, wenn ein Haus zu lange leer stand. Zumal jeder vorbeischlendernde Passant durch die große Glasfassade neben dem Haupteingang einen Blick ins Gebäude werfen konnte. Dabei wirkte das, was man im Inneren geboten bekam, eher wie das Ergebnis einer unkontrollierten Flucht als eines geordneten Rückzugs. Genau das war aber vielleicht das Problem. Denn dort, wo es schon nichts mehr zu holen gab, stieg die Bereitschaft zu Vandalismus. Hilgert war in den letzten Wochen täglich an diesem altehrwürdigen Haus vorbeigekommen, und bei dessen Anblick hatte ihn immer Wehmut erfasst. Aber womöglich ging jedem Neuanfang eine Phase des Vergessenwerdens voraus. Wer konnte das schon sagen?

»Du hast ihn auch nicht gesehen, oder?«, fragte Dombrowski, während er wie wild auf seinem Handy herumtippte. »Irgendwann muss dieser Kerl doch mal seine Nachrichten lesen. Ich muss das jetzt wissen, Mensch, nicht dass die Polen für umme hier anrücken, und der gute alte Dombrowski darf die Brieftasche trotzdem aufmachen.«

»Von wem redest du?«

»Georg Vetterich. Er wollte sich gestern bei mir melden, aber nix da«, wetterte Dombrowski.

Hilgert warf einen flüchtigen Blick aus dem Fenster und sah, wie die Feuerwehr ihre Ausrüstung zusammenpackte. Mit Sicherheit war Vetterich gerade anderweitig beschäftigt.

Schließlich brannte einem nicht jeden Tag die Hütte. »Hat er das Hotel eigentlich schon verkauft?«

»Das ist doch der Punkt, Mann! Der hat das Geschäft seines Lebens gemacht und ist dann gleich ab.« Dombrowski beugte seinen Oberkörper nach links und bewegte den rechten Arm durch die Luft wie ein startendes Flugzeug. Dabei ahmte er die Motorgeräusche nach, »auf Malle, zwei Wochen Auszeit. Aber bevor die Schlüssel übergeben werden, sollte ich mit meinen Polenjungs rein. Eine Sauna für lau kriegt nicht einmal ein Dombrowski jeden Tag.« Er verzog selbstzufrieden das Gesicht. »Und womöglich kann ich auch noch das ein oder andere Ding extra abstauben.«

»Und du bist sicher, dass die Sauna nicht den Flammen anheimgefallen ist? Immerhin sah das da drüben nicht gerade nach dem Brand eines Toasters aus«, wandte Hilgert ein.

»Claudi sagt, die Küche hat es erwischt, mehr nicht. Sie hat sich extra mein Fernglas geholt«, entgegnete Dombrowski gelassen. »Die Sauna ist heil, und ich hole die morgen da raus. Claudi sagt, am Wochenende ist Vollmond, und da käme eine Saunanacht recht gut, zumal wir dann den Bus mit den Kegelweibern aus Bottrop dahaben. Wenn ich die mit einem Gläschen Prosecco in die Sauna schiebe, kann ich bei jeder einen Zwanni extra abrechnen. Das sind schon mal achthundert Piepen bar auf die Kralle. Dabei kosten mich die Polanskis keine zweihundert. Du verstehst.« Er grinste breit. »Hauptsache, der dämliche Vetterich geht nun endlich mal ran.« Wieder drückte er sein Telefon ans Ohr.

Der arme Georg Vetterich bekam jetzt vermutlich bereits den zehnten Anruf innerhalb der letzten halben Stunde. Wenn es um ein Extrageschäft ging, *sein* Extrageschäft, war Dombrowski hartnäckig. Hilgert schaute derweil wieder aus dem Fenster. Ein Auto kam die Wilhelmstraße heraufgefahren und hielt direkt vor dem neu gebauten Appartementhaus »First Sellin«. Aus dem Wagen stieg Ninje Janßen, die hiesige Allgemeinmedizinerin, und sie ging schnurstracks auf das

Hotel Kurhaus zu. Hilgert beobachtete die Frau, bis sie aus seinem Sichtfeld verschwunden war. Ninje Janßen kam nicht, um eine vermeintliche Brandstiftung zu begutachten. Ganz bestimmt nicht.

ZWEI

»Jo, ich weiß es nicht. Ich mache mir schreckliche Sorgen. – Natürlich kann es dafür eine ganz einfache Erklärung geben. Absolut. Ich hoffe jeden Tag darauf. – Es wird sich alles regeln, glaub mir. Ganz gewiss.«

Die Stimme der Frau klang liebevoll und angenehm weich. Anne hatte nicht lauschen wollen, aber seit sie vor der Haustür von Lieselotte Uhlig stand und durch das gekippte Fenster dieses vertrauliche Telefonat mitbekam, sträubte sich irgendetwas in ihr, hier einfach so reinzuplatzen. Abgesehen davon gehörte die Nachricht, die sie der Frau überbringen musste, ohnehin zu denen, die niemand gern bekam. Lieselotte Uhlig war die Ehefrau von Georg Vetterich, und Anne stand nun vor der Aufgabe, ihr die Neuigkeit von seinem Tod mitzuteilen. Dass für den Mann seit rund zwei Wochen eine Vermisstenanzeige vorlag, machte die Situation nicht eben leichter. Zögerlich drückte sie den Klingelknopf, was im Inneren des Hauses einen Westminster-Gong laut werden ließ.

»Jo, da ist jemand an der Tür, entschuldige bitte«, beeilte sich Lieselotte Uhlig zu sagen. »Leg dich noch etwas hin, hörst du? Ich melde mich später noch einmal.« Pause. »Ja, und natürlich auch, sobald es etwas Neues gibt. Versprochen.«

Einen Moment lang blieb es still. Dann hörte Anne Schritte und das Entriegeln des Türschlosses. Als die Haustür gleich darauf aufgezogen wurde, stand Anne einer Frau gegenüber, deren Erscheinungsbild sie absolut überraschte. Nach dem zu urteilen, was sein teilweise mumifizierter Leichnam noch preisgegeben hatte, musste Georg Vetterich ein attraktiver Mann gewesen sein, aber seine Frau schlug ihn um Längen. Lieselotte Uhlig sah aus, als wäre sie gerade einer Fernsehwerbung für teure Anti-Aging-Produkte entstiegen. Sie war etwa einen Kopf größer als Anne und verfügte über einen makellos geformten Körper, der in dem dunkelgrünen Rollkragenkleid, das sie trug, hervorragend zur Geltung kam. Ihre Gliedmaßen waren zart, aber zugleich voller Spannung, so wie man es häufig bei Balletttänzerinnen sah. Obwohl sie keinerlei Schmuck trug und Make-up nur äußerst dezent aufgetragen hatte, strahlte diese Frau eine enorme Eleganz und Grazie aus. Sie gehörte zu den Menschen, deren Alter man nur schwer schätzen konnte. Einzig ihre langen grauen Haare, die in sanften Wellen über ihre Schultern fielen, und die Lachfältchen um ihren Mund ließen erahnen, dass sie keine fünfzig mehr sein konnte. Das Faszinierendste aber waren ihre leuchtend grünen Augen, die trotz aller Entschiedenheit eine gewisse Schwermut nicht verbergen konnten.

»Frau Uhlig?«, fragte Anne mit der gebotenen Zurückhaltung.

»Ja. Wie kann ich Ihnen helfen?«, antwortete Lieselotte Uhlig in dem gleichen warmherzigen Ton, in dem sie auch das Telefonat geführt hatte. Einzig ihr unruhiger Blick verriet, dass sie Anne nicht für den Paketdienst oder eine Vertreterin hielt.

Anne stellte sich kurz vor und bat darum, ins Haus zu dürfen.

Lieselotte Uhlig entgegnete nichts, sondern machte einen Schritt zur Seite. Anne verstand das als Aufforderung und trat ein. Frau Uhlig schloss hinter ihr die Tür und führte sie in ein modernes Wohnzimmer, in dem mit der Inneneinrichtung gegeizt, mit Büchern dafür aber äußerst verschwenderisch umgegangen worden war. Noch immer sagte sie kein Wort. Stattdessen ließ sie Anne allein in dem Raum zurück.

Anne betrachtete voller Ehrfurcht die raumhohen Regalwände. Menschen, denen Bücher wichtiger waren als TV-Geräte, beeindruckten sie. Dabei spielte es nicht unbedingt eine

Rolle, was genau diese Leute lasen – obgleich man an den in Leder und Leinen gebundenen Büchern sofort sehen konnte, dass es sich hier nicht um irgendeine Allerweltsliteratur handeln konnte. Minuten später kam Lieselotte Uhlig mit einer Kanne Tee zurück. Erst jetzt hielt es Anne für angebracht, sich zu setzen.

»Sie haben eine beachtliche Bibliothek«, sagte sie, um das Eis ein wenig zu brechen.

Lieselotte Uhlig lächelte höflich, und Anne registrierte schnell, dass ihr Gegenüber kein Mensch war, der eine lockere Plauderei schätzte. Im Gegenteil, sie kam ohne Umschweife zur Sache.

»Man hat mich bereits über den Brand informiert. Das Hotel ist zwar geschlossen, aber wir sind selbstverständlich weiterhin versichert. Glücklicherweise stand das Gebäude ja leer, und so sind keine Personen zu Schaden gekommen. Seien Sie gewiss, dass ich, sollten die Nachbargebäude in Mitleidenschaft gezogen worden sein, für alles aufkomme, auch wenn sich herausstellen sollte, dass es Brandstiftung war«, sagte Lieselotte Uhlig, und nicht einmal jetzt hatte sich ihre Stimme verändert. »Es ist bei dem Brand doch niemand verletzt worden, oder?«

Anne verneinte das und erklärte, dass die Untersuchungen hierzu noch andauerten, sie jedoch nicht deswegen gekommen sei.

Lieselotte Uhlig nahm das schweigend zur Kenntnis. Wieder vergingen ein paar Minuten. Sie schenkte mit geschmeidigen Bewegungen Tee ein und setzte sich schließlich auf einen der futuristischen Sessel, von denen vier in der Mitte des Zimmers standen, womit sich die Auswahl der Möbel auch schon erschöpft hatte. Ihr Blick ruhte auf einem Stapel mit Büchern, der sich neben einem der Sessel auftürmte.

»Ist Georg tot?« Während sie das sagte, drehte sie ihren Kopf langsam zu Anne. Der Ausdruck in ihren Augen war unbeschreiblich.

Anne nickte verhalten, und noch ehe sie die Umstände erklären konnte, fuhr Lieselotte Uhlig bereits fort. »Entschuldigen Sie meine plumpe Art. Es ist nur so, wenn die Polizei überraschend vor der Tür steht, und dann auch noch in Zivil, muss der Anlass triftig sein. Ich hatte gehofft, Ihr Erscheinen hätte etwas mit dem Feuer im Hotel zu tun, aber leider ist dem nicht so.« Sie nahm ihre Tasse nebst Untertasse auf, hielt inne und stellte alles wieder zurück auf den kleinen Beistelltisch. »Georg ist jetzt seit zwei Wochen spurlos verschwunden, auf den Tag genau.«

»Wir haben die Leiche Ihres Mannes gefunden«, sagte Anne, wobei sie sich bemühte, das Mitleid, das sie für diese Frau empfand, nicht überhandnehmen zu lassen. Sie musste unvoreingenommen sein. »Es deutet einiges darauf hin, dass er bereits vor über einer Woche, vielleicht sogar am Tag seines Verschwindens, starb. Das wäre in der Nacht von Donnerstag auf Freitag gewesen.«

Lieselotte Uhlig nickte. »Mein Mann trifft sich immer donnerstags mit seinen Freunden zum Zigarrenabend, eine Regelmäßigkeit, die nicht einmal vom Untergang der Welt erschüttert werden würde. Normalerweise ist er spätestens gegen dreiundzwanzig Uhr zurück. Georg ist kein Mensch, der Vergnügen daran findet, sich durch die Nacht treiben zu lassen. Er trinkt ein, zwei Whisky, raucht eine Havanna und gut.« Lieselotte Uhlig erzählte das alles ruhig und sachlich, und doch war unübersehbar, dass sie ein großes Maß an Disziplin dafür aufwenden musste.

»Wo haben sich die Männer getroffen?«, fragte Anne.

Sie schaute ein wenig verwundert. »In der Bar unseres Hotels«, sagt sie, als gäbe es nichts Selbstverständlicheres auf der Welt.

»Sicher?«

»Ohne Zweifel.«

Anne überlegte einen Moment. »Frau Uhlig, Ihr Hotel hat seit Weihnachten den Betrieb eingestellt. Die Einrichtung ist bei Weitem nicht mehr vollständig und, sagen wir mal, wenig einladend. Für mich klingt das nicht nach der Voraussetzung für einen gemütlichen Herrenabend.«

»Wie ich sagte, mein Mann hatte feste Gewohnheiten, und von denen brachte ihn nichts ab.« Sie pausierte kurz. »Sie haben meinen Mann im Hotel gefunden?« Offenkundig war Lieselotte Uhlig eine kluge Frau und konnte eins und eins zusammenzählen.

»In der Bar des Hotels, ja«, antwortete Anne. »Wissen Sie noch, was Ihr Mann an jenem Donnerstag getragen hat?«

Lieselotte Uhlig schluckte und trank zunächst von ihrem Tee, vermutlich um die Zeit zu haben, sich ein wenig zu sammeln und der Situation wieder Herr zu werden.

»Graue Cordhose, Tweedweste und gelbes Einstecktuch«, sagte sie tonlos. »Das habe ich auch bei der Polizei in Baabe so angegeben. Friesen hieß der Beamte. Er hat nach einigem Hin und Her die Vermisstenanzeige aufgenommen. Ich war mit meinem Anliegen wohl sechsunddreißig Stunden zu früh dran, jedenfalls aus Sicht der Bürokratie. Lächerlich.«

Nachdem Anne Fritz Friesen vor etwa einer Stunde über den Leichenfund im Hotel informiert hatte, war dem sofort der Vermisstenfall wieder eingefallen. Er und seine Kollegen hatten die üblichen Schritte eingeleitet, aber insgeheim wurde gemunkelt, dass der Mann sich nach dem Verkauf seines Hotels aus dem Staub gemacht haben könnte. Damit hatten sie ganz offensichtlich falschgelegen. Georg Vetterich hatte an dem besagten Donnerstagabend sein Hotel nicht mehr verlassen, davon war aufgrund seiner Kleidung auszugehen. Auch der Zustand seiner Leiche, der Grad ihrer Mumifizierung, deutete darauf hin, obwohl weder Ninje Janßen noch Anne Experten auf diesem Gebiet waren. Dennoch war Anne überzeugt, dass die Obduktion des Leichnams diesen Eindruck bestätigen würde. Erik hatte ihr versprochen, dass die Rechtsmediziner in Greifswald spätestens morgen ein Ergebnis liefern könnten.

»Wenn Georg donnerstags unterwegs ist, treffe ich mich mit meiner Freundin Ella in Binz. Wir bummeln ein wenig, gehen eine Kleinigkeit essen, na ja, was man so macht, um einen Ausgleich zum Alltag zu haben. Wir haben in dem Fischlokal an der Promenade etwas zu uns genommen und ein wenig die Leute beobachtet.«

»Wann waren Sie an diesem Abend zurück?«, fragte Anne. Lieselotte Uhlig schüttelte sanft den Kopf, wodurch ihre Haare leicht hin und her flogen. »Nicht später als zehn. Es wird nie später als zehn. Ich greife dann nach einem Buch und warte auf Georg. In den vielen Jahren unseres Zusammenlebens haben wir beide so unsere Rituale entwickelt.«

»Aber Ihr Mann kam nicht«, stellte Anne fest. »Hatte er Sie an diesem Abend noch einmal angerufen?«

»Wir sind keine fünfzehn mehr«, entgegnete Lieselotte Uhlig, wobei ihre Mundwinkel leicht zuckten. »Wir haben uns um kurz vor sieben an Ellas Auto verabschiedet, und seitdem habe ich weder etwas von ihm gehört noch gesehen. Was ist ihm widerfahren? Bitte sagen Sie es mir unverblümt, ich bin nicht aus Zucker.«

Anne, die sich nach vorn gebeugt hatte, um nach ihrer Tasse zu greifen, hielt in der Bewegung inne. »Ich weiß es schlichtweg nicht. Sein Leichnam ist äußerlich unversehrt. Und die Umstände seines Auffindens geben uns Rätsel auf.«

Lieselotte Uhlig hob die linke Braue.

»Man hat ihn in den Garderobenschrank der Bar eingesperrt. Ob er da noch am Leben war, wird die Rechtsmedizin herausfinden«, sagte Anne.

Lieselotte Uhlig hatte aufmerksam zugehört, erwiderte aber nichts.

»Ihr Mann hatte keine Papiere bei sich, auch kein Handy oder einen Schlüssel«, redete Anne weiter. »Wir haben seinen Mantel gefunden, aber die Taschen waren leer. Und einen grünen Seidenschal.« Anne ärgerte sich jetzt noch, dass Fritz Friesen diese Entdeckung in einem der Barschränke gemacht hatte, obwohl sie der Meinung gewesen war, alles schon genau genug unter die Lupe genommen zu haben. Friesen hatte versucht, sich nichts anmerken zu lassen, aber er war vor Stolz fast geplatzt. Himmel, welchen Unterschied machte schon ein grüner Schal? Immerhin war der Mann nicht erdrosselt worden, sonst hätten sie entsprechende Abdrücke an seinem Hals finden müssen.

Lieselotte Uhlig nickte sanft. »Der Schal war ein Geschenk von mir zu seinem Fünfundsechzigsten«, sagte sie mit belegter Stimme.

»Was die persönlichen Sachen angeht, hat er sie vielleicht zu Hause liegen lassen?«, fragte Anne weiter.

»Georg würde niemals ohne Papiere aus dem Haus gehen und auch nicht ohne Handy«, antwortete Lieselotte Uhlig. Sie senkte den Kopf. »Ich habe ihn letzte Woche Dutzende Male angerufen, irgendwann war wohl sein Akku leer. Ab dem Moment wusste ich, dass jetzt nichts mehr so sein würde wie früher.«

»Ich habe gehört, Ihr Hotel soll inzwischen verkauft worden sein«, sagte Anne.

»Der Termin beim Notar war just an dem Donnerstagvormittag, an dem Georg verschwand«, entgegnete Frau Uhlig. »Deswegen dachte ich zunächst, er könnte mit seinen Freunden etwas ausschweifender als sonst gefeiert und darüber die Zeit vergessen haben. Auch wenn das nicht zu Georg passte, es war zumindest nicht undenkbar.«

»Wollte er diesen Tag denn nicht mit Ihnen feiern? So ein erfolgreicher Verkauf ist doch eine große Sache, das nehme ich jedenfalls an. Und die Mühen hatten Sie sicherlich beide.« Anne dachte daran, dass hinter jedem erfolgreichen Mann eine starke und kluge Frau stehen musste.

Sie lächelte milde. »Ich bin abergläubisch. Ich warte, bis die Ernte eingefahren ist, bevor ich sie begieße.«

Anne konnte das nicht nachvollziehen, aber das war nebensächlich. Sie hatte einmal beobachtet, wie der ansonsten überaus nüchterne und bodenständige Hilgert nach dem Stolpern drei Schritte rückwärtsgegangen war, bevor er seinen Weg fortsetzte. Wieso sollte Lieselotte Uhlig dann nicht auch so gepolt sein?»Gab es irgendwelche Schwierigkeiten bei dem Verkauf?«, fragte sie weiter.

Frau Uhlig verneinte.»Die Verhandlungen liefen seit etwa einem halben Jahr. Bereits vor Weihnachten waren sich alle Parteien einig. Der Notartermin war nur noch reine Formsache. Dass er erst jetzt stattfinden konnte, lag an den Käufern. Eine Hotelkette mit Sitz in München hat das Haus erworben. Sie werden es abreißen und neu bauen. Vorbild ist wohl das ›First Sellin‹ direkt gegenüber. Sie können die Unterlagen gern einsehen, aber da Georg die Millionen noch nicht bei sich gehabt haben kann, ist ein Raubmord wohl auszuschließen, sofern es nicht um seine Brieftasche ging.«

Anne konnte dem nichts entgegensetzen. Wenn der Termin beim Notar erst zwei Wochen zurücklag, dürfte der Kaufpreis noch nicht einmal geflossen sein. So schnell arbeiteten die Behörden nicht.»Es wurde höchstwahrscheinlich nicht eingebrochen, soweit wir das bisher feststellen konnten. Vorder- und Hintereingang waren ordnungsgemäß verschlossen. Ihr Mann hatte einen Schlüssel, nehme ich an?«

Lieselotte Uhlig schaute Anne mit versteinerter Miene an. »Selbstverständlich«, hauchte sie. Sie erhob sich, verließ das Zimmer und kehrte wenig später mit einem Schlüsselbund in der Hand zurück.»Das ist Georgs Autoschlüssel, aber der zweite General zum Hotel hängt nicht dran.« Sie wirkte total derangiert, bemühte sich aber dennoch um ein Lächeln, was ihr misslang.

»Der Schlüssel vom Auto ist da?«, wiederholte Anne, ohne zu wissen, was sie mit dieser Information anfangen sollte.

»Das steht in der Garage, ja«, entgegnete Lieselotte Uhlig leise.»In Sellin hat er es nie benutzt.«

Anne war gedanklich noch bei dem ordnungsgemäß verschlossenen Hotel. Die Einbruchtheorie hatte sich als hinfällig erwiesen. Während sie mit Ninje gesprochen hatte, die gerufen worden war, um als Ärztin offiziell Vetterichs Tod festzustellen, hatte Friesen jedes einzelne Fenster im Erd- und Kellergeschoss inspiziert. Selbst im ersten Obergeschoss war er gewesen, um die Möglichkeit eines Einbruches über einen der Balkone auszuschließen. Der Täter musste an dem Abend Vetterichs Schlüssel an sich genommen und hinter sich abgeschlossen haben. Womöglich hatte er das Handy und die Brieftasche gleich mit eingesteckt.

Das mit dem Schlüssel mochte noch einleuchten, denn falls Vetterich umgebracht worden war, und davon ging sie aus, war seinem Mörder nach der Tat womöglich daran gelegen gewesen, dass die Leiche nicht sofort gefunden wurde. Aber warum belastete sich jemand mit den persönlichen Sachen seines Opfers? Vielleicht war es eine Art Kurzschlusshandlung gewesen. Der Stress, der auf einen Mörder wirkte, konnte enorm sein. Das ließ ihn Fehler machen. Für die Polizei ergaben sich daraus wertvolle Anhaltspunkte. Anne hoffte, dass es auch in diesem Fall so war. Wenn dem Täter im Nachhinein aufgegangen war, dass er Beweise vom Tatort mitgenommen hatte, würden sie Vetterichs Sachen vielleicht irgendwo in der Nähe des Hotels in einem Mülleimer finden.

»In der eigenen Bar ... Ich hatte angenommen, dass die Männer nach ihrer Zusammenkunft im Hotel noch irgendwo anders hingegangen sind«, redete Lieselotte Uhlig weiter. »Ich weiß auch nicht, warum. Aber in unserem Hotel?« Sie schüttelte fassungslos den Kopf. »Darauf wäre ich nie gekommen.«

»Wo ist der Wohnungsschlüssel Ihres Mannes?«, fragte Anne.

Lieselotte Uhlig schloss kurz die Augen. »Das weiß ich nicht. Er muss ihn dabeigehabt haben. Er war am selben Schlüsselbund wie seine Hotelschlüssel.«

Anne würde die Kriminaltechniker bitten müssen, das gesamte Hotel und dessen Umfeld nach dem Schlüsselbund,

Portemonnaie und Handy abzusuchen. »Wer hat noch alles einen Schlüssel zum Hotel?«

»Die beiden Hausmeister, zwei sehr zuverlässige Männer, die seit vielen Jahren für uns arbeiten. Einer von ihnen befindet sich gerade im Urlaub. Dann ist da noch der Notschlüssel, der liegt im Safe, also habe ich, wenn Sie so wollen, ebenfalls Zugang zum Hotel«, antwortete sie zügig.

»Und der Schlüssel liegt auch ganz sicher im Safe?«

Lieselotte Uhlig erhob sich erneut, um nachzusehen. Etwa fünf Minuten später kam sie mit einem einzelnen Schlüssel zurück und legte ihn vor Anne auf das kleine Beistelltischchen.

Anne schaute ihn an und richtete den Blick dann wieder auf Frau Uhlig. »Ist das notwendig, obwohl das Haus schon verkauft ist?«, fragte sie. »Ich meine, dass die Hausmeister noch einen Schlüssel haben.«

»Der Verkauf ist erst rechtsgültig, wenn das Grundbuchamt den neuen Eigentümer eingetragen hat. Bis dahin sind wir verantwortlich. Und Georg wollte auf die letzten Meter kein Risiko eingehen. Das sagte er immer, ›auf die letzten Meter‹.« Sie nickte zu ihren Worten. »So ein Hotel bedeutet große Verantwortung. Der muss man bis zum Ende gerecht werden.« Ihre Augen füllten sich mit Tränen. Sie schloss kurz die Lider und atmete tief. Dann sah sie Anne an, als sei nichts gewesen. »Die beiden Hausmeister sind die einzigen Mitarbeiter, die Georg noch beschäftigt hat, ihr Vertrag läuft bis Ende Juni. Georg ging davon aus, dass spätestens dann alles geregelt sein würde. Abgesehen davon war er der Meinung, ihnen das nach den vielen Jahren, die sie im Hotel gearbeitet haben, schuldig zu sein.«

»Gab es in der letzten Zeit irgendetwas, das anders war? Hatte Ihr Mann Probleme, möglicherweise auch geschäftlicher Natur, oder Streit mit irgendjemandem?«

»Er war gesund, in den besten Jahren und das, was man landläufig als vermögend bezeichnet. Sein Alltag war eher unspektakulär und spielte sich vorwiegend im Hotel ab. Wir haben keine Kinder, und Georg hatte auch keine näheren Verwandten mehr, dafür aber ziemlich viele gute Bekannte und Freunde.« Lieselotte Uhlig beschränkte sich auf das Wesentliche und war dennoch äußert bemüht, alles, was von Belang sein könnte, aufzuzählen. »Georg wusste, was er tat, als Geschäftsmann handelte er sachlich und überlegt. Er ließ sich auf keine krummen Geschäfte ein und zahlte seine Steuern lieber einen Tag zu früh als einen zu spät. Dem gesellschaftlichen Leben blieb er weitgehend fern, was wir beide gemein haben. Stattdessen fand man uns im Schweriner Theater oder mit einem guten Buch zu Hause.« Unvermittelt hielt sie inne und schaute an Anne vorbei aus dem Fenster.

»Meine Kollegen von der Kriminaltechnik würden sich gern das Arbeitszimmer Ihres Mannes ansehen, soweit er eines hatte«, sagte Anne.

Sie nickte. »Selbstverständlich. Alle wichtigen Unterlagen einschließlich seines Notebooks befinden sich hier im Haus. Einiges werden Sie auch im Hotel finden. Ich stehe Ihnen bei nichts im Wege.«

Anne trank ihren Tee und wartete. Sie wusste aus Erfahrung, dass Schweigen oftmals zu mehr Ergebnissen führte als stetiges Nachbohren. Erik und sie hatten hinsichtlich ihrer Gesprächsführung immer über Kreuz gelegen, denn der ungeduldige, direkte Erik konnte derlei Situationen schlecht aushalten. Um die Befragung nicht zu gefährden, was zweifelsohne zu einer unschönen Auseinandersetzung mit Anne geführt hätte, war er oft unter dem Vorwand, eine Zigarette rauchen zu müssen, nach draußen gegangen. Dabei hatte Erik in seinem Leben nie etwas mit Nikotin anfangen können. Sie beide waren schon ein tolles Team gewesen, aber alles hatte nun einmal seine Zeit. Der wehmütige Blick zurück, der Anne immer mal wieder erfasste, war reine Gefühlsduselei und führte zu nichts. Jetzt hatte sie einen Mordfall, befand sich mitten in den Ermittlungen und wartete, was passierte.

»Ich bin die Alleinerbin«, fuhr Lieselotte Uhlig irgendwann fort. »Sie werden meine Konten überprüfen und feststellen, dass es auf den Teil meines Mannes nicht ankommt. Und bevor die wildesten Spekulationen ins Kraut schießen, was in einem so kleinen Ort wie Sellin ohnehin nicht zu verhindern sein wird: Ich werde an meinem Lebensstil nichts ändern. Ich bin hier geboren und werde hier sterben. Mehr gibt es dazu nicht zu sagen.«

Angesichts der Entschlossenheit, die diese Frau bei dieser Äußerung ausstrahlte, hatte Anne keinen Anhaltspunkt, auch nur im Geringsten an ihrem Vorhaben zu zweifeln.

***

»Gibt es was Neues?«, fragte Fiete, und allein an der Art, wie er die Stimme hob, konnte Hilgert hören, dass der Alte mehr wusste, als er erkennen lassen wollte. Der kauzige Eigenbrötler, der allein am Rand der Granitz in einem ehemaligen DDR-Ferienbungalow wohnte und um sein Leben gern ein Geheimnis machte, war bereits kurz nach Hilgerts Umzug auf die Insel zu einem engen Freund geworden. Fiete hatte damals bewusst seine Nähe gesucht, aber über seine echten Beweggründe, ganz wie es seinem Wesen entsprach, geschwiegen. Erst vor einigen Wochen, Hilgert konnte nicht einmal mehr genau sagen, was der Anlass für Fietes unerwartete Offenbarung gewesen war, hatte er sie ihm erzählt, die Geschichte seiner großen Liebe, die in ihrem Fortgang und einem traurigen Nimmerwiedersehen geendet hatte. Hilgerts Mutter war die Frau, die Fiete niemals hatte vergessen können, und er, ihr Sohn, sollte ihm durch seine Freundschaft und seine Erinnerungen einen Teil dieses verpassten Lebens zurückgeben.

Anfänglich war Hilgert angesichts dieses Geheimnisses, das seine Mutter mit ins Grab genommen hatte, schockiert, sogar wütend gewesen. Dabei ging es ihm nicht um verletzten Stolz. Ihm gegenüber musste niemand Rechenschaft für seine eigenen Entscheidungen ablegen. Mitnichten. Aber dass sie sich bis zum Ende und, wenn er an ihre verkorkste Beerdigung dachte, auch noch darüber hinaus diesem egomanischen, boshaften Tyrannen, der sein Vater gewesen war, gebeugt hatte, obwohl sie Fiete anscheinend ebenso sehr liebte wie er sie, würde für ihn für immer unverständlich bleiben. Ihr Leben und damit auch sein eigenes hätte anders verlaufen können, möglicherweise hätte er nicht vierzig Jahre lang warten müssen, um hier in seinem geliebten Sellin seine Heimat wiederzufinden. Aber das war reine Spekulation und selbstbezogen, weshalb Hilgert es längst aufgegeben hatte, sich von diesen Gedanken umtreiben zu lassen. Fiete und er waren Freunde, das war weitaus mehr, als man erwarten konnte, und nur das zählte.

Er blinzelte gegen die Sonne, um den Alten ansehen zu können. »Was genau meinst du?«

»Nichts Spezielles. Warst du heute schon in der Gemeinde?« Der Alte saß in seiner zerschlissenen dunklen Cordhose und der blauen wattierten Arbeitsjacke, die er fast täglich trug, genau wie seine obligatorische Schiffermütze, auf der Bank vor der Seevilla. Vor ihm stand sein mit Frühlingsblühern heillos überladener Handwagen. Er hatte seinen rechten Fuß auf einem der Reifen abgestützt und paffte entspannt an seiner Pfeife.

Hilgert, der bereits damit begonnen hatte, die im Keller eingelagerten Blumenkästen heraufzuholen und abzubürsten, hielt inne. »Beim Bäcker, wie jeden Morgen. Ich habe Mettschrippen für dich in der Küche«, entgegnete er. »Frischen Kaffee auch.«

Hilgert versorgte Fiete regelmäßig. Das hatte sich von Anfang an so eingebürgert und war eine Art unausgesprochene Abmachung zwischen ihnen. Hilgert wusste nichts über Fietes finanzielle Situation, doch dass sie nicht rosig sein konnte, war anzunehmen. Er konnte nicht einmal genau sagen, welchen Beruf Fiete erlernt oder was er vor seiner Rente gearbeitet hatte. Fiete hatte sich diesbezüglich niemals klar geäußert. Und Hilgert fragte nicht, denn es hätte ohnehin keinen Sinn gehabt. Er revanchierte sich für Fietes Hilfe mit Selbstgekochtem und dem ein oder anderen Einkauf beim Bäcker oder Fleischer und hoffte, irgendwann dahin zu kommen, dem Alten auch etwas Geld geben zu dürfen.

»Alle reden über den Brand im Hotel Kurhaus«, erklärte Fiete gleichmütig.

Na klar, dachte Hilgert amüsiert. Darauf willst du hinaus. Du willst von mir etwas hören, da es für den Tratsch der Leute noch zu früh ist. Er grinste innerlich. »Die Verkäuferin im Blumenstübchen war wohl nicht auskunftsfähig?«

»Mhm.« Mehrere kleine graue Rauchwolken kamen aus Fietes Mund. »Nur gut, dass du das Feuer rechtzeitig entdeckt hast. Für anständige Flammen sind die paar Meter bis zu deinem Gartenpavillon nichts, und wenn sie erst dort sind, na ja.« Er kniff die Augen zusammen, als hätte er Qualm hineinbekommen. »Es ist ja glücklicherweise nichts passiert.«

Hilgert reagierte nicht und schickte sich an, Fietes Handwagen abzuladen. »Danke, dass du die besorgt hast.«

Fiete nickte kaum merklich. »2012 gab es einen Brand auf der Seebrücke, nichts Wildes, wesentlich ungefährlicher als das hier. Angeblich soll ein Zigarettenstummel eines Bauarbeiters schuld gewesen sein. Der hat zwischen dem Gebälk gelegen und angefangen zu schwelen«, erzählte er mit der Pfeife im Mund. »Da warst du noch in Berlin.«

Der letzte Satz klang in Hilgerts Ohren wie ein Vorwurf, aber da das nicht zu Fiete passte, wusste er, dass es so nicht gemeint war.

»Im Hotel Kurhaus gab es keine Bauarbeiten, noch nicht jedenfalls«, sagte Fiete.

»Das heißt nicht, dass die Elektrik oder die Heizung sauber funktioniert hat«, sagte Hilgert, der, seit er Anne Berber da drüben gesehen hatte, ein ungutes Gefühl hatte.

Fiete wiegte sanft den Kopf. »Das Gebäude wurde vor über dreißig Jahren von Grund auf saniert. In einer Zeit, in der alle meinten, bei uns müsse es wie im Westen aussehen. Kunststoff, Pressholz und quietschbunte Werbetafeln. Hauptsache, neu.« Der Alte beschleunigte das Quarzen, als bräuchte er es zur Beruhigung. »Überall auf der Insel ist man mit der Zeit gegangen. Bei uns bestimmen die Gäste eben alles, selbst unsere Seele.« Er lachte gequält.

»Du übertreibst«, sagte Hilgert. Ihm fiel auf, dass es auch in diesem Jahr nur gelbe Frühlingsblüher zu geben schien. Entweder waren die Gelben permanent im Angebot, oder Fiete achtete nicht darauf, welche Farben er einkaufte. Beides war aber eigentlich auch unwichtig. Hauptsache, an der Seevilla zog langsam der Frühling ein. Blumen waren ein hervorragender Balsam für die Seele, zumindest hatte seine Mutter das immer behauptet, und wenn die fertigen Kästen erst vor den Fenstern hingen und es aus den Kübeln vor dem Eingang gelb leuchtete, würde er wieder merken, was sie damit gemeint hatte. Bis vor wenigen Jahren hatte er den Satz nicht verstanden, sich nicht einmal daran erinnert. Er hatte eine Existenz außerhalb der normalen Welt geführt, die Wahrnehmung von Jahreszeiten und deren Reizen inbegriffen. Sogar Heiligabend wäre an ihm vorbeigerauscht, wenn Ece ihn nicht alle Jahre wieder unter Androhung von Gewalt zu einem gemeinsamen Abendessen mit ihrem Mann und ihren Schwiegereltern verdonnert hätte. Ausgerechnet Ece, die zwar in Deutschland geboren war, aber mit dem Christentum nichts am Hut hatte, ebenso wenig wie mit dem muslimischen Glauben ihrer türkischen Familie. Viel zu spät war Hilgert aufgegangen, dass seine Freundin das alles extra für ihn arrangierte, für ein wenig Normalität, die er in dieser Zeit bitter nötig gehabt hatte. Er entfernte zwei abgebrochene Blüten eines Stiefmütterchens und überlegte, ob er sich jemals bei ihr dafür bedankt hatte.

»Schau in deine Bücher, siehst du da schwarze Zahlen?«,

widersprach Fiete grimmig. »Die Herde rennt der Herde nach. Dabei bleibt der Individualist auf der Strecke, vor allem, wenn er kein vorgewärmtes Planschbecken hat.«

»Das sehe ich nicht so, aber darüber müssen wir nicht streiten«, gab Hilgert etwas schroff zurück.

Schweigen.

»Du hättest das Hotel Kurhaus früher sehen sollen, ein Jahrhundertwendebau voller Stil und Eleganz. Aber in den Augen der lieben Genossen war das ja so etwas wie Pest und Cholera. ›Hotel Frieden‹, dass ich nicht lache. Damit wollten sie den vielen internationalen Gästen gleich eine ihrer sozialistischen Botschaften reindrücken. Das wird die Skandinavier und die Westdeutschen, die in der Pianobar unseren guten Goldkrone-Weinbrand gesüffelt haben, mächtig beeindruckt haben.« Der Hass in Fietes Stimme war unüberhörbar. »Aber dann ist ihnen ihr tolles Friedenshaus unter dem Arsch weggefault. Gemeineigentum und Mangelwirtschaft bringen selbst die längsten Traditionen zur Strecke. Und nun ...«, er hob die linke Hand und ließ sie kraftlos wieder fallen, »muss schon wieder was Neues her. Was ist das nur für eine Gesellschaft? Eine Schande ist das.«

»Das ist der Lauf der Welt. Du weißt selbst, dass es die wohl beste Lage im Ort ist«, bemerkte Hilgert. »Der neue Eigentümer wird schon wissen, was er tut, und immerhin ist es ja möglich, dass der Neubau mehrere Generationen überdauert.« Hilgert dachte an die Diskussion, die es beim Hoteliersstammtisch, zu dem er seit etwa einem halben Jahr hin und wieder ging, gegeben hatte. Verständlicherweise stieß die moderne Architektur nicht bei allen auf Gegenliebe, wobei er dieses Argument von Anfang an nur für ein Feigenblatt gehalten hatte. Eine noble Luxusherberge mit über hundert Betten, Restaurant, großem Wellnessbereich und allem Pipapo vis-à-vis der Seebrücke könnte die Selliner Hotellandschaft und damit auch das Gästeklientel im Ort verändern. Einige Hoteliers befürchteten wohl, mit dieser

Konkurrenz auf Dauer nicht mithalten zu können. Hilgert sah darin allerdings weniger das Problem. Sellin war kein Urlaubsort, an dem sich vorwiegend die Reichen und Schönen tummelten, und er ging nicht davon aus, dass sich der Ort alsbald dazu entwickeln würde, zumindest hoffte er es nicht. Vetterich, der Noch-Eigentümer des Hotels, hatte sich bei diesem Thema klugerweise sehr bedeckt gehalten. Was hätte er auch über Dinge sagen sollen, die nicht in seiner Hand lagen und die ihn vermutlich auch überhaupt nicht mehr interessierten? »Mitunter lernen die Menschen aus ihren Fehlern. Stell dir mal vor, das neue Hotel wird gebaut und es gefällt sogar dir.«

»Unwahrscheinlich«, knurrte Fiete, und seine Abneigung war deutlich zu hören. »Aber was juckt das auch einen alten Narren wie mich?« Er stopfte seine Pfeife und schaute zur Wilhelmstraße hinunter. »Sicherlich hast du recht. Das ist der Lauf der Welt. Und wenn Sellin damit noch schöner wird …«

Hilgert beobachtete ihn aus dem Augenwinkel. Der Alte wirkte noch mürrischer als sonst, und die letzten Sätze klangen alles andere als überzeugt.

»Hast du Anne heute schon gesehen?«, fragte Fiete unvermittelt.

»Nur aus der Ferne.« Hilgert fragte sich, worauf der Alte nun wieder hinauswollte. Die bei anderen üblichen Hintergedanken in Bezug auf Anne und ihn waren es jedenfalls definitiv nicht. Halb Sellin zerriss sich das Maul darüber, dass er sie seit einem Vierteljahr bei sich beherbergte. In der Vorstellungskraft der Leute schien zwischen einem Mann und einer Frau, die sich am Abend im halb privaten Umfeld sahen, nichts so unumgänglich zu sein wie eine Liaison. Fiete beschäftigte das nicht. Er schätzte Anne, und es war ihm wichtig, dass es ihr gut ging. Und Hilgert? Für ihn war Anne eine Art Kollegin, der er nicht ganz uneigennützig bei Bedarf unter die Arme griff. Sein kriminalistisches Gespür musste ab und an entfacht werden, um nicht ganz einzurosten. Und dank Anne war Hilgert auch wieder so weit, es mit Freude zuzulassen. Natürlich war ihm nicht entgangen, dass sie ein überaus ansprechendes Äußeres hatte. Er war schließlich kein Eisblock. Aber was bedeutete das schon? Hilgert hatte sich in seinem Leben eingerichtet, unverheiratet, nicht liiert, ja nicht einmal auf sexuelle Abenteuer erpicht, und ihm fehlte nichts. Denn es gab nun einmal Brüche, die konnte man nicht kitten, sosehr er sich das in seinem tiefsten Inneren auch wünschte.

»Lieselotte ist eine feine und überaus bemerkenswerte Frau, das hat sie von ihrer Mutter. Marion, meine Güte, wie lange ist das her?« Fiete war anzusehen, dass die Erinnerung, die ihm da gerade kam, eine schöne war. Sie blieb jedoch nicht lange, mit dem üblichen mürrischen Gesichtsausdruck fuhr Fiete fort: »Georg hat so seine Schwächen, aber im Grunde ist er ein anständiger Mann. Mit der Wahl seiner Freunde sollte er es etwas genauer nehmen. Man ist das, zu was man sich macht.«

»Der Vetterich wird sich freuen. Kommt aus dem Urlaub zurück und hat gleich den ganzen Ärger auf dem Tisch«, antwortete Hilgert, während er die Blumen für die Bepflanzung der Kästen vorsortierte. Die Frage, wie es gelingen konnte, dass sich die gelben Hornveilchen von den gelben Osterglocken abhoben, stellte er sich lieber nicht.

»Er hätte sich auch anders um die Dinge kümmern können«, grummelte Fiete, so als sei Vetterich selbst schuld an der Misere.

»Ich bitte dich!«, entgegnete Hilgert leicht entrüstet. »So ein Unglück kann jedem von uns passieren. Was weiß denn ich, wo in der Seevilla ein Kabel falsch verlegt wurde? Womöglich lasse ich irgendwann mal aus Versehen das Bügeleisen an, und schon ist es passiert. Es gibt eben Dinge, die hat man nicht in der Hand. Und im Hotel Kurhaus gibt es doch längst nichts Wertvolles mehr. Ein Feuer bei laufendem Betrieb hätte alle mehr getroffen.«

»Womöglich hast du recht.« Fiete klopfte auf der Armlehne der Bank die Reste des verbrannten Tabaks aus seiner Pfeife, wischte sie auf den Boden, erhob sich und ging ohne ein weiteres Wort davon.

Hilgert schaute ihm nach, bis er auf den Hochuferweg abgebogen und in Richtung Wald verschwunden war. Er würde zum Falkenberg hinaufgehen, wo einmal das alte Ausflugslokal »Waldhalle« gestanden hatte, und dort den halben Tag auf das Meer starren. Vor allem dann, wenn ihn etwas umtrieb, zog es Fiete dorthin, an den Ort, an dem sein Urgroßvater die Basis für den Wohlstand der Familie hatte legen wollen. Die sozialistische Vorstellung von Gemeineigentum und die stetig zunehmende Erosion der Steilküste hatten der Familie einen Strich durch die Rechnung gemacht. Außer ein paar Überresten vom Fundament war von der Vergangenheit nichts mehr übrig, und in ein paar Jahren würden auch diese im Meer verschwunden sein. Die Ungerechtigkeit nagte an Fiete zuweilen mehr als die verlorene Vergangenheit, und manchmal konnte man meinen, der Alte hasste alle, die auf der Insel im Gastgewerbe erfolgreich waren. Zumindest jedoch beäugte er sie argwöhnisch und urteilte scharf, mitunter zu scharf. Das galt auch und durch den Verkauf wohl ganz besonders für den Besitzer des Kurhotels. Alles, was der Mann anfasste, schien zu Gold zu werden.

Hilgert hatte Georg Vetterich kurz nach dem Kauf seiner Seevilla kennengelernt. Die Nachbarschaft zu ihm war angenehm, und jegliche Zusammentreffen waren durch Vetterichs kluge, bescheidene Art aus Hilgerts Sicht eine Bereicherung. Er hoffte für ihn, dass der Schaden halb so schlimm war.

Dieser Gedanke verflüchtigte sich jedoch schnell angesichts von Hilgerts eigenen Problemen. Wie es aussah, hatte er im Herbst vergessen, das Wasser aus der Leitung des Gartenbrunnens abzulassen. Sie hatte den Frost nicht unbeschadet überstanden, und Hilgert bekam mit dem Aufdrehen des Wasserhahnes eine heftige Dusche ab. Komplett durchnässt und entsprechend ärgerlich ging er ins Haus, wo die Yogatante, als wäre die kaputte Leitung des Unglücks noch nicht genug, bereits auf ihn wartete.

***

»Dein Vater hat angerufen. Schon drei Mal. Er klang ziemlich aufgeregt. Und einer der Hausmeister vom Hotel Kurhaus auch. Du hättest angeblich versucht, ihn zu erreichen. Wieso gehst du eigentlich nicht an dein Handy, wenn du schon eine Bitte um Rückruf hinterlässt?« Ilka, Annes Sekretärin, stand in der Tür und kaute an einem Stangensellerie. Sie war vor zwei Wochen aus ihrem Mutterschaftsurlaub zurückgekehrt, und seitdem lief die Arbeit auf dem Revier wieder deutlich reibungsloser. Ilka war in den Verwaltungsvorschriften versierter als Anne und schien überdies auch noch eine auf ihrem Ordnungsfimmel beruhende Freude zu verspüren, wenn sie Aktenumläufe, Protokollkorrekturen oder Terminkontrollen erledigen konnte. Was Anne von diesem Ballast und den für sie damit einhergehenden Fehlerquellen erlöste und ihrem Stellvertreter und vermeintlichen Widersacher auf dem Revier den Wind aus den Segeln nahm. Knut Reed, Polizeihauptkommissar, war keine zwei Jahre älter als Anne, engagiert, umgänglich und beliebt. Er absolvierte jeden Fitnesstest mit Bravour, hatte die besten Ergebnisse beim Schießtraining, bearbeitete seine Aufgaben vorbildlich und schnell, scheute keine Überstunden und spendierte immer montags den selbst gebackenen Kuchen seiner Mutter. Kurzum: Aus Annes Sicht war er ein Schleimer.

»Ich bin an der Sache mit dem Toten im Schrank dran«, antwortete Anne, ohne von ihrem Computer aufzusehen beziehungsweise Ilkas sanft vorgebrachten Vorwurf wahrzunehmen. »Ich rufe irgendwann zurück.«

Ella Gramberg, die Freundin von Lieselotte Uhlig, hatte deren Aussage gerade fernmündlich vollumfänglich bestätigt, war aber angesichts Annes nachfolgender Eröffnung, man habe Georg Vetterichs Leiche gefunden, komplett zusammengebrochen. Anne wiederum war ob dieser unerwartet starken Reaktion mächtig ins Trudeln gekommen. Die beruhigenden Worte, die sie aufwenden musste, um das Gespräch zum Ende zu bringen, hatten nicht nur länger gedauert als geplant, sondern ihr auch einiges an Einfühlungsvermögen abverlangt. Da diese Eigenschaft nicht gerade zu ihren Stärken zählte, war das Telefonat ein echter Kraftakt gewesen, zumal sie sich fragte, wieso eine Freundin der Familie vom Trauerschmerz mehr übermannt wurde als die Ehefrau. Zweifelsohne waren die Menschen im Umgang mit ihren Emotionen so verschieden wie in allen anderen Dingen auch, aber Anne wäre keine gute Mordermittlerin, wenn sie hinter Ellas Zusammenbruch nicht mehr vermutete. Sie würde sich mit der Frau noch einmal unterhalten müssen, aber erst, nachdem der erste Schock verklungen war – allzu oft vermochte sie nicht die Seelsorgerin zu spielen.

Außerdem hatte sie mit dem Personal des Fischrestaurants gesprochen, in dem Lieselotte Uhlig und Ella Gramberg am Abend von Georg Vetterichs Verschwinden gegessen haben wollten. Sowohl der Wirt als auch der Kellner waren sich sicher gewesen, die beiden Frauen an besagtem Donnerstag im Lokal bedient zu haben. Der Kellner hatte sogar mehrfach betont, die beiden würden zu den Stammgästen des Restaurants gehören und man stelle für sie immer eine extra Flasche Prosecco kalt. An der Aussage von Lieselotte Uhlig war somit nichts zu deuten, aber nach dem ersten Eindruck von dieser Frau hatte Anne auch nichts anderes erwartet. Jetzt saß sie seit einer halben Stunde an ihrem Arbeitsplatz, tippte am Protokoll und ließ die Namen der Freunde von Georg Vetterich durch die Datenbank laufen. Lieselotte Uhlig hatte die Kontaktdaten sowohl der Männer wie auch der beiden Hausmeister für sie notiert, bevor sie sich verabschiedet hatten. Überdies benötigte Anne für eine anständige Befragung der Freunde, die beim Zigarrenabend dabei gewesen waren, auch noch ein paar Informationen zum Ermordeten, weshalb sie auch zum Opfer erste Recherchen angestellt hatte. Vetterich allerdings schien ein unbeschriebenes Blatt zu sein, zumindest polizeitechnisch.

»Ich weiß, dass du an dem Mord an diesem Hotelier sitzt«, entgegnete Ilka, die als Annes rechte Hand natürlich Einblick in alle laufenden Fälle hatte. »Es wäre übrigens kein Fehler, Knut ebenfalls einzubinden. Je eher, desto besser. Er ist froh, dass du da bist, und mischt sich in deine Extrawürste ohnehin nicht ein. Bei der Pfarrhausserie gibt es eine Spur, aber das weißt du ja aus den Dienstberatungen. Und dann ist da noch der Hausmeister …«

Anne verzog den Mund. »Erst schnell die Daten«, murmelte sie. Dass sie Knut Reed für alles, aber nicht für froh über ihre Anwesenheit hielt, verkniff sie sich im Wissen darum, wie sehr Ilka auf den Teamgedanken schwor.

»Fräulein, ich bin … ich kann … Guten Morgen, äh, ach so, es ist schon Mittag, guten Tag. Darf ich reinkommen? Wenn ich störe, dann warte ich …« Direkt hinter Ilka war im Rahmen von Annes Bürotür ein fremder Mann aufgetaucht. Er war einen ganzen Kopf kleiner als Annes Assistentin und von gedrungener Gestalt. Seine etwas längeren Haare waren noch feucht und klebten in feinen, mit einem engzinkigen Kamm von vorn nach hinten gezogenen Linien an seinem Kopf, der von einem frischen, aber ziemlich aufdringlichen Rasierwasserduft umhüllt war, wie Anne sogar an ihrem Schreibtisch zu bemerken nicht umhinkonnte. Seine Kleidung, eine kurze Khakihose und ein straff darin steckendes weißes T-Shirt, sah aus wie frisch gebügelt. Die blauen, makellosen Turnschuhe mussten neu sein oder waren zumindest noch nicht allzu intensiv eingelaufen, denn er verlagerte in einem fort sein Gewicht von einem Bein auf das andere, so als würden ihm Druckstellen an den Füßen das Stehen erschweren. Anne konnte sich des Eindrucks nicht erwehren, dass er sich für seinen Besuch bei der Polizei extra herausgeputzt hatte. Sie lächelte bemüht freundlich, obwohl ihr die Störung ganz und gar nicht in den Kram passte, und bat ihn herein, woraufhin Ilka mit einem Ich-wollte-dich-gerade-warnen-Blick abzog.

»Herman Teppes mein Name, aus Göhren«, sagte der Mann aufgeregt. Mit sichtlicher Erleichterung über die ihm angebotene Sitzgelegenheit ließ er sich eilig auf einen der Stühle in Annes Beratungsecke fallen. »Nachdem ich Ihre Nachricht abgehört hatte, bin ich lieber gleich hergekommen. Mit der Polizei redet man persönlich.« Er schnappte nach Luft. »Das mit dem Parkplatz ist ein Missverständnis, das müssen Sie mir glauben. Mein Nachbar ist da einfach zu empfindlich –«

Anne unterbrach den Mann womöglich ein wenig zu rüde, aber diese kleine Unhöflichkeit war angesichts der Todesnachricht, die sie dem redseligen Hausmeister des Kurhotels nun mitzuteilen hatte, verzeihlich.

»Herr Vetterich tot … aber … unmöglich … in unserem Hotel«, stammelte der Mann zutiefst erschüttert. Im nächsten Moment riss er die Augen auf, reckte den Kopf ein wenig nach vorn und sagte erschrocken: »Frau Lieselotte. Was ist mit Frau Lieselotte? Sie ist doch nicht auch …« Teppes schüttelte den Kopf, als wäre das, was er da andeutete, absolut abwegig. Anne sah, wie er seine auf den Oberschenkeln abgelegten Hände zu Fäusten ballte und sie so fest zusammendrückte, dass seine Fingerknöchel weiß hervortraten.

»Nein, ihr ist nichts passiert«, versicherte sie. »Wann waren Sie zuletzt im Hotel Kurhaus?«

»Oh, Gott sei Dank. Wenn Frau Lieselotte etwas geschehen wäre, das wäre eine Katastrophe«, jammerte er und nahm von Anne keine Notiz mehr. »Das mag ich mir gar nicht vorstellen. Die arme Frau Lieselotte …«

Anne räusperte sich laut und fragte sich, warum ihn das Wohlsein von Frau Uhlig mehr beschäftigte als sein verblichener Chef.

Er zuckte zusammen, als hätte sie ihn aus einem schlechten Traum geholt. Es dauerte einen Moment, bis er ihre Frage wieder präsent hatte. »Mhm. Zuletzt ... Wie die Giesela angerufen hat, also wegen des Brandes«, erklärte er aufgelöst. »Die ist vorbeigegangen und hat das Feuerwehrauto gesehen.«

»Heute Morgen also?«, hakte Anne nach.

Er nickte. »Die Feuerwehr war aber schon drin. Da konnte ich nicht ... Na ja, da stört man ja nur. Und nachdem ich erfahren hatte, dass nichts weiter passiert war, habe ich Frau Lieselotte informiert.«

»Verstehe«, sagte Anne. »Und wann waren Sie vorher das letzte Mal dort?«

Er überlegte angestrengt, wobei er sich auf die Unterlippe biss und ein gleichmäßiges Brummgeräusch von sich gab. »Letzte Woche habe ich die Heizung überprüft. Anschließend gehe ich immer durch das ganze Haus und lasse in jedem Zimmer einmal kurz das Wasser laufen.« Er bemerkte Annes irritierten Blick und ergänzte mit gesenktem Haupt: »Alte Gewohnheit. Die Abflussleitungen fangen, wenn sie nicht benutzt werden, irgendwann an, faulig zu stinken, und wenn man dann reinkommt, macht das einen schlechten Eindruck.« Er wedelte mit seiner Hand vor seiner Nase herum, als könnte das den imaginären Geruch beseitigen. »Das kann ich nicht leiden. In einem Hotel muss es nach Rosen duften, meinetwegen auch nach Veilchen.« Er schaute sie an, als verkündete er das Evangelium.

»Sie waren überall?«, wollte Anne wissen. »Auch in der Bar?«

»Selbstverständlich«, entgegnete er diensteifrig.

»Ist Ihnen irgendetwas aufgefallen? War etwas anders als sonst?« Anne fragte sich, ob er den toten Vetterich hätte riechen müssen, verwarf die Überlegung aber umgehend wieder. In einem über Monate leer stehenden Gebäude war die Luft so oder so abgestanden. Überdies hatte es ja keinen nennenswerten Verwesungsprozess gegeben, den man eventuell hätte bemerken können.

»Nee. Da ging ja keiner mehr rein, also außer uns Hausmeistern«, versicherte er. »Ich war allein, Rudi, mein Kollege, hat Urlaub, vierzehn Tage. Er kommt am Montag wieder. Na, der wird nicht mehr, wenn er davon erfährt.« Er wackelte mit dem Kopf, als könnte er es selbst nicht glauben. »Schlimm genug, dass wir verkauft werden. Dass ich das erleben muss.« Seine Unterlippe fing an zu zittern, so sehr schien ihn der Gedanke mitzunehmen. »Wenn mir das jemand letztes Jahr gesagt hätte, ich hätte ihn für verrückt erklärt.«

Anne bemerkte seine Unruhe, kommentierte sie aber nicht. »In der Bar haben Sie nichts gesehen? Ganz sicher?«

Er schaute sie an, als müsste er überlegen, was sie meinte. »Da steht ja nicht mehr viel drin.« Kaum war der Satz raus, legte sich ein zufriedenes Lächeln um seine Mundwinkel. »Meinen Sie, ob etwas benutzt wurde? Da gab es einen vollen Aschenbecher. Und einige benutzte Gläser. Ich habe mich noch gewundert, wieso das niemand weggeräumt hat, aber dann dachte ich an Herrn Vetterich und seine Donnerstagsrunden. Sicherlich hatte er es eilig. Und außerdem werde ich ja dafür bezahlt, dort Ordnung zu halten. Die Sache war schnell erledigt.«

»Sie haben aufgeräumt?«, fragte Anne enttäuscht. Eventuell vorhandene Spuren könnte er dadurch vernichtet haben.

Er schien ihren Unterton zu bemerken, legte den Kopf leicht schief und fragte zögerlich: »War das nicht korrekt? Habe ich etwas falsch gemacht? Aber ich dachte … Das muffelt doch.«

Anne fielen die Rosen und Veilchen wieder ein, und sie nahm ihm die Sorge, indem sie ihn freundlich anlächelte und den Kopf schüttelte. Der Mann schien seine Arbeit so gründlich zu machen, dass ihm die verschwundenen Sachen von Georg Vetterich mit Sicherheit aufgefallen wären, wenn sie noch irgendwo gelegen hätten. »Wo bewahren Sie den Schlüssel für das Hotel auf?«

Er fasste sich in die linke Hosentasche, zog unter Klappern einen dicken Schlüsselbund hervor und hielt ihn wie ein Heiligtum in die Luft. »Immer am Mann. Nicht einmal meine Frau würde es wagen, den an sich zu nehmen.«

Anne hatte sich so etwas schon gedacht. Dass der Täter bei einem der Hausmeister des Hotels den Schlüssel gestohlen und ihn nach der Tat wieder zurückgegeben hatte, war äußerst unwahrscheinlich. »Ihr Kollege Rudi handhabt das sicherlich ähnlich?«, fragte sie dennoch nach.

Er bestätigte das. »Nach so vielen Jahren geht einem das in Fleisch und Blut über.« Er schaute ein wenig verschämt. »Das ist fast ein bisschen so, als wäre es die eigene Familie. Da passt man aufeinander auf, verstehen Sie?«

Anne verstand.

»Deswegen habe ich mich auch so aufgeregt.« Er schaute, als wartete er auf ihre Zustimmung. »Na, so etwas hatte es zuvor noch nie gegeben«, ergänzte er in einem energischen Ton, als würde das alles erklären. »Der Haupteingang war nicht abgeschlossen.«

Anne horchte auf. Jetzt wurde es interessant. »Was sagen Sie?«

»Die Tür zur Wilhelmstraße, sie war nicht abgeschlossen«, wiederholte er. »Das ist nicht wirklich schlimm, da sie in den feuchten Monaten ohnehin etwas klemmt. Wenn man das nicht weiß und nicht anständig dagegendrückt, kriegt man sie nicht auf. Ich hatte Herrn Vetterich kurz vor Weihnachten darauf hingewiesen, aber er sagte, das zu reparieren lohne sich nicht mehr. Da hat er wohl auch recht gehabt.« In dem letzten Satz schwang großes Bedauern mit. »Irgendjemand hat die Tür jedenfalls nicht anständig verriegelt. Aber Rudi und ich waren das nicht«, beteuerte er.

»Da bin ich mir sicher«, erklärte Anne und meinte es auch so. »Haben Sie das an Frau Uhlig weitergegeben?«

Er schaute zu Boden und verneinte. »Ich dachte, sie hat genug Sorgen, weil doch ihr Mann weg war.« Sein Kopf schnellte wieder nach oben. »Es war ja eigentlich auch alles in Ordnung.« Sein Blick veränderte sich, als er einen Moment darüber nachdachte, und er schlug sich erschrocken die Hand vor den Mund.

»Schon gut«, sagte Anne, die ihm seine Gedanken ansehen konnte, tröstend. »Sie können nichts dafür. Zu dieser Zeit war Herr Vetterich bereits tot.«

»Und ich habe noch zweimal rumgeschlossen«, murmelte er ergriffen.

Anne ließ das unkommentiert. »Sagen Sie«, sie bewegte ein wenig den Kopf hin und her, um angesichts ihres aufgelösten Gegenübers nicht mit der Tür ins Haus zu fallen, »waren Sie an dem Donnerstag vor zwei Wochen eigentlich auch im Hotel?«

Seine Augäpfel ploppten fast heraus, so sehr riss er die Augen auf. Hektisch schüttelte er den Kopf. »Am Mittwoch. Herr Vetterich wollte, dass ich die Heizung hochfahre und ein bisschen Staub wische, für den Herrenabend.«

»Und am Abend?«

»Zu Hause mit meiner Frau. Fernsehen«, presste er hervor.

»Schon gut, Herr Teppes«, wiegelte Anne ab, »nur noch eine Frage. Was war Herr Vetterich für ein Arbeitgeber? Sie waren doch lange bei ihm, oder?«

Er nahm Haltung an. »Nächsten Monat werden es dreißig Jahre«, verkündete er stolz. »Und nie gab es Grund zur Klage. Das sind feine Leute, vor allem Frau Lieselotte.«

Herman Teppes war lange verschwunden, und Anne hatte ihre Recherchearbeiten wieder aufgenommen, als Ilka erneut in ihrem Büro erschien. Dass die beiden Hausmeister des Hotels in die Sache verwickelt sein könnten, hatte Anne von Anfang an für nicht besonders wahrscheinlich gehalten. Der freundliche, diensteifrige Teppes hatte diese rein intuitive Vermutung mit seiner Aussage untermauert. Georg Vetterich war im Hotel auf seinen Mörder getroffen, und der hatte sich, nachdem er sein Opfer im Schrank zurückgelassen hatte, nicht die Mühe gemacht, das Hotel ordnungsgemäß zu verschließen. Das hatte Anne nicht erwartet. Wenn Teppes die Wahrheit sagte, wovon sie ausging, hätte der Mörder den Schlüssel nicht gebraucht. Wieso hatte er ihn dann aber mitgenommen?

»Dein Vater hat schon wieder angerufen«, vermeldete Ilka.

»Und Knut ist –«

»Ilka, wirklich, ich muss auch mal in Ruhe nachdenken können«, fauchte Anne etwas zu scharf.

Der rotblonde Lockenkopf des fast zwei Meter großen Knut Reed tauchte hinter Ilka auf. »Kein Thema, Frau Berber. Ich komme später wieder.« Statt den sofortigen Rückzug anzutreten, blieb er jedoch stehen und lächelte, als hätte sie ihm eine Pizza spendiert.

Von Ilka konnte man das nicht sagen. Sie verschwand mit beleidigter Miene, noch bevor Anne eine Entschuldigung gestammelt hatte.

»Es ist nur, falls ich etwas helfen kann … Ich bin da, immer und zu jeder Zeit.« Reeds tiefe, warme Stimme, gepaart mit einem verbindlichen Tonfall, hätte jeder anderen Frau womöglich eine Gänsehaut beschert oder wenigstens mächtig Eindruck geschunden. Anne hingegen hielt das nur für Masche, vor allem seine ständige Ritterlichkeit und sein Hyperengagement gingen ihr tierisch auf die Nerven. »Wir sind ein Team.« Er hielt ihr den nach oben gereckten Daumen entgegen und verschwand.

Anne verdrehte die Augen. Wenn der Kerl noch einen Schlachtruf gebrüllt hätte, wäre sie nicht überrascht gewesen. Ich ziehe meine Hose aber nicht mit der Kneifzange an, dachte sie.

Die Erinnerung an ihre Ernennung war noch nicht verblasst. Damals hatte Reed ganz anders geklungen und ihr vor allen anderen einen unmöglichen Spruch reingedrückt von wegen Frauenquote und so, von dem er hinterher behauptet hatte, dass es nur ein Witz gewesen sei. Anne jedoch war empfindlich, wenn jemand ihre Kompetenzen anzweifelte, ganz gleich ob ernsthaft oder nur in Form einer kleinen Spöttelei. Noch-Ehemann Kaminski hatte ihr in solchen Situationen gern ein defizitäres Selbstwertgefühl unterstellt und sie damit noch kleiner gemacht. Aber das konnte er ohnehin in jeder Lebenslage ganz erfolgreich. Dabei bestand sie einfach nur auf einen respektvollen Umgang, und der hatte mit sexistischen Vorurteilen nun einmal nichts gemein. Abgesehen davon wusste jeder von Reeds Ambitionen. Er war scharf auf ihren Job, obwohl er seit ihrer Ernennung zumindest vordergründig die Füße stillgehalten hatte. Was er hinter Annes Rücken trieb, blieb dahingestellt.

Dennoch, wenn sie den Laden hier zusammenhalten wollte, würde sie über ihren Schatten springen müssen. Reed hatte seine Qualitäten und sie ihre, was im normalen Tagesgeschäft nur Vorteile haben konnte. Dass sie die Einbruchsserie womöglich bald zu den Akten legen konnten, war sein Verdienst. Reed mauerte nicht mit Informationen, im Gegenteil, er war auch darin absolut vorbildlich. Was die Pfarrhäuser anging, hatte er eine Gruppe Jugendliche im Visier, denen es wohl lediglich um den Kick gegangen war. Eine dusselige Mutprobe, die sich aus Langeweile und Selbstüberschätzung immer weiter verselbstständigt hatte. Und nur weil ihr Stellvertreter sie aus irgendwelchen Gründen an Martin Kaminski erinnerte, war das noch lange kein Grund, unprofessionell zu werden. Anne musste sich disziplinieren, am besten, sie versuchte es mit einer allmorgendlichen zehnminütigen Standpauke vor dem eigenen Badezimmerspiegel. Die Methode hatte ihr bislang einige Male geholfen. Alles Weitere in puncto eingeschworene Truppe würde Ilka abfedern.

Sie hielt kurz inne und griff dann zum Telefonhörer. Ihr

Vater würde ohnehin keine Ruhe geben, ehe er nicht mit ihr gesprochen hatte.

Unmotiviert wählte sie die Telefonnummer ihrer Eltern. Anne hasste es, wenn sie ihre Arbeit für etwas so Unwichtiges wie die Frage nach ihrem Wohlbefinden oder danach, was sie am Wochenende essen wolle, unterbrechen musste. Kaum war der Ruf durchgegangen, war ihr Vater auch schon am Telefon.

»Es gibt ein Problem mit der Wohnung«, raunte er nach einer knappen Begrüßung. Anne hatte Mühe, ihn zu verstehen, aber da er dem Flüstern nach zu urteilen gerade ein Geheimnis mit ihr teilte, von dem Annes Mutter nichts mitbekommen sollte, strengte sie sich an. »Du hast dem Kaminski doch gesagt, dass er ausziehen muss?«, fragte ihr Vater unsicher.

Anne spürte, wie es in ihrem Magen flau wurde. Ja, sie hatte Martin darum gebeten auszuziehen, seit einem Monat wiederholte sie es sogar in einer Dauerschleife. Obwohl sie noch nicht wusste, ob sie in die Eigentumswohnung zurückgehen wollte, war es ihr wichtig, die Dinge ins Reine zu bringen. Martin hatte bis Ende Januar verschwunden sein wollen, eine Frist, die lange verstrichen war, lag Annes Auszug doch mittlerweile fast drei Monate zurück. Sie war zu großzügig, ganz klar, aber irgendwie fehlte ihr die Kraft, den Kerl vor die Tür zu setzen. Wie auch? Die Koffer vor die Tür und das Schloss auswechseln? Dafür war Anne nicht der Typ. Per Polizeieinsatz durch ihre Kollegen? Diese Peinlichkeit brauchte sie nicht auch noch. Erik würde ihr Warten Blödheit nennen. Ihre Eltern auch, aber glücklicherweise wusste niemand davon – bis gerade eben war Anne jedenfalls davon ausgegangen. »Ja«, antwortete sie zögerlich.

»Hat der Kerl das schriftlich?«, fragte ihr Vater weiter.

»Ich bezweifle ja, dass er Buchstaben entziffern kann, aber für den Anwalt wäre so ein Schreiben schon brauchbar.«

»Wieso Anwalt?«, hörte Anne sich fragen.

»Es ist doch deine Wohnung?«, bohrte ihr Vater nach.
»Ganz allein deine?«

»Papa, bitte! Natürlich ist es meine.« Anne dachte daran,
wie sie die kleine Wohnung in der Karl-Moritz-Straße in
Baabe damals besichtigt hatte, sie dachte an ihre Unterschrift
unter dem Kaufvertrag und an die Kreditraten, die jeden
Monat von ihrem Girokonto abgebucht wurden. Die Eigentumswohnung war für sie ein wichtiger Schritt für einen gemeinsamen Neuanfang auf der Insel gewesen. Und da Martin,
der in einer Securityfirma arbeitete, immer klamm war, hatte
sie ohne zu zögern die Verantwortung übernommen. Ihr war
nicht einmal ansatzweise die Idee gekommen, ihren Mann
als Miteigentümer der Wohnung eintragen zu lassen. Martin
hatte dies auch nicht eingefordert, das musste man ihm lassen. Eigentum interessierte ihn nicht. Er nahm das, was sich
ihm bot, vorzugsweise auf dem leichtesten Weg und ohne
Gegenleistung. Drei Jahre war der Kauf der Wohnung nun
her, knapp zwei davon hatte Anne dort mit ihm gewohnt.
Martin hatte in der ganzen Zeit weder einen Cent investiert
noch einen Handschlag gemacht. Wieso war sie eigentlich
nicht eher darauf gekommen, dass mit diesem Kerl irgendetwas nicht stimmte?

»Man wird ja wohl noch mal fragen dürfen«, echauffierte
sich ihr Vater sorgenvoll. »Walter hat mich angerufen. Du
weißt schon, mein alter Arbeitskollege, der zwei Häuser weiter
wohnt. Er hat Kaminski gestern dort gesehen.« Pause. Ihr Vater kämpfte hörbar mit sich. »Eine Frau soll bei ihm gewesen
sein. Aber wen juckt das? Hässlich wie die Nacht, hat Walter
gesagt. Das will ich doch hoffen. Der kann sich ruhig jedes
Mal erschrecken, wenn er sie anschaut. Geschieht ihm recht.«

»Papa!«

»Ich meine ja nur«, knurrte Annes Vater entschuldigend.
Ein tiefes Atmen. »Viel schlimmer jedoch ist, dass dieser
Taugenichts angeblich alles verwahrlosen lässt, die Haus-
ordnung ignoriert und sich mit den Nachbarn anlegt. Die

wollen sich wohl auf der nächsten Eigentümerversammlung offiziell bei dir beschweren.«

Annes Blick fiel fast automatisch auf das Kuvert, das gestern in der Seevilla für sie abgegeben worden war. Es handelte sich um einen Brief der Hausverwaltung, den sie aufgrund der heutigen Ereignisse absolut vergessen hatte. Sie griff danach und öffnete ihn so lautlos wie möglich. Nervös überflog sie die Zeilen. Das Treffen sollte nächste Woche stattfinden. Die Nachbarn waren so nett, die Probleme mit Martin nur mit »Sonstiges« zu umschreiben. Allerdings war das auch der einzige Tagesordnungspunkt.

»Der Kerl muss aus der Wohnung, und wenn ich ihn eigenhändig vor die Tür setze«, schimpfte ihr Vater und vergaß dabei völlig, auf die Lautstärke seiner Stimme zu achten. »Mit dem Rauswurf präsentierst du ihm noch eine satte Rechnung. Die Wohnung muss doch garantiert saniert werden.«

Rechnung? Anne war den Tränen nahe. Martin zahlte keine Miete und auch nichts für die Nebenkosten. Lediglich die Kosten für den Strom liefen nicht mehr bei ihr auf, aber nur, weil sie den Vertrag dafür gekündigt hatte.

»Anne?«

»Mhm.«

Sie hörte ihren Vater schnaufen. »Mach dir keine Gedanken. Ich erledige das. Kaminski bettelt schon lange um eine Abreibung für das, was er dir angetan hat.«

Noch ehe Anne etwas entgegnen konnte, hatte ihr Vater aufgelegt. Sie seufzte. Jetzt ging das Theater wieder los, ausgerechnet, wenn sie überhaupt keine Zeit für ein Privatleben hatte. Aber ein Martin Kaminski traf immer den falschen Moment. Das war sein Talent, wenigstens das.

***

Fiete war den ganzen Tag nicht wieder aufgetaucht. Dafür hörte man Dombrowski und seine Claudia nebenan seit etwa zehn Minuten lautstark streiten. Nach dem, was Hilgert verstehen konnte, und das war so gut wie jedes Wort, war das Ding mit der Sauna gehörig schiefgelaufen, die Polen hatten trotzdem bezahlt werden müssen, und das Wellnessprogramm für die Bottroper Kegelweiber hatte sich in Luft aufgelöst. Allerdings war Claudia, die Hilgert aufgrund ihres herzlichen Wesens und ihres Fleißes sehr schätzte, über diese Punkte längst hinaus und arbeitete sich jetzt ganz grundsätzlich an Dombrowskis charakterlichen Defiziten ab. Alles, was Claudia in ihrer Rage von sich gab, hätte Hilgert dem Nachbarn ebenfalls attestiert, aber das hier war nicht seine Baustelle. Ebenso musste es ihn nicht kümmern, wieso die beiden ausgerechnet im Vorgarten des Hotels Seetang standen und sich unter den Fenstern ihrer Gästezimmer die Lungen aus dem Hals schrien. Claudia und Wennemar Dombrowski waren nun einmal speziell, und nichts und niemand würde sie davon überzeugen können, ihren gerade ablaufenden Ehezwist einzustellen oder wenigstens in das Innere des Hauses zu verlagern.

Hilgert saß auf der Bank, auf der vor einigen Stunden noch Fiete gehockt hatte, und schaute hinaus auf die See, wobei sein Blick immer wieder zum Hotel Kurhaus hinüberwanderte und dort auf wundersame Weise hängen blieb. Bereits dreimal hatte er sämtliche Fensterreihen abgearbeitet, aber sosehr er auch starrte, hinter den Gardinen rührte sich nichts, und auch im Erdgeschoss, in dem das Feuer zwei Fensterscheiben zum Bersten gebracht hatte, schaute man nur in ein schwarzes Nichts. Doch jedes Mal, wenn er sich gerade davon überzeugt hatte, dass es in diesem Haus nichts gab, was sein Interesse rechtfertigte, fuhr der Wind, der mittlerweile erheblich zugenommen hatte, knatternd in eines der Absperrbänder, was seine Aufmerksamkeit erneut auf das Kurhotel lenkte. Die Sache von heute Morgen ließ ihm einfach keine Ruhe. Seine Arbeit im Garten war lange beendet, und eigentlich sollte er hineingehen und sein Abendessen zubereiten, denn noch war die Märzluft empfindlich kühl, aber er tat es nicht.

Nachdem er eine Weile still dagesessen hatte, spürte er, wie die Kälte über seine Füße hinauf in die Beine kroch, und redete sich ein, dass die letzten wohltuenden Sonnenstrahlen, die seine Nase und die Wangen wärmten, der Grund für das Ausharren waren. Tatsächlich ging es ihm jedoch um die Ankunft von Anne Berber, was sein Verhalten so nutzlos wie idiotisch machte, denn Anne kam meistens spätabends und nie zur gleichen Zeit. Und selbst wenn er Anne abfangen könnte, müsste sie sich noch lange nicht mit ihm über ihre Arbeit unterhalten, vorausgesetzt natürlich, es gäbe überhaupt etwas, das sie ihm berichten könnte. Endlich sah er ein, dass es vergeblich war. Mit einem leichten Kratzen im Hals ging er ins Haus und beschloss, eine Hühnersuppe zu kochen. Die half gegen alles, auch gegen die Unruhe eines alten Ermittlers, der der Meinung war, ein Verbrechen zu wittern, das ihn eigentlich absolut nicht zu interessieren hatte.

Fast zwei Stunden später, in denen sich Hilgert alle Mühe gegeben hatte, nicht auf das Zufallen der Haustür zu lauschen, stand Anne Berber in der Küche und hielt ihm eine Flasche Rotwein entgegen. Felix, der an Anne einen Narren gefressen hatte, stürzte fröhlich bellend auf sie zu und ließ sich von ihr herzen. Obwohl an Anne Berber auf den ersten Blick nichts anders war als sonst, fielen Hilgert ihre müden traurigen Augen und die Anspannung, die ihr im Gesicht stand, sofort auf.

»Die ist von der Tanke«, sagte sie, reichte ihm die Flasche Wein und machte dabei den Eindruck, als genierte sie sich ein wenig dafür, die Öffnungszeiten des Supermarktes verpasst zu haben. Vielleicht war es aber auch der Umstand, dass sie einfach so ohne Vorankündigung in Hilgerts Küche geplatzt war und dabei nicht einmal geklopft oder ihn begrüßt hatte. Anne war normalerweise weder aufdringlich noch frei von

Manieren, doch im Moment schien sie irgendwie neben sich zu stehen.

Hilgert, der wusste, wie hart ihr Job sein konnte, hatte für alles Verständnis. Auch der Wein musste nicht schlecht sein. »Hauptsache, er ist weiß. Es gibt Hühnersuppe«, sagte er und beeilte sich, die Nudeln in die heiße Brühe zu geben. »Oh.« Annes Hals bekam rote Flecke. »Entschuldigung. Ich habe einfach irgendeine …« Sie schien zu bemerken, dass ihre Antwort für ihn kränkend sein könnte, weil sie sich bei der Auswahl keine Mühe gegeben hatte, und biss sich auf die Lippe.

»Es ist ein guter Wein. Das sehe ich von hier«, log Hilgert, der jetzt schon wusste, dass er von dem Verschnitt, den Anne mitgebracht hatte, morgen früh einen Brummschädel haben würde. »Ich glaube, eine Hühnersuppe wird Ihnen jetzt guttun.«

Anne lächelte dankbar und irgendwie auch erleichtert. Sie stellte die Flasche ab, setzte sich schweigend auf einen der Arbeitstische und schaute ins Nichts.

Hilgert öffnete den Wein. Dann warf er einen prüfenden Blick in den Topf und schmeckte die Brühe ab. Zufrieden mit dem Ergebnis, füllte er eine Suppenschale und reichte sie Anne zusammen mit einem Glas Wein. Sie begann zu essen, noch ehe er seine Portion aufgetragen hatte. Überhaupt schien sie ihn komplett vergessen zu haben. Hilgert, den das nicht störte, setzte sich auf den einzigen Stuhl, den seine Gastroküche zu bieten hatte, und löffelte nun ebenfalls sein Abendessen. Bald durchzog eine wohltuende Wärme seinen gesamten Körper. Als seine Schale leer war, nahm er sich vom Wein und befand ihn für durchaus trinkbar. Ob er das morgen nach dem Aufwachen auch noch so sehen würde, blieb abzuwarten.

Anne hatte die ganze Zeit kein Wort von sich gegeben, aber nachdem auch sie alles aufgegessen hatte, wirkte sie etwas aufgeräumter, zumindest machte es auf Hilgert den Eindruck.

Er fragte sie nicht, ob sie einen Nachschlag wollte, sondern entschied, dass sie einen gebrauchen konnte, und füllte ihre Schüssel ein zweites Mal, was sie widerspruchslos geschehen ließ. Während sie aß, begann sie endlich zu reden.

»Ihr Nachbar, Georg Vetterich, wurde ermordet«, sagte sie tonlos, trank ihr Glas in einem Zug leer und wischte sich mit dem Handrücken über den Mund. »Auf sehr ungewöhnliche Weise, zumindest habe ich so etwas noch nie gesehen, geschweige denn davon gehört.«

Hilgert nahm die Information regungslos zur Kenntnis. Sein Instinkt hatte ihn noch nie im Stich gelassen, in diesem Fall hätte er sich allerdings gefreut, wenn es anders gewesen wäre. Aber Mord? Und sollte Georg Vetterich nicht eigentlich auf Mallorca sein?

Anne erzählte ihm, was sie bisher herausbekommen hatte. Sie tat dies mit einer Selbstverständlichkeit, die ihn erstaunte und zugleich eine tiefe Zufriedenheit in ihm auslöste. Er hatte ihr bei ihrem ersten Mordfall hier auf Rügen nach anfänglichem Zögern zur Seite gestanden. Eigentlich hatte er selbst kaum etwas gemacht, nur zugehört und seine Sicht auf die Dinge mit ihr geteilt. Anne war eine gute Polizistin, das hatte er schnell begriffen, auch wenn sie damals anfänglich leicht gestrauchelt war. Die Selbstsicherheit war ihr abhandengekommen. Er hatte ihr nur die notwendige Starthilfe gegeben, für mehr hatte sie ihn nicht gebraucht.

Wenn er daran dachte, in welche Gewissensnöte ihn diese Sache zunächst gebracht hatte, kam er sich fast schon lächerlich vor. Er, Sören Hilgert, der abgehalfterte psychotische Berliner Ex-Kommissar, wollte sich konsequent von seinem alten Leben verabschieden und hatte mit einer geradezu verbissenen Hartnäckigkeit an diesem Entschluss festgehalten. Ihm war es dabei nur folgerichtig erschienen, niemandem auf der Insel von seiner Vergangenheit zu erzählen. Wie ein Ex-Knacki, der sich seine Chancen nicht verbauen wollte, hatte er ein Geheimnis um seine Person gemacht, obwohl da eigentlich keines war. Als könnte sein Schweigen die Kerben in seiner Seele wegwischen! Nicht einmal Fiete war davon ausgenommen gewesen. Dabei gab es keinen andern Menschen, der ihm so nahestand wie er. Fiete hätte sich nicht angemaßt, über ihn zu urteilen, zumal der Freund ihn gewissermaßen durch die Augen seiner Mutter sah. Aber das hatte Hilgert damals nicht ahnen können, und womöglich hätte es sein Verhalten auch nicht beeinflusst. Vor Anne Berber konnte er sich aber nicht verstecken. Mit dem Zufall, der ihn zum Fundort der Leiche geführt hatte, war es entschieden gewesen. Die Routineüberprüfung hatte einen ehemaligen Kriminalhauptkommissar ausgespuckt, von Anne Berber schweigend zur Kenntnis genommen.

Es war vor allem ihre anständige Zurückhaltung gewesen, die ihn zutiefst beeindruckt hatte. Misstrauen, Kompetenzgerangel, Neid, er hätte sich jede dieser Reaktionen vorstellen können. Stattdessen hatte sie ihn behutsam um seine Meinung gebeten und seinen Überlegungen sogar erhebliche Bedeutung eingeräumt. Schlussendlich war er seiner alten Leidenschaft erlegen. Denn das war die kriminalistische Arbeit trotz allem für ihn, seine Leidenschaft, und auch wenn er heute eine gesunde Distanz wahrte, die ihm angesichts seines einstigen Umgangs mit sich selbst vielleicht sogar das Leben gerettet hatte, genoss er die Zusammenarbeit mit Anne Berber ausgiebig.

Seine selbst auferlegte Abstinenz hatte dem Adrenalin, das bei Ermittlungen durch seine Adern rauschte, nicht standhalten können, und heute empfand er nichts Verwerfliches mehr daran, wenn ein Selliner Pensionswirt gewissermaßen hobbytechnisch einer Kommissarin unter die Arme griff, natürlich ohne es an die große Glocke zu hängen. Dem Traum, den er hier auf Rügen lebte, tat das keinen Abbruch, ganz im Gegenteil. Das richtige Maß ergab sich dabei von ganz allein, denn es waren ohnehin nur die Morde, die ihn interessierten, und die kamen auf der Insel eher selten vor.

»Der Leichnam war mumifiziert, sagen Sie?«, fragte Hilgert ungläubig nach. Er konnte das kaum glauben, so absurd hörte es sich für ihn an. »In einem verschlossenen Schrank?«

Hilgert hatte viel erlebt, zumal die Verbrecher in der Hauptstadt nicht gerade zimperlich vorgingen, aber diese Art des Mordes war sogar ihm neu. »Das klingt nach einem schlechten Scherz. Könnte es ein aus dem Ruder gelaufener Spaß gewesen sein? Ansonsten kommt mir diese Tat grausamer vor als zehn Messerstiche oder ein gezielter Schuss ins Herz.«

»Wenn es Absicht war, hat es etwas von Folter, das könnte man schon sagen«, antwortete Anne, die entgegen ihrer sonstigen Art nicht recht bei der Sache war. »Er hatte ...« Sie verstummte abrupt, als ihr Telefon zu klingeln begann, der Schreck schien ihr durch alle Glieder zu fahren. Nervös kramte sie in ihren Taschen nach dem Handy, fand es schließlich und starrte mit zusammengezogenen Augenbrauen auf das Display. Dann atmete sie erleichtert aus und ging ran.

Wer auch immer sie anrief, sie hatte jemand anderen erwartet, und derjenige oder das, was er zu sagen hatte, war alles andere als erwünscht. Hilgert beobachtete sie mit der gebotenen Zurückhaltung.

»Ach, Erik hat Sie gebeten. Gut. Das ist ausgesprochen freundlich, dass Sie mich direkt anrufen. Ja, Vertretung, nein, nicht ungewöhnlich«, sagte sie, wobei ihre Stimme gefasst klang, ihre Mimik die soeben erfahrene Erschütterung aber nur schlecht verbergen konnte.

Hilgert warf einen prüfenden Blick auf ihr Weinglas, das sie noch nicht einmal bis zur Hälfte ausgetrunken hatte. Anne Berber hatte keinen Schwips, ganz sicher nicht. Das konnte ihr seltsames Verhalten nicht erklären. Sollte der Mord an Vetterich sie so mitnehmen? Womöglich kannten die beiden sich privat? Aber dann hätte sie ihm das erzählt, oder nicht? Er wollte nicht aufdringlich wirken, und eigentlich hätte er den Raum zu Beginn des Telefonates umgehend verlassen sollen, aber das hatte er versäumt, und nun, nachdem sie mitten im Gespräch war, kam er sich irgendwie blöd vor, einfach so rauszugehen. Er wollte nicht, dass sie dachte, er habe abgewartet, um seine Neugier zu befriedigen. Das wäre noch viel unhöflicher.

Verstohlen hielt Hilgert nach dem Korb mit dem Leergut Ausschau, aber den hatte er heute Vormittag geleert, sodass dieser Grund, die Küche zu verlassen, wegfiel. Dann sah er Felix, der zu Annes Füßen auf dem Boden lag und sie sehnsüchtig anblickte. Der Hund machte nicht den Eindruck, als müsste er dringend ein Geschäft verrichten, er beachtete Hilgert ja nicht einmal mehr, seit Anne den Raum betreten hatte. Also blieb ihm nichts weiter übrig, als seine Suppe aufzuessen und so zu tun, als achtete er nicht auf das Telefonat. Genau genommen bekam er tatsächlich nicht viel mit, denn Anne blieb erstaunlich einsilbig und beschränkte sich auf kurze, für Hilgert unverständliche Rückfragen. Nach einigen für Hilgert unendlich langen Minuten legte sie schließlich auf.

»Möchten Sie noch etwas von dem Wein?«, beeilte er sich zu fragen. Sie sollte nicht denken, dass er auf ihren Bericht zum Telefonat wartete. Aber natürlich tat er das, denn augenscheinlich hatte der Anruf mit dem Mordfall zu tun, und er brannte darauf, die Neuigkeiten zu hören.

Sie nickte und hielt ihm ihr Glas hin, damit er nachschenken konnte. »Die Greifswalder Rechtsmedizin«, sagte sie dann, nun wieder etwas gefasster. »Der Tod muss wenige Tage nach Vetterichs Verschwinden eingetreten sein. Ganz genau lässt sich das wohl nicht sagen, da wir nicht wissen, ob die Umgebungstemperatur und die Belüftung der Leiche danach konstant waren, ob also die Konservierungsprozesse kontinuierlich abgelaufen sind. In jedem Fall ist er seit mindestens einer Woche tot. Das erklärt auch die noch nicht vollständig eingetretene Mumifikation, die wohl mehrere Wochen braucht.«

»Frau Berber, bitte.« Hilgert hob abwehrend die Hand. »Sie müssen mir das nicht erzählen. Die Sache mit Peter Klart war etwas anderes, da war ich quasi als Zeuge involviert. Abgesehen davon ist es nicht rechtens, wenn ich, also wir …« Hilgert bemerkte, wie er sich verhaspelte, ein Zustand, den er lange nicht an sich erlebt hatte. »Ich möchte Sie nicht in unschöne Situationen bringen.«

Auf Anne Berbers Stirn zeigten sich ein paar tiefe Falten. Sie blinzelte mehrmals hintereinander und kippte den Wein hinunter. Dann fuhr sie, ohne auf das Gesagte einzugehen, fort. »Aufgrund seiner Kleidung bin ich mir sicher, dass Vetterich die gesamten zwei Wochen seit seinem Verschwinden in diesem Schrank eingesperrt war. Massig Fingerabdrücke von ihm haben wir im Inneren auch gefunden. Verständlicherweise hat er versucht, sich zu befreien. Am Ende ohne Erfolg. Er muss darin gestorben sein. Der Rechtsmediziner konnte keine Spuren von Gewalteinwirkung finden. Wie Ninje Janßen vor ihm ebenfalls nicht. Sie wird sich freuen, das zu hören.« Sie lächelte verhalten. »Auch die toxikologische Untersuchung ist ohne Befund.« Nun stoppte sie und schaute ihn prüfend an. »Nur ein wenig Alkohol, aber da er mit seinen Freunden gefeiert hat, ist das nicht ungewöhnlich.«

Hilgert nickte leicht. »Exsikkose«, murmelte er. Gleich am Anfang seiner Zeit bei der Kripo hatte Hilgert das einmal erlebt. Eine junge Mutter, kaum sechzehn Jahre alt, hatte ihre zwei Jahre alte Tochter in einer Gartenlaube zurückgelassen. Es war einer dieser heißen Sommer gewesen, in denen die Partys am Wannsee kein Ende finden wollten. Alkohol, Drogen und womöglich auch die eigene Überforderung hatten sie das kleine Mädchen schlichtweg vergessen lassen. Nach drei Tagen fand man ihre Leiche. Das Kind war verdurstet, wie man landläufig sagte, und letztendlich an Multiorganversagen gestorben.

»Das wäre möglich, ja«, entgegnete Anne. »Nach zwei bis

sechs Tagen ohne Wasser stirbt man, das hat mir die Rechtsmedizin eben bestätigt. Aber das ist nicht alles.«

»Wie, nicht alles?« Für Hilgert reichte das schon aus. Die Vorstellung, bei vollem Bewusstsein in einem Schrank zu sitzen, im Dunkeln und bei stickiger Luft darauf zu warten, dass einen jemand fand, dessen Auftauchen nahezu aussichtslos war, gruselte ihn.

»Mir war nicht klar, was man selbst bei einer mumifizierten Leiche noch alles herausfinden kann. Dabei hätte ich es wissen müssen, die Presseartikel zu Ötzi habe ich immerhin allesamt verschlungen.« Annes Mundwinkel bewegten sich nach oben, doch es war ein bemühtes Lächeln, wie Hilgert bemerkte. »Georg Vetterich war Diabetiker, und wenn er nicht innerlich vertrocknet ist, ist von einer Unterzuckerung und einem daraus folgenden Tod auszugehen. Er hatte an dem Abend Alkohol getrunken, der beschleunigt das Ganze wohl noch. Wenn er Glück hatte, sofern man in dieser Situation davon sprechen kann, war es die Unterzuckerung. Der Rechtsmediziner meint, das würde schneller gehen, zumindest tritt irgendwann ein Koma ein.«

»Puh. Da hatte Vetterich aber ganz schlechte Karten«, bemerkte Hilgert. »Seinem Mörder hat das in die Hände gespielt.«

»Wenn derjenige von der Diabeteserkrankung gewusst hat, ja. Aber eigentlich spielt das keine Rolle, denn Vetterich wäre ohnehin irgendwann in dem Schrank gestorben.« Sie nahm ihr Glas und ließ den Wein, der er inzwischen nachgeschenkt hatte, darin kreisen, ehe sie es in einem Zug leer trank.

Hilgert umfasste mit der rechten Hand seinen Nacken und knetete die verhärteten Muskeln. Nach den Monaten der Winterpause war er wohl etwas eingerostet, zumindest was die ungewohnten Bewegungen bei der Gartenarbeit anging. Die Folge war eine unschöne Verspannung, die ihm gerade mächtig zu schaffen machte. »Der Mörder musste nur sichergehen, dass er nicht mehr aus dem Schrank rauskommen konnte.«

»Ich habe es versucht. Das Teil ist aus massivem Holz, und die Verriegelung geht von innen nicht auf, keine Chance.« Anne stand auf und nahm sich von dem neben Hilgert stehenden Wein. »Noch dazu kann man sich da unten die Lunge aus dem Hals schreien. Das hört niemand. Wenn der Hausmeister zufällig zur rechten Zeit dort gewesen wäre ...« Sie beendete den Satz nicht, sondern zuckte bedauernd mit den Schultern. »Der arme Mann macht sich schon genug Vorwürfe, obgleich ich den Eindruck hatte, dass er den Tod von Lieselotte Uhlig noch mehr bedauert hätte.«

»Oder die Feuerwehr bei einem Brand«, erwiderte Hilgert nachdenklich. »Der kam, nur leider etwas zu spät. Könnte jemand mit dem Feuer nachgeholfen haben?«

Anne schüttelte den Kopf. »Keine Spuren, absolut nichts. Der Gutachter hat die Sache mit dem defekten Notlicht bestätigt.« Sie hielt inne und schaute in seine Richtung, machte dabei aber den Eindruck, als blickte sie durch ihn hindurch. »Ergibt auch keinen Sinn. Wenn ich einen Mord vertuschen will, zünde ich den Schrank an, in dem mein Opfer sitzt, nicht die zwanzig Meter entfernte Küche. Das wäre mehr als dilettantisch.«

»Da haben Sie wohl recht.« Hilgert lehnte sich zurück und verschränkte die Arme vor seiner Brust. »Jedenfalls ist das eine interessante Form der Leichenentsorgung.«

»Mhm.« Anne wiegte den Kopf. »Es verschafft dem Täter Zeit. Bis der Abriss beginnt, können noch Wochen vergehen.« Sie stürzte das nächste Glas in einer selbst für einen Tankstellenwein unangebrachten Schnelligkeit hinunter. »Und wer kann schon wissen, ob der Schrank dann nicht unter einem Berg Schutt begraben wird und am Ende alles in der Schaufel des Baggers landet? Der Täter könnte darauf spekuliert haben. Immerhin bestand eine reelle Chance, dass es so ablaufen könnte.« Sie sprang vom Tisch hinunter, gab

Felix einen Klaps auf den Hintern und ging in Richtung Tür. Auf der Schwelle drehte sie sich noch einmal um. Hilgert sah, dass sie in Gedanken ganz woanders war. Ihr »Gute Nacht« klang entsprechend abwesend. Sie verschwand ohne ein weiteres Wort nach oben.

Hilgert schaute verwundert auf die Küchentür. Es mochte der Alkohol gewesen sein, der sie nach einem anstrengenden Tag sentimental hatte werden lassen. Oder der Grund lag woanders, und der Alkohol diente dazu, sie diesen Grund vergessen zu lassen. Aber wenigstens, so hoffte er zumindest, würde sie davon besser schlafen können.

Auch ihn übermannte so langsam die Müdigkeit, die ein erster Frühlingstag im Freien für gewöhnlich mit sich brachte, seine Beine waren momentan jedoch einfach zu schwer, um aufzustehen, die Küche wieder herzurichten und ins Bett zu gehen. Er beschloss, den restlichen Wein noch auszutrinken und auf ein Signal des Hundes zu warten, denn der würde über kurz oder lang auf seine kleine Abendrunde bestehen. Ein Haustier disziplinierte ungemein, auch das hatte Hilgert erst lernen müssen.

Träge blieb er auf seinem Stuhl hocken und grübelte. Anne Berber war keine Frau, die man leicht durchschauen konnte. Obwohl sie unter einem Dach wohnten, hatte er das Gefühl, sie kaum zu kennen. Die wenigen Male, die sie länger miteinander geredet hatten, war es fast ausschließlich um die Polizeiarbeit gegangen. Sie erzählte ihm hin und wieder Geschichten vom Bergener Revier, nichts Wildes, ein paar kleine Einbrüche, diverse Diebstähle, alles Dinge, die unbedeutend waren und von ihm sofort wieder vergessen wurden. Dennoch war es immer nett gewesen. Für Hilgert, der sich mittlerweile fest in seinem Alltag als Pensionswirt eingefunden hatte, brachte Anne ein bisschen Polizeiluft ins Haus, was ihm die harmlosen, angenehmen Seiten dieses Berufes wieder vor Augen führte und ein wenig von dem noch immer in ihm schlummernden Groll nahm. Auch sonst war es wohltuend, vor allem während der stillen Nebensaison, noch jemanden in dem großen Haus zu wissen.

Anne Berber war kein gewöhnlicher Pensionsgast. Sie glitt so leise und unauffällig durchs Haus, als wollte sie unbedingt vermeiden, jemanden zu stören oder gar aufzufallen. Sie erwartete nichts und kümmerte sich um alles, was ihr Zimmer und ihre Wäsche anging, selbst. Nur Hilgerts Frühstücksbüfett konnte sie nicht widerstehen. Ab und zu kam ihr Vater vorbei, der, immer wenn er auf Hilgert traf, das Verhalten eines schüchternen Schuljungen an den Tag legte und drucksend seine Dienste beim Holzhacken oder anderen handwerklichen Arbeiten anbot, die Hilgert kategorisch ablehnte. Der Mann schien einerseits dankbar zu sein, aber nicht verstehen zu können, wieso Anne eine Pension der eigenen Wohnung oder dem elterlichen Sofa vorzog.

Hilgert hatte keine Ahnung, was Anne umtrieb. Er wusste von ihrer Trennung, das brachten die Tratscherei im Ort und Dombrowskis dumme Kommentare ganz automatisch mit sich, aber sie hatte ihm gegenüber nie ein Wort darüber verloren. Ihm stand es nicht zu, sie nach etwas so Privatem zu fragen, genau wie auch sie im Gegenzug sein Schweigen über sein Privatleben akzeptierte. Nach dem, was er in der letzten Stunde gehört hatte, glaubte er allerdings nicht mehr, dass ihre heutige schlechte Verfassung etwas mit dem Mordfall zu tun haben könnte. Was auch immer Anne Berber bedrückte, eine Nacht darüber zu schlafen, konnte mitunter helfen. Er wünschte ihr das.

Hilgert rappelte sich lustlos auf, leinte den Hund an und beging seine letzte Aufgabe für heute. Über dem Meer lag die Friedfertigkeit der Nacht. Zwischen dunklen Schatten stachen vereinzelt ein paar Lichter von Fischerbooten hervor, die vor der Küste schipperten und vermutlich auf die zahlreichen Heringsströme warteten, die Rügens Küsten im Frühjahr erreichten. Auch wenn Hilgert mit den Männern da draußen nicht tauschen wollte, hatte dieser Anblick für ihn doch durchaus etwas Romantisches. Ausgenommen davon waren die regenbogenfarbenen Glühbirnen, die die Konturen der Seebrücke nach Einbruch der Dunkelheit illuminierten und Sellins Wahrzeichen eher verkitschten als vorteilhaft in Szene setzten, aber den meisten Leuten gefiel das, und Hilgert konnte großzügig darüber hinwegsehen.

Er bog auf die Wilhelmstraße ab, an deren Ecke das Hotel Kurhaus komplett im Dunkeln lag. Seine Gedanken waren bei seinem toten Nachbarn, als zwei Gestalten nur wenige Meter entfernt vor ihm auftauchten. Der Statur nach handelte es sich um Männer, wobei der eine den anderen stützen musste, damit dieser sich halbwegs aufrecht fortbewegen konnte. Erst als sie den Lichtkegel einer Straßenlampe erreichten, erkannte er Fritz Friesen, den hiesigen Polizisten, der Fiete umfasst hatte und gemeinsam mit ihm in die Warmbadstraße abbog.

Hilgert beschleunigte seine Schritte. Dass Fiete ein wenig zu tief ins Glas schaute, war noch nie vorgekommen. Er würde nach ihm sehen und selbst dafür sorgen, dass der Freund wohlbehalten nach Hause kam. Mühelos schloss er zu den Männern auf. »Guten Abend«, rief er aus einigen Metern Entfernung, um sie nicht zu erschrecken.

Fritz Friesen schaute nur kurz über seine Schulter. »Es ist alles in Ordnung. Wir brauchen keine Hilfe. Danke schön«, sagte er abwehrend, weil er ihn offenkundig nicht erkannt hatte.

»Hallo? Ich bin es, Sören. Alles okay?« Hilgert war nun bei den beiden angekommen, was sie zum Anhalten bewog. »Was um alles in der Welt …« Besorgt betrachtete er den Alten. Fiete war barhäuptig, was Hilgert das letzte Mal beim weihnachtlichen Gottesdienst gesehen hatte. Viel öfter kam es auch nicht vor. Die dünnen weißen Haare klebten schweißnass an seinem Kopf, als hätte er einen Marathon hinter sich gebracht. Das linke Auge war geschwollen, und aus seiner Nase tropfte Blut, was allerdings nur an dem durchtränkten

Taschentuch, das er mit der linken Hand davorpresste, zu erkennen war. Den Oberkörper hatte er leicht nach vorn gebeugt und mit seinem rechten Arm umfasst, als bereitete ihm jeder Schritt Schmerzen.

»Frag nicht«, bat Fritz Friesen. »Er muss ins Bett. Das erregt am wenigsten Aufsehen.«

»Es geht dich nichts an«, maulte Fiete, dem Hilgerts Anwesenheit ganz offensichtlich absolut nicht in den Kram passte. Und noch etwas war klar erkennbar: Der Alte war nicht einmal ansatzweise alkoholisiert.

DREI

Die Nacht war unruhig gewesen. Anne hatte angenommen, dass sie nach dem Wein schnell zur Ruhe kommen würde, zumal der es wirklich in sich gehabt hatte, aber das war nicht geschehen. Stattdessen hatte sich in ihrem Kopf der bleiernen Müdigkeit zum Trotz ein Gedankenkarussell in Gang gesetzt, angefacht von Martin Kaminsky, der bislang größten Fehlentscheidung ihres Lebens. Hinzu gekommen war noch der lautstarke Streit, den das Paar im Nachbarzimmer führte und der sogar den Einsatz von Wurfgeschossen beinhaltet hatte. Zwar hatte der Gegenstand, der gegen ihre Wand geprallt war, kein Loch hineingerissen, aber ein mittleres Erdbeben wäre nicht leiser vonstattengegangen.

Dass andere Paare ebenfalls ihre Probleme hatten, war nur wenig tröstlich gewesen, denn Anne war niemand, der sich schadenfroh über ihre Mitmenschen erhob. Abgesehen davon war der Kauf einer Gewerbeimmobilie, denn darum ging es in der Auseinandersetzung, wohl eher ein Luxusproblem.

Das rücksichtslose Gebaren der Gäste hatte jedenfalls dazu geführt, dass Anne Hilgert gehört hatte, der erst weit nach Mitternacht die Stufen zu seiner Dachgeschosswohnung hinaufgeschlichen war. So wie sie ihn kannte, hatte er vermutlich noch die Küche in Ordnung gebracht und Diverses für den nächsten Morgen gerichtet. Hilgert war ein Perfektionist, und insgeheim war es vor allem diese Eigenschaft, die sie an ihm schätzte, insbesondere da sie mit einem Mann wie Martin Kaminsky zusammengelebt hatte. Sie hatte sich geschämt, ihn einfach so allein zurückgelassen zu haben. Auch ihre Idee mit dem Wein hatte sie nach längerer Überlegung nicht mehr so gut gefunden, zumal er nicht den Eindruck haben sollte, dass sie immer nur seine Nähe suchte, wenn sie in einem Fall steckte oder ein warmes Essen nötig hatte.

Obwohl beides gestern fraglos zugetroffen hatte, griff dieses Bild zu kurz und wurde ihm in keiner Weise gerecht. Anne schätzte Hilgert als Sparringspartner, aber auch als Mensch ungemein. Sie würde ihm das einmal sagen, vorausgesetzt, es sollte sich ergeben.

Irgendwann mit dem Anbruch des Morgens war sie endlich eingeschlafen, zwei von einem Alptraum begleitete Stunden lang, und entsprechend zerknittert stand sie gerade beim Bäcker und wartete, dass sie an der Reihe war.

»Ein so schönes Paar sind die beiden gewesen, ein richtiger Hingucker«, hörte sie etwas weiter vorn in der Schlange eine ältere Frau zu einer anderen Dame sagen.

»Und wie charmant er immer aufgetreten ist«, erwiderte die. »Ein richtiger Herr. So etwas hat man heute selten. Ich habe sogar mal gesehen, wie er ihr galant die Tür aufgehalten hat.« Sie kicherte. »Nach den vielen gemeinsamen Jahren.«

»Dagegen ist sie ein Eisblock«, antwortete die andere in gedämpfter Lautstärke. »Unnahbar und hochnäsig. Mal sehen, ob sich das jetzt ändert. So einen Schicksalsschlag muss man erst einmal wegstecken.«

»Gertrud, also weißt du«, entrüstete sich ihre Gesprächspartnerin. »Das kannst du doch nicht einfach so sagen, vor allem nicht hier.« Sie schaute sich verstohlen um, bemerkte Anne, die nicht daran dachte, ihrem Blick auszuweichen, nickte kurz und lächelte bemüht freundlich.

»Das weiß ohnehin jeder hier im Ort. Lieselotte war schon als Kind anders. Marion hatte nie Kummer mit ihr, aber wenn meine Tochter mehr lesen als sprechen würde, fände ich das komisch.«

»Ach, na ja«, wiegelte die andere ab und begutachtete die Auslagen in der Kuchentheke. Ihr war deutlich anzumerken, dass sie das Gespräch vor so vielen Zeugen nicht fortführen wollte. Ihre Freundin schien das jedoch nicht zu stören.

»Wer war eigentlich der Vater von Lieselotte?«, fragte sie mit der Inbrunst einer Frau, die beim Tratschen zur Höchstform auflief. Eine Antwort blieb diesmal aus, aber auch das ließ sie nicht verstummen. »Gesehen hat den ja nie jemand. Womöglich war es ein Feriengast.« Ihr Lachen hatte etwas Abstoßendes. »So etwas soll ja vorkommen, sogar bei so vornehmen Frauen wie Madame Marion.«

»Was darf es sein?« Die knarzende Stimme der Verkäuferin beendete die Lästerei und beförderte das eigentliche Anliegen der Frau wieder in den Vordergrund.

Anne war froh, jetzt ebenfalls an der Reihe zu sein. Sie orderte ein Milchhörnchen, legte das abgezählte Kleingeld auf den Tresen und beeilte sich hinauszukommen. Das Gespräch hatte sich ohne Frage um die Vetterichs gedreht. Die Nachricht von seinem Tod hatte die Runde gemacht, und da das Ereignis allein nicht auszureichen schien, wurde die Familiengeschichte bemüht und in ihre Einzelheiten zerlegt. Anne war so etwas zutiefst zuwider, und sie mochte sich nicht ausmalen, was sich in Baabe abspielte, wenn Martin mit seinen Weibern in ihrer Wohnung verschwand. Wütend biss sie in das noch warme Hörnchen. Auch dieses Problem würde sie lösen, heute oder spätestens morgen.

Das kleine Restaurant, das mit handgeschriebenen Schiefertafeln auf dem Gehweg für seine typisch regionale Küche warb, befand sich in der unteren Wilhelmstraße und war von außen durch seine maritime Dekoration recht einladend anzusehen. Anne, die früher in Stralsund gern des Öfteren nach Feierabend durch die Kneipen gezogen war, vorzugsweise natürlich mit Erik, war dennoch noch nie Gast hier gewesen. Ihr Freizeitprogramm hatte sich, seitdem sie wieder auf der Insel lebte, gehörig gewandelt. Die meiste Zeit hatte sie abends frustriert zu Hause gesessen und darauf gewartet, dass Martin nach Hause kam, sah man von der Hausarbeit ab, die komplett an ihr allein hängen geblieben war. Das Leben in Hilgerts Pension war dahin gehend schon komfortabler. Ihr Feierabend bestand nun in schöner Regelmäßigkeit aus einem raschen Einkauf der Grundversorgung – in Annes Fall handelte es sich dabei um Chips und Softdrinks von der Tankstelle – und dem fast schon maßlosen Verzehr derselben vor dem Fernseher. Ab und zu genoss sie auch einen wirklich netten Abend, was für gewöhnlich Hilgerts hervorragenden Kochkünsten und einer anregenden Unterhaltung mit ihrem Pensionswirt geschuldet war. Ließ man ihre Eltern und die paar knurrigen Gespräche mit Onkel Fiete außen vor, war Sören Hilgert ihr einziger Sozialkontakt außerhalb des Polizeireviers. Für eine Eigenbrötlerin wie Anne war das zwar zeitweise in Ordnung, langfristig würde aber selbst sie daran etwas ändern müssen.

Anne schluckte den letzten Happen ihres spärlichen Frühstückes hinunter. Sie fühlte sich angesichts dieses Kohlenhydratdopings nun etwas besser, dennoch konnte kein Milchbrötchen der Welt es mit dem Frühstück in der Seevilla aufnehmen. Nach ihrem Auftritt von gestern Abend hatte sie jedoch auf eine Begegnung mit Hilgert lieber verzichtet. Sie wusste, sie hätte ihm ihr schräges Verhalten erklären müssen, und das wollte sie nicht. Irgendwie ging ihr das zu weit. Sie redete sich ein, dass man derart private Dinge nur engen Freunden anvertraute – eine eher generell geltende Weisheit, die für Anne eigentlich keine Relevanz hatte, denn sie öffnete sich grundsätzlich gegenüber niemandem. Entsprechend waren ihre inneren Rechtfertigungen überflüssig, aber irgendwie verschafften sie ihr gerade den Seelenfrieden, den sie brauchte.

Sie drückte gegen die gläserne Eingangstür des Lokals, die jedoch nicht nachgab, klopfte zweimal kurz und wiederholte das Klopfen deutlich energischer, als nach Sekunden immer noch niemand zu sehen war. Endlich tauchte im Inneren eine dunkelhaarige Frau mit rot geschminkten Lippen und dunklen Augenringen auf, die ihre Aversion gegen Leute, die außerhalb der Öffnungszeiten auftauchten, offen zur Schau trug. Ihr zu einem Strich zusammengepresster Mund und das böse Funkeln in den Augen wirkten jedenfalls alles andere als freundlich. Mit zackigen Bewegungen entriegelte sie die Tür, öffnete sie nur einen Spaltbreit, so als befürchtete sie ein unerwünschtes Eindringen, und musterte Anne ungeniert vom Kopf bis hinunter zu den Füßen.

Anne, die heute ohnehin wenig Nachsicht mit ihren Mitmenschen verspürte, schlug mit ihren Waffen zurück. »Zu Norbert Blum«, sagte sie barsch, auf jedwede generell angebrachte Höflichkeitsfloskel verzichtend.

»Nicht um diese Zeit«, erwiderte die Frau und schickte sich an, Anne die Tür vor der Nase zuzumachen. Die reagierte schnell, umfasste die Türklinke und hielt dagegen. »Wir öffnen erst um achtzehn Uhr«, presste die Frau hervor. Von Annes Dreistigkeit ein wenig überrumpelt, wich sie abrupt mit dem Oberkörper zurück, so als wollte sie einem Schlag ausweichen, während sie die Kraft, mit der sie sich gegen die Tür stemmte, noch verstärkte.

»Entschuldigung«, sagte Anne und zog ihre Hand zurück. Die Tür knallte ins Schloss. »Mein Name ist Anne Berber, und ich komme vom Polizeirevier Bergen. Es ist dringend.« Sie bemühte sich, die Worte nicht allzu unfreundlich auszusprechen. Der Ausweis, den sie gegen die Scheibe drückte, hätte vollkommen genügt, um die Frau vom Öffnen der Tür zu überzeugen, schien ihr nach dem missglückten Start dann aber allein eher unangemessen. Einen vermeintlichen Zeugen noch vor der Befragung gegen sich aufzubringen, war nicht gerade ein Beleg für gute Polizeiarbeit. Anne musste runterfahren, dringend, sonst könnte sie gleich wieder gehen. Angestrengt bemühte sie sich um einen offenen Gesichtsausdruck.

Der Blick der Frau schien förmlich an dem Stück Papier zu kleben. Ausgiebig musterte sie die paar Zeilen und das Foto, die Anne als Polizistin auswiesen. Mit der Körpersprache von jemandem, der sich in sein Schicksal ergab, ließ sie Anne schließlich eintreten. Allerdings vermied sie jeglichen Augenkontakt. Erst als sie den Schlüssel zweimal im Schloss gedreht und überprüft hatte, ob die Tür auch wirklich verschlossen war, hob sie den Kopf und schaute erst auf die Straße und dann zu Anne. »Norbert ist im Lager.«

Mit dem demonstrativen Hüftschwung einer Frau, die beschlossen hatte, sich von einer Polizistin nicht das Selbstbewusstsein ankratzen zu lassen, führte sie Anne in einen der hinteren Räume und bedeutete ihr mit einer Geste, dass sie am Ziel waren. Ihr »Norbert, Besuch für dich« klang, als wäre sie soeben hinter die heimliche Liaison ihres Mannes gekommen. Obwohl Annes Dienstausweis etwas anderes vermuten ließ, blieb die Frau stehen und lehnte sich mit vor der Brust verschränkten Armen gegen den Türrahmen.

»Ist gerade schlecht«, murmelte jemand, den Anne nicht sehen konnte. »Soll später wiederkommen.«

»Polizei Bergen. Es geht um den Tod von Georg Vetterich«, sagte sie bestimmt, und konnte im Augenwinkel wahrnehmen, wie die Frau zusammenfuhr. Nahezu im selben Moment schoss hinter einem Stapel Getränkekästen das Haupt eines kahlköpfigen Mannes mit einem auffälligen Bart, bestehend aus einem Kinnbart ohne Koteletten und einem separaten Schnurrbart, in die Höhe. Anne glaubte sich zu erinnern, dass man dieses Exemplar Balbo nannte, war sich aber nicht ganz sicher. Es bedurfte ausgiebiger Pflege, die Herr Blum ohne Frage aufbrachte. Ansonsten wirkte er auf sie wie ein durchschnittlicher Typ Mann, nur dass seine dunklen Augen wach und fast schon keck in die Welt blicken.

»Georg?«, krächzte Blum, so als hätte ihn die Kraft seiner Stimmbänder verlassen. »Georg Vetterich?« Mit weit aufgerissenen Augen starrte er Anne an. »Das muss ein Irrtum sein.«

»Leider nein«, versicherte sie. »Wir haben seine Leiche gestern Morgen gefunden.«

Norbert Blum schien fassungslos. »Wusstest du das?«, fragte er in Richtung der Frau.

Anne hörte ihr angestrengtes Atmen. »Woher denn?«, fragte sie aufgewühlt.

»Wie?«, wollte Norbert Blum nun wissen. Die Frage war an Anne, sein Blick noch immer auf die Frau im Türrahmen gerichtet.

»Ich würde mich gern allein mit Ihnen darüber unterhalten«, entgegnete Anne, drehte sich zu der Dame um und schenkte ihr ein höfliches Lächeln. Damit ließ sich nicht alles wiedergutmachen, aber immerhin war es ein Anfang.

Die Frau bemerkte davon allerdings nichts, sie konzentrierte sich ihrerseits nur auf Norbert Blum.

»Ich habe vor meiner Frau keine Geheimnisse«, antwortete Blum und schaffte es nun, Anne anzusehen. »Was ist mit Georg passiert?«

»Er wurde gestern Morgen tot in seinem Hotel aufgefunden. Ganz Sellin spricht bereits davon.« Anne wunderte sich, dass der angeblich beste Freund, so hatte ihn zumindest Lieselotte Uhlig bezeichnet, von Vetterichs Ableben noch nichts erfahren haben wollte. Sie hatte angenommen, dass die Ehefrau die engsten Freunde bei so einer schlimmen Sache persönlich informierte oder wenigstens informieren ließ. Und Lieselotte Uhlig war keine Frau, der es an Etikette fehlte, zweifellos nicht. Es musste für dieses Verhalten eine andere Erklärung geben. Schock, lähmende Trauer oder der ganz profane Umstand, dass Frau Uhlig die Freunde ihres Mannes nicht sonderlich schätzte? Davon hatte sie sich bei ihrem gestrigen Gespräch nichts anmerken lassen, aber eine interessante These, bei der sich das Nachfassen lohnte, war es allemal.

»Wir hatten Ruhetag und waren auf dem Festland unterwegs.« Samy Blum schien jetzt enorme Anstrengung darauf zu verwenden, die Tränen zurückzudrängen. »Wieso hat denn keiner angerufen?«, fragte sie, machte aber nicht den Eindruck, als erwartete sie eine Antwort.

Anne dachte das Gleiche, schwieg dazu aber lieber. Zunächst einmal wollte sie erst hören, was das Paar zu berichten hatte. »Wann haben Sie Herrn Vetterich das letzte Mal gesehen?«

»Am Abend seines Verschwindens«, erwiderte Blum betrübt. »Das war vor zwei Wochen. Wir hatten unsere Männerrunde, wie eigentlich immer donnerstags, also bis auf letzte Woche. Ohne Georg wollten wir nicht, und wir wussten ja nicht, wo er …« Er schüttelte betrübt den Kopf. »Siehst du, ich habe es dir gleich gesagt«, erklärte er an seine Frau gewandt, »Georg taucht nicht einfach so ab. Es musste einen triftigen Grund dafür geben, und jetzt wissen wir auch, welchen.« Er machte einen wirklich mitgenommenen Eindruck.

»Aber es konnte doch keiner ahnen, dass er …« Samy Blum stockte und schaute Anne fragend an. »Wenn Sie hier sind, bedeutet das, er wurde umgebracht, oder?«

Ihr Mann gab einen erschrockenen Zischlaut von sich.

»Wir gehen davon aus, ja«, antwortete Anne ruhig. »Sie waren an dem Abend gemeinsam im Hotel Kurhaus, richtig?«, fragte sie Blum.

Der bedachte sie mit einem Blick, der deutlich erkennen ließ, dass er ihr unterstellte, die Antwort bereits zu kennen. Ein Test, der ihm offenkundig maßlos gegen den Strich ging. Er wagte es jedoch nicht, seinen Unmut darüber kundzutun.

»Wir haben uns wie immer pünktlich um neunzehn Uhr in der Bar des Hotels getroffen. Georg hat auf den Verkauf des Hauses seinen besten Whisky spendiert, und wir haben feierlich unseren letzten gemeinsamen Abend im alten Kurhaus begossen.«

Anne hob überrascht eine Augenbraue, was ihm aufzufallen schien, denn er fuhr erklärend fort: »Natürlich hätten wir unsere Zigarrenabende dort auch weiterhin verbringen können, bis zur Rechtsgültigkeit und dem Abriss werden ja noch einige Wochen ins Land gehen, aber für Georg war das Kapitel mit der Unterschrift unter dem Notarvertrag abgeschlossen.« Er zuckte mit den Schultern. »Seine Ansichten waren mir nicht immer verständlich, doch er war äußerst konsequent darin –«

»Wohin wolltet ihr denn in Zukunft gehen?«, fiel seine Frau ihm ins Wort. Anne war über die Feindseligkeit in ihrer Stimme irritiert.

»Zu uns in die Klause selbstverständlich«, entgegnete er so, als wäre diese Wahl vollkommen alternativlos.

Anne registrierte an der Art, wie sich der Körper von Frau Blum entspannte, dass dies auf ihr Wohlwollen traf.

»Carsten und Olaf sind an dem Abend um kurz nach Mitternacht gegangen. Bei mir war es etwas später.« Der unsichere Blick hinüber zu seiner Frau dauerte nur Bruchteile von Sekunden, doch er entging Anne nicht.

»Gegen eins, Norbert war gegen eins zu Hause«, bestätigte sie. »Und er war sternhagelvoll. Das ist er jeden Donnerstag.«

Sein Blick hätte nicht vorwurfsvoller sein können.

Anne wollte gerade etwas erwidern, als Blum dazwischenging. »Georg war putzmunter. Das weiß ich hundertprozentig. Abgesehen davon ist er immer der Letzte, denn er räumt noch alles auf, spült die Gläser und leert die Aschenbecher. Immer.« Das letzte Wort klang wie eine Beschwörungsformel.

So viel Zeit hat ihm der Mörder nicht mehr gelassen, dachte Anne. »Wie wirkte er auf Sie? Woran können Sie sich noch sicher erinnern?«

»An alles«, blaffte Blum. »Georg war so ausgeglichen wie immer und voller Optimismus. Er und Lieselotte, seine Frau, haben sich viele Jahre für die Hütte krumm gemacht, da kann sich bei einem so fetten Geschäft schon Erleichterung einstellen.«

»Wie fett war das Geschäft denn?«, hakte Anne nach.

Blum blies die Wangen auf. »Na ordentlich, nehme ich an. Georg hat garantiert keiner übers Ohr gehauen. Den nicht.« Er grinste verschmitzt.

»Er weiß es nicht, keiner von uns weiß es«, warf seine Frau ein. »Georg hat nie darüber gesprochen. Geld sei kein Thema unter Freunden, hat er immer gesagt und sich eisern daran gehalten.«

»Und als sie gegen eins gegangen sind, war Herr Vetterich allein?«, fragte Anne, ohne auf das Gehörte einzugehen.

Norbert Blum nickte energisch.

»Sind Sie im Laufe des Abends noch irgendwo anders gewesen?«, fragte Anne nach.

Er schien sich über die Frage zu wundern. »Nein. Wir waren immer nur in Georgs Hotel, jeden Donnerstag. Wieso sollten wir denn auch woanders hingehen? Normalerweise war der Laden ja am Laufen, da konnten wir uns einfach mal hinsetzen und uns bedienen lassen. Das kommt bei uns Gastronomen nicht so oft vor.« Er lächelte gequält.

»Aber seit Weihnachten war da niemand mehr«, wandte Anne ein.

»Die letzten Male hat Georg für uns den Barkeeper gemacht. So richtig gemütlich war es in der Bar zwar schon lange nicht mehr.« Er rieb sich die Augen. »Aber für Georg schien es wichtig zu sein, und na ja, irgendwie kann man das auch nachvollziehen. Abgesehen davon gibt es Schlimmeres, als die Reste von seinem noblen Hochprozentigen niederzumachen.« Beim letzten Satz vermied er es angestrengt, seine Frau anzusehen.

»Mhm.« Anne konnte daran nichts Ungewöhnliches finden. »Wissen Sie, ob er das Hotel nach der Verabschiedung abgeschlossen hat?«

Er hob und senkte die Schultern und umfasste dann mit seiner rechten Hand den Griff eines auf seiner Höhe befindlichen Leergutkastens, so als suchte er an diesem Halt. »Carsten und Olaf sind etwas zeitiger los, damit sie zu Hause keinen Ärger bekommen«, hob er gedehnt an.

Seine Frau lachte grell auf, verstummte aber umgehend wieder.

»Georg hat uns noch einen eingeschenkt, einen Absacker, und dann …« Er wackelte mit dem Kopf, als könnte das seinem Erinnerungsvermögen auf die Sprünge helfen. »Er ist mit vor die Tür gekommen. Auf der Straße habe ich mich noch einmal umgedreht und ihm etwas zugerufen. Er hat gelacht und gewunken, aber dann … Ich sehe ihn noch da stehen … Er sah aus wie immer, nur für einen Moment … irgendetwas war anders.« Er atmete angestrengt, fuhr sich mit der Hand über das Gesicht und dann über die Glatze. »Ich kann es nicht sagen, leider. Aber er wollte ganz gewiss kurz nach mir nach Hause gehen. Was sollte er auch allein im Hotel? Er räumt alles auf und geht, so hat er es immer gemacht.« Norbert Blum sah mit jedem Wort zerknirschter aus. Er schien sich darüber zu ärgern, dass er keine genaueren Angaben machen konnte.

»War jemand auf der Straße? Gab es ein Geräusch? Irgendetwas?«, hakte Anne nach.

Er schüttelte verzweifelt den Kopf.

»Denken Sie in Ruhe darüber nach. Möglicherweise fällt Ihnen noch etwas ein«, sagte Anne mit weicher Stimme. »Welchen Ausgang haben Sie benutzt?«

Er schaute verdutzt. »Äh, ja. Den Haupteingang an der Wilhelmstraße. Georg nahm immer nur den. Ein Hotelier schleicht sich nicht von hinten rein, hat er immer gesagt.«

»Norbert war gegen eins zu Hause«, wiederholte seine Frau. Ich bin mir sicher, weil ich da noch einmal hinunter in den Keller gegangen bin, um die Waschmaschine auszuräumen. Wir sind Nachtmenschen, wissen Sie, das bringt unser Beruf so mit sich. Und …« sie hielt inne und flüsterte nun fast, »seine Kleidung war vollkommen okay, also er hatte kein Blut an sich. Sie können sich alles ansehen, aber die Sachen sind mittlerweile natürlich frisch gewaschen.«

»Samy, jetzt bitte ich dich aber!«, empörte sich Blum. »Georg war mein bester Freund. Wir haben uns zwar mitunter nichts geschenkt, zumindest verbal und was unsere

Scherze angeht, aber niemals wären wir gewalttätig gegeneinander geworden. Warum denn auch?« Während er das sagte, glühten seine Wangen, der Schweiß stand ihm auf der Stirn.

Für Anne bestätigte sich einmal mehr der Eindruck, dass die Leute zu viele TV-Krimis schauten. Sie verkniff sich ein Schmunzeln. Es war offensichtlich, dass Samy Blum keine Ahnung hatte, was wirklich passiert war. Die Äußerungen, die ihren Mann von jeglichem Verdacht freisprechen sollten, waren allerdings überaus ungeschickt, konnte man daraus doch ableiten, dass sie ihm einen Mord zutraute. Anne wusste noch nicht, was sie Norbert Blum zutrauen sollte.

»Herr Vetterich wurde in den Garderobenschrank der Bar gesperrt, und wir gehen davon aus, dass er darin verstorben ist«, sagte sie.

»Im Hotel?« Norbert Blum riss die Augen weit auf. »An unserem Donnerstag?«

Seine Frau schaute ihn mit einer Mischung aus Vorwurf und Angst an. Sie biss sich so fest auf die Unterlippe, dass diese um die Zähne herum weiß wurde. »Norbert, was ist passiert? Hast du es wieder übertrieben? Du immer mit deinen blöden Scherzen. Wann begreifst du endlich, dass so etwas nicht lustig ist? Du bist doch keine zwölf mehr. Meine Güte, jemanden in einen Schrank einzusperren …« Sie rang die Hände.

»Ich habe ihn nicht da hinein…« Blum stoppte. »Niemals! Ich hatte nicht mal eine Jacke dabei. Was sollte ich also an dem Schrank?« Der Stapel mit den Kästen, auf dem noch immer seine Hand lag, fing an zu wackeln, so sehr nahm ihn diese Information mit. »Verdächtigen Sie mich etwa?« Seine Lider zuckten nervös, als er seine Frau ins Visier nahm. »Das denkst du doch! Und dass ich schuld sein könnte. Der überdrehte Clown macht einen Spaß und verkalkuliert sich. Irgendwann musste es ja mal so kommen, da der durchgeknallte Norbert es immer übertreibt.« Er atmete schnell.

Anne versuchte, ihn zu beruhigen. Er reagierte nicht darauf, sondern schien jetzt vollkommen abwesend zu sein.

»Mein Mann und Georg sind bekannt für ihre Albernheiten, also eigentlich eher mein Mann. Georg hat Norberts lockere, zuweilen verrückte Art immer genossen, zumindest hatte ich den Eindruck. Er war eher der zurückhaltende, konservative Typ, mein Mann dagegen«, sie neigte leicht den Kopf in seine Richtung, »ist auf seine Art manchmal ziemlich durchgeknallt.«

»Aber ich würde niemals etwas dermaßen Behämmertes tun«, rief Blum erschüttert. »Georg war mein bester Freund!«

Anne verstand, was die Frau ihr zwischen den Zeilen sagen wollte. Dass es keine Absicht gewesen war, sollte ein Scherz ihres Mannes aus dem Ruder gelaufen und Vetterich durch einen blöden Unfall umgekommen sein. Allerdings glaubte sie nicht daran, und es erklärte auch nicht Vetterichs verschwundene persönliche Sachen.

Ihr Blick ruhte auf dem nunmehr gänzlich aufgelösten Blum. »Gab es Streit? Hat Georg Vetterich sich bedroht gefühlt? Wissen Sie etwas über Anfeindungen, womöglich wegen des Hotelverkaufs?«

»Von mir?« Norbert Blum schien sich jeden Moment zu vergessen.

»Nob, bleib cool. Das denkt niemand von dir«, beschwichtigte ihn seine Frau, der anzusehen war, dass sie die Sache mit dem Garderobenschrank noch nicht verarbeitet hatte. Da ihr Mann nicht reagierte, redete sie weiter. »Wenn man Erfolg hat, gibt es Neider. Das passiert ganz automatisch. Und mal ehrlich, Georg hat mit dem Verkauf des Hotels ein richtiges Ding gelandet. Einen besseren Standort für den Neubau und vor allem einen teureren finden Sie in ganz Sellin nicht. Aber darüber hinaus fällt mir niemand ein.« Sie schaute ihren Mann fragend an. »Norbert?«

»Unsinn. Deswegen bringt man niemanden um, vor allem nicht so. Was hätte derjenige auch von seinem Tod gehabt?

Und Streit?« Er sprach langsam, gedehnt. »Es gibt immer Streit zwischen Menschen, aber wann artet der so aus, dass man dafür mordet?«

Anne hätte ihm von einem guten Dutzend Fälle aus ihrer Zeit bei der Polizei berichten können, bei denen die Motive derart nichtig gewesen waren, dass niemand sonst auf die Idee gekommen wäre, deswegen einen Mord zu begehen. Die Hemmschwelle mochte allgemein hoch liegen, aber im Individuellen wurde sie manchmal so schnell beiseitegewischt, dass man diesen Grenzüberschreitungen nur ratlos gegenüberstand. Wie damals bei dem jungen Mann, der im Garten seiner Großeltern ein kleines Kräuterbeet angelegt hatte. Die intensive Pflege und Hingabe, die er dafür aufwendete, hatten auf Außenstehende vollkommen normal, ja fast schon beeindruckend gewirkt. Mit dem Bau der Stralsunder Umgehungsstraße war allerdings eine Beschneidung der Parzelle notwendig geworden, was wegetechnisch als durchaus vernünftig zu beurteilen war und natürlich mit einer Entschädigung der Eigentümer einherging. Der Ärger, den der leidenschaftliche Hobbygärtner angesichts des Eingriffs in sein Gemüsebeet empfunden haben musste, war noch nachvollziehbar gewesen, die acht Messerstiche, die der erste anrückende Bauarbeiter fast mit seinem Leben bezahlt hätte, jedoch nicht. »Mit wem hatte Georg Vetterich Streit?«, hakte Anne nach. Blums Antwort war ihr zu schwammig, um dahinter nicht noch mehr zu vermuten.

»Mit niemand Bestimmtem. Er hat zumindest nichts erwähnt, aber Georg war auch kein Mensch, der sein Herz auf der Zunge trägt.«

»Was war er denn für ein Mensch?«

»Einer der anständigsten, die ich kenne. Gebildet, höflich, zurückhaltend, fleißig. Ich kann Ihnen nichts Schlechtes über ihn sagen.« Norbert Blum schniefte, während er mit dem Handrücken unter seiner Nase entlangfuhr. »Wir hatten vom ersten Augenblick einen guten Draht zueinander. Ich glaube, er mochte mich, weil ich nicht ganz mainstream bin. Jedenfalls haben wir uns immer hervorragend unterhalten.« Er sah auf und reckte das Kinn nach vorn. »Wie absurd ist das eigentlich, dass jemand nachts ins Hotel marschiert und Georg einsperrt?«, fragte er, ohne weiter auf das zuvor Gesagte einzugehen.

»Wie bekannt war denn Ihre Donnerstagsrunde?«, hielt Anne dagegen.

»Acht Jahre, mit wenigen Ausnahmen jede Woche«, entgegnete Blum aufgebracht. »Das dürfte dem Dümmsten nicht entgangen sein.«

»Da mögen Sie recht haben.«

Norbert Blum starrte sie nur an. Er hatte nicht zugehört, das war nicht zu übersehen. Dass sie ihm noch um seine Fingerabdrücke bat, kriegte er nicht einmal mehr mit.

✳✳✳

»Hast du noch von dem Käse, dem kleinen, weichen?«, fragte Fritz Friesen, dem man den Genuss dieses Frühstückes ansehen konnte. »Allerdings nur, wenn es dir keine Umstände macht. Ich bin ja eigentlich nicht zum Essen gekommen, aber nun, da es sich so ergibt ...« Er grinste über das ganze Gesicht und machte keinerlei Anstalten, die Reste des französischen Camemberts aus seinen Mundwinkeln zu entfernen. »Und mal ehrlich, Sören, dein Frühstück ist mit Abstand das beste, das man auf der Insel kriegen kann. Kein Wunder, dass die Berber hier nicht auszieht.« Er zwinkerte ihm mit unverhohlener Zweideutigkeit zu.

Hilgert erhob sich, um das Gewünschte zu holen. Das Lob schmeichelte ihm, gegenüber allem anderen stellte er sich taub. Dass Friesen hier vorhin mit dem Anliegen, Anne sprechen zu müssen, aufgeschlagen war, passte ihm ausgezeichnet in den Kram. Die Gäste waren lange ausgeflogen, und wenn Fritz die Überbleibsel des Frühstücksbüfetts verdrückte, war ihm das nur recht – solange es ihn redselig werden ließ. Gestern Abend hatte er, was Fietes Verletzungen anging, nichts preisgeben wollen. Der Alte hatte ihm dahin gehend bestimmt tüchtig ins Gewissen geredet. Die Spannungen jedenfalls waren deutlich spürbar gewesen, und Fritz hatte sich, nachdem sie den bedauernswerten Fiete in sein Bett verfrachtet hatten, zügig verzogen. Zwar hätte Hilgert heute Morgen auf der Polizeistation in Baabe anrufen und ihn fragen können, aber das hätte so ausgesehen, als spionierte er Fiete nach, und das wäre das Letzte, was er im Sinn hatte. Diese zufällige Fügung war da schon eher seine Sache. Mit einem Stück Käse und zwei frischen Brötchen ausgerüstet, setzte er sich wieder zu Fritz an den Tisch.

Der bedankte sich überschwänglich. »Als Junggeselle macht man sich so ein Frühstück einfach nicht. Ich würde das auch nicht hinkriegen«, erklärte er. »Meinst du, die Berber kommt noch einmal zurück?«

»Nach Feierabend sicherlich«, entgegnete Hilgert abgeklärt.

»Mhm. So lange kann ich nicht essen.« Seine eigene Antwort amüsierte Fritz. »Dann rufe ich sie nachher mal an. Immerhin habe ich seit der Sache mit Klart ihre Handynummer.« Um seine Mundwinkel zuckte es, was Hilgert als einen Ausdruck seines Triumphes interpretierte. »Als die gestern mit einem Mal drüben im Brandhotel aufgetaucht ist, Mann oh Mann, da habe ich doch fast gedacht, die verfolgt mich.« Er grunzte vor Freude, was ein paar eingespeichelte Brötchenkrümel auf seine Lippen treten ließ, die er mit dem Handrücken wegwischte. »Ich hätte nichts dagegen.« Der letzte Satz schien ihm so rausgerutscht zu sein. Mit starrem Blick auf seinen Teller versuchte er, die peinliche Situation zu überspielen. Seine roten Ohren sprachen für sich.

»Schlimme Sache mit dem Vetterich«, bemerkte Hilgert und schenkte seinem Gast noch einen Kaffee ein.

»Du bist besser als meine Mutter«, entgegnete Friesen dankbar. Dann kaute er versonnen.

»Armer Kerl«, legte Hilgert nach. Er kannte Fritz lange genug. Obwohl er ein passabler Polizist war, siegte irgendwann sein Mitteilungsbedürfnis. Das war keine Geschwätzigkeit, sondern seine Art, das Erlebte für sich aufzuarbeiten und damit zurechtzukommen.

»Mit den Millionen hätte es Vetterich auf Malle bestimmt besser gefallen«, sagte Friesen kauend. »Das ist echtes Pech. Und ich habe wirklich gedacht, er hätte sich mit dem Geld aus dem Staub gemacht. Ich meine, seine Frau macht schon was her, vor allem für ihr Alter, aber ohne ist die auch nicht, was man so hört. Ich kenne sie nicht persönlich, wirklich nicht, eventuell ein Mal gesehen vielleicht, aber höchstens.« Er schaute unsicher zu Hilgert rüber.

Hilgert registrierte das genau und wartete.

»Anne hat noch keine heiße Spur. Das wüsste ich«, sagte Friesen im Brustton der Überzeugung, und die Eile, mit der er das vorbrachte, ließ Hilgert noch aufmerksamer werden. Vermutlich war da etwas, das Fritz ihm auf keinen Fall erzählen wollte, und das hatte mit Lieselotte Uhlig zu tun.

»Jedenfalls war ich gestern zugegen, als die Kollegen von der Kriminaltechnik das Umfeld des Hotels nach den Sachen des Toten abgesucht haben«, berichtete er selbstzufrieden. »So was muss ja von irgendjemandem koordiniert werden.«

Hilgert war der Trubel rund um das Nachbargrundstück nicht entgangen. Selbst bei ihm waren sie gewesen, um die Mülltonnen zu durchstöbern und unter die Hecken zu kriechen. Er war froh, dass die Suche ohne Ergebnis geblieben war. Er wollte nicht in irgendwelchen Untersuchungsakten auftauchen.

Friesen ließ die Schultern fallen. »Leider konnten wir nichts finden. Ich hatte so gehofft … ich meine, ach, egal. Immerhin habe ich einen Schal gefunden, den die Berber übersehen hatte, die hat vielleicht Augen gemacht.« Ein Lächeln huschte über sein Gesicht. »Und es gibt eine Zeugin, die gesehen haben will, wie zwei Männer aus dem Hotel gekommen sind, also in der Nacht, in der Vetterich verschwunden ist.« Mit seinem marmeladenverschmierten Messer fuchtelte er vor Hilgerts Gesicht herum. »Da muss Anne nachgraben. Das könnte was sein.« Jetzt nickte er bestätigend zu seinen Worten. »Es ist eben manchmal auch von Vorteil, wenn sich die Neuigkeiten in einer Gemeinde schnell verbreiten und wenn man als hiesiger Polizist allen bekannt ist.«

»Zeugen sind immer von Bedeutung«, gab Hilgert windelweich zurück.

Friesen stimmte überschwänglich zu. »Du glaubst nicht, wie froh ich bin, dass die bei mir angerufen haben. So kann ich mich hier einbringen, bei einem richtigen Verbrechen. Verstehst du? Wie damals bei Klart. Da war ich auch im Team von der Berber, extra dafür angefordert war ich. Das hätte sie eigentlich dieses Mal wieder machen können ...« Friesen riss ein Stück aus dem Brötchen und tunkte damit die vom Rührei auf dem Teller zurückgebliebene flüssige Butter auf. »Das war mein erster Mord, und jetzt, ein Vierteljahr später, geschieht der zweite. Meine Fresse, das ist schon eine ganz schöne Schlagzahl für unsere Insel. Denkst du nicht?«

Hilgert zuckte mit den Schultern und dachte an die Kriminalitätsrate von Berlin. Dort wurden rund vier Morde im Jahr verzeichnet. So gesehen war Sellin nicht schlecht aufgestellt. Allerdings hielt er die Zahl nur für einen Ausreißer, auf den die nächsten zwanzig bis dreißig Jahre keine Morde folgen würden, während Berlin niemals eine Auszeit haben würde. »Ich kenne mich damit nicht aus«, sagte er.

»Der zweite Mord in meiner bisherigen Dienstzeit, da bin ich mal gespannt, was bis zu meiner Pensionierung noch so passiert.« Das hörte sich an, als könnte er es nicht erwarten.

Darauf stieg Hilgert ein. »Wenn alte Männer mitten in der Nacht verprügelt werden, ist das aus meiner Sicht auch nicht ohne, vor allem in einem Seebad wie Sellin.« Er kannte sich gut genug aus, um zu wissen, dass Faustschläge die Ursache von Fietes Verletzungen waren. »Um in so einem Fall die Schuldigen zu finden, braucht es jemanden, der sich vor Ort auskennt.«

»Mhm. Mag sein.« Fritz bemühte sich, Hilgerts Einwand abzutun, das war ihm an der Nasenspitze abzulesen.

»In Fietes Alter hätte das ziemlich übel ausgehen können«, legte Hilgert nach. Dass Friesen mehr darüber wusste, war bis gerade eben eher nur eine Ahnung gewesen, jetzt war er sich aber sicher, ins Schwarze getroffen zu haben.

»Stimmt wohl. Aber das ist ...« Fritz stoppte abrupt, schüttelte den Kopf und nahm einen großen Schluck von seinem Kaffee.

»Was?« Hilgerts Frage klang energischer, als er sie hatte vorbringen wollen.

»Na ja, ohne Anzeige«, nuschelte Friesen und fühlte sich dabei sichtlich unwohl.

Hilgert verstand nicht. Selbst wenn Fiete denjenigen, der ihn so zugerichtet hatte, nicht kannte, hätte er eine Anzeige gegen unbekannt stellen können. In solchen Fällen tauchten nach einem gezielten Einbezug der Bevölkerung immer irgendwoher ein paar Zeugen auf, zumal der Vorfall in Sellin stattgefunden haben musste, wo Fiete bekannt war wie ein bunter Hund. Die Schlussfolgerung, dass es hier geschehen war, lag nahe, denn Fiete besaß kein Auto, und der Rasende Roland fuhr in der Nebensaison nach zwanzig Uhr nicht mehr. Außerdem waren Fritz und Fiete zu Fuß unterwegs gewesen. Er schwieg und wartete, was passierte.

Wie zu erwarten, konnte Fritz die Stille nicht aushalten. »Er will keine Anzeige. Dabei bin ich mir sicher, dass er denjenigen erkannt hat«, murrte er ärgerlich. Dann riss er den Kopf nach oben und schaute Hilgert mit flehendem Blick an. »Aber verrat ihm bloß nicht, dass du das von mir hast. Er wollte dich da unter keinen Umständen mit hineinziehen.«

»Hat er das so gesagt?«, wollte Hilgert wissen.

»Ja.«

Hilgert kannte Fiete lange genug, um triftige Gründe für sein Verhalten zu vermuten. Das machte ihn noch neugieriger.

»Steckt er in ernsten Schwierigkeiten?«

Friesen tat, als hätte er die Frage nicht gehört, zumindest reagierte er nicht.

»Fritz!«

»Na gut, du gibst ja sowieso keine Ruhe«, maulte er und lehnte sich mit gespielter Empörung zurück. »Ich kann mir darauf nämlich auch keinen Reim machen. Er war bei Lieselotte Uhlig.« Fritz wartete, ob Hilgert auf den Namen irgendeine Reaktion zeigte. Da dies nicht passierte, fuhr er fort: »Zum Kondolieren. Und dabei ist wohl jemand in deren Vorgarten herumgeschlichen. Angeblich hat derjenige auch irgendwelche Gegenstände gegen das Haus geworfen. Gestern Abend konnte ich aber nichts davon erkennen. Es war schon zu dunkel.«

Hilgert fragte sich, wieso Friesen den Schaden nicht umgehend heute Morgen aufgenommen hatte.

»Aber das ist sowieso alles vergebene Liebesmüh.« Fritz winkte ab. »Fiete hat den Typ gestellt und ohne Ankündigung eine übergezogen bekommen. Ich würde sagen, mit einem Stock oder einem Baseballschläger. Als er am Boden lag, gab es noch ein paar Tritte obendrauf. Dann ist der Kerl abgehauen. Frau Uhlig behauptet sogar, es hätte noch ein Zweiter hinter der Hecke gestanden, aber Dresche hat Fiete wohl nur von einem bekommen. Angeblich hat er sich nicht einmal gewehrt. Das verstehe ich überhaupt nicht. Sie wollte ihn ins Krankenhaus bringen, doch das hat er vehement abgelehnt. Lediglich mich durfte sie anrufen. Und den Rest hast du selbst gesehen. Fiete wollte um das alles kein großes Gewese machen. Beide wollten das nicht. Deswegen hat Frau Uhlig mir auch strengstens untersagt, heute früh zurückzukommen und die Schadensmeldung aufzunehmen.« Fritz hob den Kopf und ließ seinen Blick suchend über die Gegenstände auf dem Tisch schweifen. Dann hatte er das Begehrte gefunden und hielt Hilgert ein leeres Schälchen entgegen. »Kann ich noch etwas von der Mangomarmelade? Hast du die selbst gemacht?«

Hilgert nickte, rührte sich aber nicht. Sollte er gekränkt sein, dass Fiete ihn außen vor lassen wollte? Das wäre ohne Zweifel kleinlich von ihm. Denn hinter der ganzen Sache steckte seiner Ansicht nach etwas vollkommen anderes. Fiete schien unbedingt vermeiden zu wollen, dass Hilgert misstrauisch wurde. Dieser Eindruck drängte sich ihm förmlich auf. Dafür musste der Freund gute Gründe haben. Aber welche? Der Kondolenzbesuch bei der Witwe des Opfers leuchtete ihm ein. Nach dem, was Anne Berber erzählt hatte, war die Frau ein Selliner Urgestein. Dass Fiete, auf den diese Bezeichnung ebenfalls zutraf, sie lange kannte, war naheliegend. Seine bei ihrem gestrigen Gespräch überaus respektvolle Erwähnung ihrer Person war Hilgert ebenfalls nicht entgangen. Das unterstrich die Annahme und führte zu einer weiteren: Die beiden schienen sich näher zu kennen. Fiete hatte das nicht an die große Glocke gehängt, aber das war nichts, worüber man sich wundern musste. Allerdings war in der Gemeinde ein Mord begangen worden – und just an dem Tag, an dem man das Opfer zufällig fand, wurde dessen Witwe bedroht. Nichts anderes war es, wenn jemand auf dem Grund und Boden von Lieselotte Uhlig herummarschierte und seiner Wut mittels Wurfgeschossen Luft machte, was noch dazu mit den Fäusten im Gesicht eines unbeteiligten Dritten geendet hatte. Und genau da lag der Knackpunkt. Fiete hatte eine Freundin verteidigt, verbal und nach Friesens Aussage keinesfalls mit Handgreiflichkeiten. Davon hätte der Freund Hilgert mit ruhigem Gewissen berichten und in seinem miserablen Zustand Hilfe annehmen können. Oder war das doch nur wieder ein Ausdruck von Fietes Eigentümlichkeit und Hilgert interpretierte zu viel hinein? Er würde dem Alten auf den Zahn fühlen müssen, so viel war sicher.

»Ach, wenn ich es mir recht überlege, eigentlich bin ich satt. Ich werde zurück ins Büro fahren und Anne anrufen, um ihr von den Neuigkeiten zu berichten.« Fritz griff nach seiner noch halb vollen Tasse Kaffee und trank hastig aus.

»Das ist alles eine sehr unschöne Sache«, antwortete Hilgert, um überhaupt etwas zu sagen.

»Das kannst du verdammt noch mal laut sagen«, blaffte Dombrowski hinter ihm.

Hilgert hatte den Nachbarn nicht kommen gehört und fuhr erschrocken herum. Fritz Friesen verschluckte sich und hustete.

»Gut, dass ich euch treffe«, polterte Dombrowski, während er zum Tisch herübergewackelt kam. Ohne zu fragen, nahm er Fritz die Tasse aus der Hand, schenkte nach und hockte sich schlürfend zu den beiden. »Du bist die Polizei«, er legte Friesen die Hand auf die Schulter, »und du, mein Freund, hast sie bei dir wohnen, wenn nicht sogar etwas mehr.« Er zwinkerte Hilgert unanständig zu. »Das sind die besten Voraussetzungen, um in das Hotel Kurhaus reinzukommen und die gottverdammte Sauna da rauszuholen. Seht ihr doch auch so, nicht? Mir will einfach nicht in den Kopf, was dieses Gerät mit dem Mord an Georgi zu tun haben soll, dass es da nicht verschwinden darf.« Er schaute erst Hilgert und dann Friesen um Zustimmung heischend an.

»Solange die Untersuchungen nicht abgeschlossen sind, kommt da keiner rein«, sagte Friesen wichtig, und Hilgert war froh, dass er das Reden übernahm. »Danach ... Da musst du die Erben fragen, also solange der Verkauf noch nicht über die Bühne gegangen ist. Falls doch, wendest du dich an den neuen Eigentümer. Den Gerüchten nach wollen die ohnehin abreißen, da werden sie dir schon entgegenkommen.«

»Jetzt hör mir mit diesen Fisimatenten auf!«, schimpfte Dombrowski ungehalten. »Die Zeit und die Nerven habe ich nicht. Biene sitzt mir im Nacken.« Er hielt inne und schien zu überlegen. »Ich habe doch außerdem die mündliche Zusage des Eigentümers.«

»Der ist nur leider nicht mehr am Leben. Da kann man nichts machen«, entgegnete Fritz Friesen, erhob sich, klopfte die Brötchenkrümel von seinen Hosenbeinen und verabschiedete sich mit überschwänglichem Dank von Hilgert.

»Pfeife«, rief ihm Dombrowski nach.

Fritz Friesen überhörte das großzügig, hob, ohne sich noch einmal umzudrehen, die Hand zum Gruß und verschwand.

»Wenn ich die zickige Uhlig anrufe, muss ich mir nur wieder deren hochtrabendes Geschwafel anhören, und raus kommt null Komma nichts«, brummelte Dombrowski.

Hilgert achtete nicht auf ihn, stand auf und begann mit dem Aufräumen. Er hatte soeben beschlossen, sich eine kleine Auszeit zu gönnen und joggen zu gehen. Heute würde er allerdings etwas von seiner üblichen Strecke abweichen und sich das Haus von Georg Vetterichs und Lieselotte Uhlig einmal aus der Nähe ansehen. Fiete auf den Fersen zu bleiben, konnte gewiss nicht schaden.

***

Die Seebäder Binz und Sellin waren wie zwei ungleiche Schwestern, wobei die größere von beiden als die weltgewandte, mondäne und selbstbewusste und die kleinere als nicht minder attraktiv, aber zurückhaltender und bescheidener beschrieben werden konnte. Dennoch hatte die kleine Schwester wie so oft im Leben etwas vorzuweisen, auf das die andere neidisch blickte: ein bezauberndes Brückenhaus, das Binz, welches selbst einmal über ein solches Bauwerk verfügt, es im Laufe der Geschichte aber leider eingebüßt hatte, zu gern für sich beansprucht hätte. Und so fiel Urlaubern wie Insulanern die Entscheidung, welche der beiden Schwestern die reizvollere war, oftmals schwer. Anne für ihren Teil zählte zu der Sellin-Fraktion der Seebadliebhaber, die das Überschaubare und Ruhige bevorzugten, aber trotzdem auf etwas Glanz nicht verzichten wollten. Ihren eigenen Überlegungen nachgehend, stand sie auf der Binzer Promenade und schaute über die friedlich vor ihr liegende Ostsee. Sie war die jahrtausendealte Größe, der feste Punkt, an dem sich die Menschen hier orientierten, etwas, das Bestand hatte in dieser immer schneller und verrückter werdenden Welt. Die Ostsee ließ sich nicht beeindrucken, schon gar nicht von den Menschen, die allzeit die erstaunlichsten Unternehmungen starteten, um sie zu bezwingen. Am Ende gewann stets die Natur, eine Gewissheit, die Anne immer wieder eine gesunde Distanz zu den Problemen ihres eigenen Lebens verschaffte.

Sie schloss die Augen und atmete tief die klare Meeresluft ein, mit der ihre Seele ein wenig von der Leichtigkeit zurückbekam, die sie jetzt dringend gebrauchen konnte.

Obwohl es bald Mittag war, wirkte Binz an diesem kühlen Märzmorgen wie ausgestorben. Die Sonne, die in den letzten Tagen schon einiges an Kraft bewiesen hatte, wollte sich noch nicht herauswagen, und wenn es nach den dicken, tief hängenden Wolken ging, würde sie das heute wohl auch nicht mehr schaffen. Anne fröstelte leicht und vergrub ihre Hände in den Taschen des Parkas. Sie hatte sich für den heutigen Tag auf dem Revier abgemeldet, was ihrer mit liebevoller Strenge agierenden Assistentin Ilka ziemlich sauer aufgestoßen war. Die hatte nämlich schon eine lange Rücksprachenliste angelegt, angeführt von Annes Stellvertreter Knut Reed, die sie, wenn es nach Ilka ginge, heute noch vor dem Wochenende abarbeiten sollte. Doch Anne hatte andere Pläne. Die Zeugenbefragung im Fall Vetterich würde einige Zeit dauern, aber das war nur die halbe Wahrheit. Wenn sie endlich diesen Druck in ihrer Brust loswerden wollte, musste Martin aus ihrer Wohnung ausziehen. Darum wollte sie sich heute Nachmittag kümmern. Der Plan, den sie gefasst hatte, war recht simpel: hinfahren und rauswerfen. Ob der Vorgehensweise haderte Anne noch tüchtig mit sich, denn sie bezweifelte, dass sich das so einfach bewerkstelligen ließ. Doch was auch geschehen würde, ihr Vater musste sich da raushalten – und ihm das nachher feinfühlig genug beizubringen, war fast noch schwieriger, als Martin Kaminsky auf die Straße zu setzen.

Während der Fahrt nach Binz hatte Fritz Friesen angerufen und ihr von einer Zeugin berichtet. Gut möglich, dass die Frau Carsten Horn und Olaf Langer, den dritten und vierten im Bunde der Zigarrenabend-Freunde, aus dem Hotel hatte kommen sehen. Die Uhrzeit kam jedenfalls hin. Wenn die Personenbeschreibungen in ihrem E-Mail-Postfach angekommen waren, würde sie weitersehen. Die Aussage von Norbert Blum wäre damit zumindest teilweise bestätigt. Davon abgesehen hatte das Gespräch mit Blum und dessen Frau Anne eher ratlos zurückgelassen. Nach dem, was sie von den Eheleuten gehört hatte, stand die Möglichkeit im Raum, dass Blum dem Freund einen Streich gespielt hatte, an den er sich aufgrund des Alkohols nicht mehr erinnern konnte. Jedoch ergab das im Hinblick auf den fehlenden Schlüssel des Hotels und Vetterichs andere Sachen keinen Sinn. Es war müßig, darüber zu spekulieren, solange sie nicht die beiden anderen Freunde des Opfers, Langer und Horn, befragt hatte. Da sie Olaf Langer am Morgen nicht angetroffen hatte, war sie ins Auto gestiegen und nach Binz gefahren, um mit Carsten Horn zu reden, der hier eines der schicksten Restaurants am Platz führte.

Der Mann fiel ihr schon von Weitem auf. Er stand mitten auf der Promenade und blickte, so wie sie es gerade getan hatte, andächtig über das Meer. Für einen Mann verfügte er über eine durchschnittliche Größe, er war schlank und mit einem dunkelblauen Anzug, beigen Halbschuhen und einem im selben Ton gehaltenen, lässig um den Hals geschlungenen Schal überaus geschmackvoll gekleidet. Seine dichten haselnussbraunen Haare sahen aus, als wären sie sorgfältig in Form gebracht worden, und selbst die darinsteckende Sonnenbrille, ein bei diesem Wetter überflüssiges Accessoire, konnte seiner Frisur nichts anhaben. Bereits sein Profil ließ erahnen, wie attraktiv er sein musste, und Anne, die solche Anwandlungen in ihrem Leben eigentlich nicht mehr zulassen wollte, war neugierig, was sie gleich erwarten würde. Dass dies Carsten Horn war, stand für sie außer Frage. Ihre weibliche Intuition sagte ihr das, und die ließ sich nicht allein davon leiten, dass sich der Mann direkt vor Horns Restaurant befand.

Sie hatte ihn kaum erreicht, als eine nicht minder schicke Frau aus dem Haus kam, an ihn herantrat und ihn liebevoll um die Hüften fasste. Anne registrierte den Altersunterschied zwischen den beiden. Er betrug nicht eben wenige Jahre, zu Annes insgeheimer Enttäuschung waren es aber nicht genug, als dass die Frau seine Mutter hätte sein können. Carsten Horn erwiderte die Zärtlichkeiten zunächst, ließ jedoch, nachdem die Frau etwas zu ihm gesagt hatte, umgehend von ihr ab. Sie schien dadurch in Rage zu geraten, ihre Mimik wurde hart und ihre Gesten unwirsch, während sie begann, auf ihn einzureden. Was, seiner Mimik nach zu urteilen, wiederum ihm missfiel.

Bei allem Unmut, der zwischen den beiden in der Luft hing, sprachen sie doch so gedämpft, dass die vorbeibummelnden Passanten nichts von dem Streit mitbekamen. Zumindest regierte niemand auf das Paar. Die Auseinandersetzung endete schließlich abrupt, indem die Dame Horn einfach stehen ließ. Anne passte das gut, denn sie verspürte keine Lust, da hineinzuplatzen. Peinliche Situationen waren ihr zuwider, und diese hier hätte davon gleich eine doppelte Portion bereitgehalten. Denn niemand verspürte den Drang, sich bei einer Auseinandersetzung ertappen zu lassen. Wenn das aber auch noch durch die in einem Mordfall ermittelnde Beamtin geschah, die einen der Beteiligten als wichtigen Zeugen befragen wollte, fühlte die Person sich garantiert mehr als unwohl, und das konnte extrem kontraproduktiv sein.

»Herr Horn?«, fragte Anne mit einem freundlichen Lächeln. »Carsten Horn?«

Er wandte sich zu ihr um, als hätte sie ihn bei irgendetwas Unanständigem ertappt. Seine bis dahin ernste Miene erhellte sich jedoch bei Annes Anblick. Horn hatte nun etwas von einem alten Freund, der sich über ein Wiedersehen freute. »Der bin ich.« Seine stechend blauen Augen strahlten.

Anne bemühte sich, ihren Text zusammenzubringen. Der Mann war noch attraktiver, als sie aus der Ferne vermutet hatte. Anfangs etwas holprig, dann gewohnt routiniert trug sie ihm ihr Anliegen vor, was ihn nicht im Mindesten aus der Fassung zu bringen schien. Anders als bei seinem Freund Norbert Blum hatte sich die Nachricht von Georg Vetterichs Tod schon zu ihm herumgesprochen, und er war clever genug, mit dem Erscheinen der Polizei gerechnet zu haben.

»Bitte lassen Sie uns hineingehen. In meinem Büro redet es sich gemütlicher und vor allem ungestörter«, sagte er, als hätte Anne bei ihm um eine Tischreservierung gebeten. Schon spürte sie den sanften Druck seiner Handfläche auf ihrem Rücken, mit dem er sie zu lenken gedachte. Anne machte rasch einen Ausfallschritt, um aus seiner Reichweite zu gelangen, und nickte. Horn ließ sich nichts anmerken und führte sie durch einen Gastraum, der die Größe einer mittleren Schulkantine hatte, aber durchaus geschmackvoll eingerichtet war. Dann ging es über eine Treppe hinauf in die erste Etage. Die Dame, die Anne vorhin draußen mit Horn gesehen hatte, stand am Tresen. Sie unterhielt sich mit einem der Kellner und verfolgte Anne gleichzeitig mit argwöhnischen Blicken.

Horns Büro war eine Ansammlung von modernen, zweckmäßigen Büromöbeln, Regalen voll von dicken Aktenordnern und vor sich hin brummender Technik. Er hatte auf jeglichen Schnickschnack, mit dem Menschen an ihren Arbeitsplätzen zuweilen für mehr Behaglichkeit sorgten, verzichtet, und so gab es hier weder Zimmerpflanzen noch Bilder oder irgendwelchen sinnfreien Nippes. Anne kam das nicht nur geschmacklich sehr entgegen, sie schlussfolgerte daraus auch, dass Horn ein sehr fokussierter und geradliniger Mensch sein musste. Dieser erste Eindruck relativierte sich, als sie in der Ecke des Raumes vier vollgepackte Umzugskisten entdeckte. Möglicherweise war Horn also einfach nur ein Mensch, der sich räumlich verändern wollte.

»Sie haben einen phantastischen Blick auf die See«, sagte Anne, die vor der breiten Fensterfront stand und damit seine Bitte, Platz zu nehmen, ignorierte.

Ihn schien das ehrlich zu freuen, denn er trat neben sie und erklärte Anne überschwänglich, welche Sichtachsen sich einem hier auf die anderen Küstenorte und den Horizont darboten.

Anne schnupperte sein angenehmes Aftershave, das sich mit dem frischen Duft nach Pfefferminze in seinem Atem mischte. Angetan lauschte sie seiner warmen Stimme, die bei ihr zunehmend ein sanftes Kribbeln in der Bauchgegend hervorrief. Carsten Horn war überaus interessant, und er wirkte auf Frauen – sogar auf so eine schrullige, beziehungsgeschädigte Einzelgängerin, wie Anne es war. Zu ihrem eigenen Erstaunen hätte sie ihm stundenlang zuhören können, aber so funktionierte das Spiel nicht, leider. Anne, die ihre Arme vor ihrer Brust verschränkt hatte, kniff sich in den Unterarm, um wieder in der Realität anzukommen, und begann mit der Befragung. »Herr Horn, Sie haben sich Donnerstagabend vor vierzehn Tagen mit Ihren Freunden im Hotel Kurhaus getroffen, ist das richtig?«, fragte sie in eine seiner kurzen Redepausen hinein. Er wirkte davon etwas überrumpelt, überging die kleine Unhöflichkeit aber nonchalant.

»Ja, vier erfolgreiche Männer, die sich einmal pro Woche in klugen Gesprächen ergehen und dabei hervorragende Spirituosen zu sich nehmen. Das wird mir fehlen. Georg wird mir fehlen.«

»Wann haben Sie Herrn Vetterich das letzte Mal gesehen?«
»An besagtem Donnerstag, gegen Mitternacht. Olaf und ich hatten kräftig einen getankt, wir haben uns daher gegenseitig nach Hause gebracht.« Er sprach nun leiser, zurückhaltender, aber nicht weniger angenehm. »Olaf hat eine kleine Pension in der Selliner Wilhelmstraße, mein Hotel liegt direkt daneben«, fügte er erklärend hinzu.

»Sie haben noch ein Hotel in Sellin?«, fragte Anne überrascht.

»Ja. Fünf Sterne in Sellin und das Gleiche hier in Binz. Dazu habe ich letztes Jahr dieses Lokal hier übernommen. Man muss expandieren, wenn man im Geschäft bleiben will«, antwortete er. »Unser Hotel in Binz verfügt nur über einen Frühstücksservice, mehr gibt die Küche nicht her. Wenn ich aber Gäste halten und gewinnen will, muss ich auch in der Lage sein, ein Rundherum-sorglos-Paket anzubieten. Vom Hotelbett in den Pool und von dort zu einem hervorragenden Abendessen, bei Bedarf mit Shuttleservice. Alles aus einem Guss, ohne Extraaufwand für den Gast. Die Ansprüche wachsen stetig, und wenn man nicht Schritt halten kann, verliert man. Im Gastgewerbe kann man nur mit Weitblick und einer gehörigen Portion Mut und Innovationsfreude bestehen. Alles andere ist Zeitverschwendung.« Er musste zu Annes Erstaunen tatsächlich einmal Luft holen. »Vor allem hier auf Rügen gibt es noch einiges an touristischem Potenzial. Wir sind längst nicht am Ende der Fahnenstange angekommen. Der Trend Deutschlandurlaub ist ungebrochen. Überdies lieben die Menschen Deutschlands größte Insel. Das sind Pluspunkte, die sich langfristig vergolden lassen.«

Der kurze Monolog klang für Anne wie eine Überzeugungsrede für einen Bankberater: kühl, sachlich und berechnend. Die Leidenschaft für den Beruf Hotelier, wie sie bei Sören Hilgert in allem, was er erzählte und tat, mitschwang, schien Horn vollkommen abzugehen. Aber das war sicherlich nicht nur eine Frage der Betrachtungsweise, sondern auch des Geschäftsanspruchs. Sören Hilgert jedenfalls nannte seine Pension sein Zuhause und knapste sich von Monat zu Monat durch, während bei Carsten Horn die Kasse klingelte, wenn man den gerade gehörten Ausführungen Glauben schenken durfte.

»Sie sind nicht von hier, oder?«, wollte Anne wissen, wobei ihr die Frage schon blöd vorkam, während sie sie stellte. Dennoch, ein Einheimischer hätte ihr zuerst einiges an Heimatdusel aufgetischt, ehe er ihr die nackten wirtschaftlichen Erwägungen um die Ohren gehauen hätte. Ein Rüganer liebte seine Insel, und das konnte er nicht verbergen, nicht einmal in einer knallharten geschäftlichen Kalkulation.

»Uh, das nenne ich mal eine Spürnase«, frotzelte Horn und blinzelte Anne verwegen an. Sein fröhliches Lachen übertrug sich auf seine nächsten Worte. »Meine Familie stammt aus Lübeck. Mein Vater kam nach der Wende hierher, er hat unser Unternehmen aufgebaut, na ja, und ich habe meine Chancen genutzt, wenn Sie so wollen. Ist das ein Problem?«

»Nein, es war nur Ihre Sprachfärbung, die mich darauf gebracht hat«, log Anne, um dann die Befragung fortzuführen. »Sie und Langer sind allein gegangen?«

»Ja. Norbert hat deutlich mehr Sitzfleisch als wir, und manchmal denke ich, er ist froh, wenn er ein paar Stunden von der Kette ist, also weg von seiner Frau.« Der Witz misslang, und er schien es zu bemerken. Jedenfalls wurde seine Stimme nun ernster. »Georg und Norbert standen sich am nächsten, könnte man sagen, wenn man das Verhältnis von uns vier Freunden miteinander vergleichen möchte. Sie hatten immer noch etwas mehr zu bereden. Es kam jedenfalls öfter vor, dass die beiden den Abend allein haben ausklingen lassen. Ich habe oft gedacht, dass Georg in Norbert vielleicht den Sohn sieht, den er nie hatte, aber das ist bloß mein Eindruck, wir haben nie über derartige Dinge gesprochen. Männer, Sie verstehen.« Er zwinkerte ihr zu.

Anne überlegte, ob da ein Anflug von Missgunst oder

Wehmut in seiner Stimme war, konnte aber nichts dergleichen feststellen. Carsten Horn klang in allem, was er sagte, sehr aufgeräumt. Auch er verneinte die Frage, ob es einen Streit oder anderweitige Diskrepanzen zwischen den Freunden gegeben habe. Im Gegensatz zu Norbert Blum zog er nicht einmal in Erwägung, dass Georg Vetterich soziale Neider gehabt haben könnte. Dieses Gefühl schien ihm vollkommen fremd zu sein.

»Samy Blum hat ihren Mann als jemanden beschrieben, der gern Scherze macht, und Georg Vetterich als jemanden, dem das gefiel«, sagte Anne und beobachtete ein Pärchen, das untergehakt vor dem Lokal stehen blieb, aufmerksam die Speisekarte las und dann weiterschlenderte. Seit sie von hier oben die Promenade beobachtete, hatte sich das ein gutes Dutzend Mal wiederholt. »Können Sie sich vorstellen, dass er Georg Vetterich in den Schrank gesperrt hat, also aus Spaß?«

»Wie bitte? Sie scherzen.« Carsten Horn taxierte sie. Er schien schon allein die Frage vollkommen abwegig zu finden. »Nein, Sie scherzen nicht. Natürlich nicht, das wäre absolut deplatziert.« Er senkte den Kopf, reckte aber umgehend wieder das Kinn vor, so als wollte er dem, was jetzt kam, besonderen Nachdruck verleihen. »Norbert ist ein Chaot, aber er ist nicht bekloppt. Selbst wenn das Hotel im Normalbetrieb gelaufen wäre, hätte er so etwas Kindisches und Respektloses niemals getan, und erst recht nicht ohne Publikum.« Horn nickte noch einmal bekräftigend und schaute dann auf das Meer. Irgendwann wandte er sich wieder Anne zu, neigte seinen Kopf und machte einen Schritt in ihre Richtung. Er streckte seinen Arm aus, und sie glaubte für einen Moment, dass er nach ihr fassen wollte, aber da zog er ihn auch schon wieder zurück. Anne zuckte nicht einmal. Sie schaute ihn nur unverwandt an. Was sie in seinen Augen lesen konnte, war Angst, nackte Angst. Er wich ihrem Blick aus, suchte ihn dann aber umgehend wieder und sagte: »Georg war ein anständiger Mann und ein guter Freund. Wer auch immer ihm das angetan hat, hatte es nicht auf ihn als Mensch abgesehen, davon bin ich überzeugt.«

Anne erwiderte nichts darauf. Er schien das aus seiner Sicht Wichtigste gesagt zu haben. Die Eindringlichkeit, mit der er sie eben noch angesehen hatte, war verflogen und hatte einem unverbindlichen Lächeln Platz gemacht. »Wer in Ihrem Hotel hat Sie an besagtem Abend gesehen?«, fragte sie, um den Gesprächsfaden nicht zu verlieren.

»Die Rezeption ist vierundzwanzig Stunden besetzt«, antwortete Horn. Entgegen seinem bisherigen Verhalten klang er nun erstaunlich unterkühlt. »Die Überwachungskameras zeichnen auch die Tiefgarage und die Nebenausgänge auf. Ich stelle Ihnen gern alles zur Verfügung. Übrigens auch meine Fingerabdrücke.« Er wies auf die entsprechenden Utensilien, die Anne gerade aus ihrer Jackentasche gezogen hatte.

Anne nickte. Seine Aussagen würde sie routinemäßig überprüfen und die Abdrücke in die KTU schicken.

Nachdem sie alles hatte, was sie brauchte, bedankte sie sich für seine Zeit und schickte sich an zu gehen, als jemand an der Tür klopfte und im selben Moment, ohne dazu aufgefordert worden zu sein, eintrat.

»Carsten, wir müssten …«, hob die Dame von vorhin an, bedachte Anne mit einem betont gleichgültigen Blick und entschuldigte sich dann halbherzig für die Störung. Ganz offensichtlich hatte ihr Annes Anwesenheit hier oben zu lange gedauert.

»Ella, darf ich dir Hauptkommissarin Berber vom Polizeirevier Bergen vorstellen?«, beeilte sich Horn zu sagen, wohl um ein mutmaßliches Missverständnis zu beseitigen, ehe es sich verfestigen konnte. Sein Lächeln hätte charmanter nicht sein können.

Vor lauter Taktiererei schien er vollkommen zu vergessen, seine Freundin nun ebenfalls vorzustellen. Aber Anne war findig genug, um diese Nachlässigkeit für sich zu nutzen, zumal Ella kein Name war, der zuhauf auf der Insel auftauchte.

»Ach, Sie sind also Ella Gramberg, die beste Freundin von Lieselotte Uhlig«, sagte sie betont freundlich, trat der Frau entgegen und reichte ihr die Hand. »Das trifft sich hervorragend, denn mit Ihnen muss ich auch unbedingt noch einmal sprechen.«

Annes forscher Angriff funktionierte. Ella Gramberg entglitten die Gesichtszüge, und sie schaute hilfesuchend zu Carsten Horn. Die Nervosität in ihren Augen war unverkennbar. »Natürlich«, entgegnete sie mit zitternder Stimme, »obwohl ich Ihnen ja schon am Telefon alles gesagt habe, was ich weiß.«

Das werden wir noch sehen, dachte Anne und schloss sachte hinter Ella die Tür.

**

Hilgert war über den Waldweg in Richtung Südstrand gelaufen und in die Siedlung am Wald eingebogen. Er war schneller unterwegs als sonst, wobei er nicht sicher war, ob das seiner hervorragenden Kondition oder eher dem unguten Gefühl hinsichtlich Fietes Befinden geschuldet war. Genau genommen spielte das aber keine Rolle, denn er würde an seinem Ziel nichts ausrichten können. Früher ja, da hätte er einfach klingeln können. Die Autorität, die mit seinem Job einhergegangen war, hatte zumeist genügt. Die Kriminalpolizei genoss Respekt, zumindest beim überwiegenden Teil der Bevölkerung. Bei dem schäbigen Rest, für den Recht und Gesetz Fremdworte waren und den nicht einmal ein Pistolenlauf an der Schläfe beeindruckte, brachten Worte ohnehin nichts.

Zu gern hätte er sich einmal mit Lieselotte Uhlig unterhalten. Nach dem, was er von Anne erfahren hatte, musste sie eine interessante Frau sein. Überdies würde es ihn schon reizen, mal wieder die eigenen Fähigkeiten zu testen. Zeugenbefragungen waren quasi sein Spezialgebiet gewesen. Die

Kollegen hatten ihn um seine Technik beneidet, denn niemandem außer ihm gelang es, die Verdächtigen mit messerscharfen Fragen zu traktieren, die keine Ausflüchte zuließen, und gleichzeitig wie der freundliche Onkel von nebenan auszusehen. Wie damals bei diesem grausamen Familiendrama, das sich an einem Ostersonntag im Garten einer älteren Dame abgespielt hatte. Während sie in der Küche den Kaffee aufgesetzt hatte, war ihr Sohn nach draußen gegangen und hatte seine Frau und das gemeinsame Kind mit einem Hammer erschlagen. Die Seniorin hatte durch das Fenster alles hilflos mitansehen müssen und danach so unter Schock gestanden, dass sie ihrem Sohn für seine Flucht sogar noch eine Thermoskanne mit frischem Kaffee und ein Stück Torte mitgegeben hatte. Beim Eintreffen von Hilgert und seinen Leuten saß sie seelenruhig an der gedeckten Kaffeetafel, die angeschnittene Quarktorte vor sich, und behauptete immer wieder, dass die beiden Leichen in ihrem Garten nicht zu ihr gehören würden. Die vier Gedecke, die sie aufgelegt hatte, waren ihr unerklärlich gewesen. Hilgert hatte eine ganze Weile gebraucht, um zu ihr durchzudringen, und selbst dann hatte sie den Wahnsinn noch ausgeblendet. Sein Interesse an ihrem Quarkkuchen gab schließlich den Ausschlag. In Schönschrift hatte sie ihm die Zutaten auf den Rand einer Zeitung geschrieben und noch einen weiteren Satz hinzugefügt: *Mein Sohn hat seine Familie ermordet*, so als handelte es sich um eine der Zutaten oder die Angabe der Backtemperatur. Hilgert, dem tatsächlich nie mehr wieder ein so vorzüglicher Quarkkuchen untergekommen war, hatte das Rezept niemals ausprobiert, obwohl er es auch nach den vielen Jahren noch ohne Probleme auswendig hätte aufsagen können.

Das Haus von Lieselotte Uhlig stammte aus den Anfangsjahren des 19. Jahrhunderts und war im der damaligen Mode entsprechenden Stil einer Alpenhütte erbaut. Die roten Fensterläden zu dunklem Holz und der Geraniencharme waren zwar nicht ganz nach Hilgerts Geschmack, aber alles wirkte äußert gepflegt und ansprechend. Das relativ große Grundstück war passenderweise mit einem Jägerzaun eingefasst und gut einsehbar. Nur hin und wieder behinderten eine Scheinzypresse oder ein dicker Rhododendron die freie Sicht. Die Gartenpforte war weit geöffnet, und an der Front des Gebäudes lehnte eine große Leiter. Hilgert stoppte, bückte sich und nestelte an den Schürsenkeln seiner Turnschuhe, als müssten sie nachgezogen werden.

Ein kleiner, untersetzter Mann kam um das Haus herumgelaufen. Er trug einen Eimer und einen Schrubber und schimpfte laut vor sich hin. »So eine Sauerei. Angetrocknet, wie das Zeug ist, brauche ich Stunden, um das vom Holz zu kriegen.«

»Herman, ich konnte Sie nicht sofort benachrichtigen. Als ich den Schaden bemerkte, war es bereits zu spät«, antwortete die Frau, die ihm folgte und die Hilgert für Lieselotte Uhlig hielt, in einem strengen, fast schon abweisenden Ton. Ihre gesamte Erscheinung hatte etwas nordisch Kühles und trotzdem Anziehendes. Hilgert war beeindruckt.

»Ja, ja, Chefin«, murrte der Mann. »Ist schon klar. Ich meine ja auch nur, dass das ein paar echte Idioten gewesen sein müssen, die so etwas machen.« Er stieg auf die Leiter, hängte den Eimer an den dafür vorgesehenen Haken und begann damit, die gelblich verschmutzte Wand zu scheuern.

»Das waren Kinder, Herman, Kinder«, entgegnete sie mit dem größten Verständnis. »Kein Grund, sich aufzuregen.«

»Jemand sollte denen beibringen, dass Lebensmittel keine Wurfgeschosse sind«, gab er zurück, aber die Frau war schon verschwunden.

Hilgert erhob sich aus der Hocke und betrat das Grundstück. »Entschuldigen Sie bitte«, sprach er den Mann an. Der stellte das Putzen ein und drehte sich zu Hilgert um.

»Wo brennt's denn, Meister?«

»Wie komme ich zum Südstrand?«, fragte Hilgert. »Ich

finde meine Ferienwohnung nicht mehr.« Er hob und senkte die Schultern, als wäre ihm das unbegreiflich.

»Einfach dort die Straße entlang und dann rechts. Sie können die Ostsee gar nicht verfehlen«, entgegnete der Mann zuvorkommend.

Hilgert hob die Hand als Zeichen des Dankes und redete zügig weiter. »Frühjahrsputz?«, fragte er und deutete auf die Schlieren an der Holzwand. »Das sieht verdammt nach Arbeit aus. Gut, dass ich Urlaub habe.«

»Das können Sie laut sagen«, erwiderte der Mann dankbar. »Den Schalen nach zu urteilen, die ich vorhin aufgekehrt habe, dürften das gut und gern zwanzig Hühnereier gewesen sein, und das Zeug klebt wie verrückt.«

»Ach du liebe Güte«, rief Hilgert aus. »Wer macht denn so etwas?«

»Angeblich ein Dummejungenstreich. Angeblich.« Der Mann schnaufte verärgert, nickte Hilgert zu und widmete sich wieder seiner Arbeit. »Aber was weiß ich schon? Seitdem unser Hotel geschlossen ist, verstehe ich sowieso nichts mehr«, murmelte er deprimiert.

»Na ja, das kann schon sein«, gab Hilgert verständnisvoll zurück. »Wenigstens sind es nur Eier. Farbspray wäre schlimmer gewesen.«

Der Mann lachte gequält auf. »Sie können mir sagen, was Sie wollen, aber diese offen einsehbaren Grundstücke«, er schüttelte den Kopf, »die haben keinen Wert. Heutzutage muss man alles verrammeln, erst recht, wenn man wer ist. So weit sind wir nun schon gekommen.« Er schickte sich an, ausgiebig über die schwarzen Schafe der Gesellschaft zu wettern.

Doch Hilgert hatte genug gehört. Er verabschiedete sich knapp, drehte ab und wollte gerade wieder zum Dauerlauf ansetzen, als er unter einem Busch ein Stück dunkelblauen Stoffs vorblitzen sah. Er wiederholte die Nummer mit dem offenen Schnürsenkel, griff danach und schob das Teil hastig unter seine Jacke. Keine fünf Minuten später saß er auf einer Bank an der Südstrandpromenade. In seinen Händen hielt er die abgegriffene Seemannsmütze von seinem Freund Fiete.

✳✳✳

Ella Gramberg weinte dicke Tränen. Nicht einmal die einfühlsamen Worte von Carsten Horn halfen, sie zu beruhigen. Anne lehnte schweigend am Fenster und beobachtete die beiden. Horn hatte sich, kaum dass Anne um ein erneutes Gespräch gebeten hatte, der in sich zusammengefallenen Frau angenommen und sie behutsam zu einem der Stühle geführt. Jetzt kniete er schon seit geraumer Zeit neben ihr, streichelte sie ohne Unterlass und bemühte sich auffallend liebevoll, sie zu trösten. Entweder war Horn der letzte Ritter, oder die beiden verband mehr als eine enge Freundschaft.

»Ella und Georg kennen sich seit ihrer Kindheit, sie sind zusammen aufgewachsen«, sagte Horn irgendwann zu Anne. »Beide stammen aus Gager, wissen Sie? Ich habe Georg und Lieselotte durch sie kennengelernt.« Er drehte Anne wieder den Rücken zu und reichte Ella ein Taschentuch.

Georg, Ella und Lieselotte, drei dicke Freunde, wenn da mal nicht mehr dahintersteckt, dachte Anne und fragte sich, warum Ella Gramberg ihr das nicht schon bei ihrem ersten Gespräch erzählt hatte. Zumal diese Information soeben wieder nicht von ihr gekommen war. Aber wieso hätte sie das für sich behalten wollen?

»Waren Georg und Sie mal ein Paar?«, fragte Anne, als Ella Gramberg wieder einigermaßen gleichmäßig und ruhig atmete. Der Vorstoß war etwas plump, aber angesichts dessen, was Anne hier an Trauerdemonstration geboten bekam, nicht von der Hand zu weisen.

Die Frage schien Ella Gramberg nicht zu überraschen oder irgendwie zu irritieren. »Nein, nein keineswegs«, antwortete sie mit brüchiger Stimme. »Wir standen uns sehr nahe, aber ein Paar …«, sie hielt inne, und ihre Augen starrten ins Nichts, »ein Liebespaar waren wir nie.«

Horn nahm ihre Hand und küsste sie. Sie bedachte ihn mit einem liebevollen Augenaufschlag. Anne suchte in der Reaktion der Frau nach einem Hinweis auf Bedauern oder Kränkung, fand ihn aber nicht. Es gab demnach keinen Grund, an ihren Worten zu zweifeln, oder Ella Gramberg war lange über eine unglückliche Liebe hinweg. Am Ende lief es auf dasselbe hinaus.

»Georg war wie ein großer Bruder für mich. Seinetwegen habe ich eine Ausbildung im Hotel gemacht und danach das Studium. Er war mein Vorbild. Und ich konnte immer auf ihn zählen.« Ella Gramberg quälte sich ein Lächeln ab. Mit ihren feuchten Augen und dem roten Gesicht wirkte sie nicht mehr ganz so adrett wie zuvor, aber niemand sah nach einer Heulattacke noch aus wie aus dem Ei gepellt. Anne schätzte Ella Gramberg auf Mitte fünfzig, und dafür wirkte sie erstaunlich jung. Mit einem jüngeren Mann liiert zu sein, hatte wohl so einige Vorteile. »Entschuldigen Sie bitte, dass ich gestern am Telefon so wortkarg war«, fuhr sie fort, »aber die Nachricht von Georgs Tod …« Erneut übermannten sie die Gefühle.

»Niemand ist dir deswegen böse, Ella«, erwiderte Horn voller Zärtlichkeit. »Auch die Kommissarin nicht. Es ist eine außergewöhnliche Situation, für uns alle. Georg war auch mein Freund.«

Anne kam es so vor, als ob Ella Gramberg beim letzten Satz kurz in sich zusammenfuhr. Ihre Gesichtszüge versteiften sich, und sie vermied es, ihn anzusehen.

»Sie beide sind sich sehr nahe?«, fragte Anne, um das Offensichtliche auszusprechen.

Carsten Horns Blick ruhte auf Ella Gramberg. Er sah aus wie ein Mann, der sich seiner Trophäe gewiss war. »Ja, sehr.«

Ella Gramberg blieb Anne eine Antwort schuldig.

Olaf Langer war wie vom Erdboden verschluckt. Bereits zum zweiten Mal war Anne in seiner kleinen Pension am Ende der Wilhelmstraße vorstellig geworden, und wieder hatte sie ein nur gebrochen Deutsch sprechendes Hausmädchen vertröstet. Anne hasste es, wenn sich die Dinge nicht hintereinander weg abarbeiten ließen, zumal ihr mit dem dritten Freund von Georg Vetterich ein wichtiger Stein in ihrem Puzzle fehlte. Unzufrieden schaute sie auf ihre Uhr. Es war bereits später Mittag, was ihr grummelnder Magen umgehend bestätigte. Da sie ohnehin in Sellin war, könnte sie bei ihren Eltern im Buchenweg vorbeigehen und schauen, was ihre Mutter gekocht hatte. Je nachdem, wie die Stimmung bei ihren Eltern war, wäre das auch eine gute Gelegenheit, die Sache mit Martin anzusprechen.

Anne ließ den Wagen in der Wilhelmstraße stehen und bummelte nachdenklich in Richtung ihres Elternhauses. Carsten Horn war einer der Männer, die die Zeugin gegen Mitternacht aus dem Hotel hatte kommen sehen. Die Beschreibungen waren eindeutig, wie sie inzwischen festgestellt hatte. Ilka würde sich nun in seinem Hotel in Sellin die Aufzeichnungen der Überwachungskameras besorgen. Wenn die seine Ausführungen bestätigten, war Horn raus. Anne wäre nicht unfroh darüber. Ihre Fähigkeiten zur realistischen Einschätzung des anderen Geschlechts, vor allem, wenn es so aussah wie Carsten Horn, waren nichts, worauf sie sich angesichts der Fehlgriffe der letzten Zeit wirklich verlassen konnte. Und wenn Horn tatsächlich der Edelmann war, als der er sich gab, sollte es ihr nur recht sein. Ella Grambergs veränderte Reaktion ihrem jüngeren Liebhaber gegenüber blieb ihr hingegen ein Rätsel. Carsten Horn war kein Mann, für den man sich schämen musste, ganz im Gegenteil. Anne jedenfalls hätte ihn, ohne mit der Wimper zu zucken, ihren Freundinnen vorgestellt, wenn sie welche gehabt hätte. Dass Ellas dahin gehende Zurückhaltung etwas mit dem Altersunterschied zwischen den beiden zu tun haben könnte, hielt sie in Anbetracht auf die geschätzten zehn Jahre für unsinnig, zumal sie sich eingangs noch ganz anders verhalten hatte. Erst ab dem Moment, da Ella Gramberg erfahren hatte, dass Anne von der Polizei war und im Mordfall Vetterich ermittelte, hatte sich ihr Verhalten komplett geändert. Die Frau trieb etwas um, das vermutlich mit Georg Vetterich zu tun hatte. Auf halber Strecke brummte das Mobiltelefon in Annes Jackentasche. Ihr fiel sofort Olaf Langer wieder ein, für dessen Aussage sie gern auf eine Pause verzichtet hätte, und sie beeilte sich, an ihr Telefon zu kommen. Aber die Kurznachricht, die gerade eingegangen war, stammte nicht von Langer. Sie war von Ilka, die ihr mitteilte, dass sie die privaten Vermögensverhältnisse des Ehepaares Vetterich/Uhlig und den Bericht des Brandgutachters in ihrem E-Mail-Postfach finden würde. Anne bedankte sich bei ihrer Assistentin mittels eines lächelnden Emojis, öffnete eilig die erste Mail und überflog deren Inhalt. Das Paar verfügte über zwei separate Girokonten und einige Wertpapierfonds, die von erheblichem Wert zu sein schienen und alle auf Lieselotte Uhligs Namen liefen. Vetterichs Witwe bekam darüber hinaus monatlich eine größere Summe von einer privaten Rentenversicherung ausbezahlt. Sie hatte ihr Auskommen, auch ohne ihren Mann und den Verkauf des Hotels, daran bestand keinen Zweifel. Anne betrachtete flüchtig die Buchungen der letzten drei Wochen und konnte auf die Schnelle nichts Auffälliges ausmachen. Sie würde sich das jedoch noch einmal in aller Ruhe anschauen.

Der Bericht des Brandgutachters enthielt das bereits erwartete Ergebnis: Eine Brandstiftung ließ sich einwandfrei ausschließen. Anne fragte sich, ob Vetterich womöglich hätte gerettet werden können, wenn das Notlicht nur einfach ein paar Tage eher seinen Geist aufgegeben oder der Hausmeister früher seinen Kontrollgang gemacht hätte. Höhere Gewalt nannte man so etwas wohl, nicht nur in Bezug auf den bedauernswerten Vetterich, sondern auch auf seinen Mörder. Denn für diesen hatte das Ganze damit eine unerwünschte

Wendung genommen: Die Leiche war aufgetaucht. Anne war sich ziemlich sicher, dass der Täter es sich anders erhofft hatte. Die Leiche im Schrank, der bevorstehende Abriss des Hotels, die Mitnahme der privaten Gegenstände, die sonst vielleicht von einem der Hausmeister auf dem Tresen der Bar oder auf dem Tisch einer der Sitzgruppen gefunden worden wären, deuteten darauf hin, dass nichts jemals mehr auf den Verbleib von Georg Vetterich hatte hinweisen sollen. Es gehörte meist nicht viel dazu, einen Menschen ins Jenseits zu befördern. Das Morden an sich war selten das Problem. Die Beseitigung der Spuren einer Gewalttat, das Vertuschen eines Mordes hingegen war äußerst anspruchsvoll, es konnten einem viele Fehler unterlaufen. Und kaum etwas war als Beweis so hieb- und stichfest wie ein toter Körper. Keine Leiche, kein Mord, so sagte man doch, oder? Dennoch, Vetterich in einem Schrank sterben zu lassen, war das eine, zu glauben, dass er niemals gefunden werden würde, das andere. Diesen Punkt konnte Anne nicht ganz nachvollziehen, es steckten zu viele Unwägbarkeiten dahinter. Sie schloss das Mailprogramm und wählte Hilgerts Handynummer. Er nahm sofort ab und schien erfreut über ihren Anruf, auch wenn er sich ziemlich abgehetzt anhörte.

Anne sparte sich jegliches Vorgeplänkel. »Irgendwann hätte der Mörder zurückkommen müssen. Auch ein Toter in einem Schrank löst sich nicht in Luft auf«, sagte sie.

Hilgert stieg, wie zu erwarten, sofort darauf ein. »Zweifelsfrei gibt es deutlich effektivere Entsorgungsmethoden, das ist richtig. Ganz abwegig ist es aber auch nicht. Hatten Sie nicht die Theorie der Entsorgung über den Bauschutt geäußert?«, fragte er wertfrei.

»Ich habe darüber nachgedacht«, entgegnete Anne. »Beim Einsatz von Dynamit besteht dafür eine reelle Chance. Ich vermute aber stark, dass man darauf angesichts der dichten Bebauung in der Wilhelmstraße verzichten wird. Wenn ich ein Haus aber Stück für Stück abtrage ...«

»… kann ich einen menschlichen Körper kaum übersehen«, beendete Hilgert ihren Satz. »Das Risiko der Entdeckung ist jedenfalls nicht zu unterschätzen.«

»Warum hat derjenige sein Opfer dann nicht gleich mitgenommen? Das mit dem Schrank sehe ich ja noch ein, ein einfacher Mord, bei dem man sich nicht die Hände schmutzig macht, aber was kommt danach?«

»Nichts«, antwortete Hilgert, dessen Atemzüge nun wieder ruhiger klangen.

»Wie, nichts?«

»Entweder ist der Mörder dumm, oder es ist ihm egal«, entgegnete Hilgert entschlossen.

»Dumm? Mhm.« Anne dachte nach. »Ich lauere meinem Opfer nachts in seinem Hotel auf, zwinge es, in den Schrank zu klettern, schließe ab und nach mir die Sintflut?«

»So könnte es gewesen sein.«

»Das ist doch blöd«, widersprach Anne.

»Sage ich ja.« Hilgerts Grinsen schwang in seinen Worten mit.

»Jemanden in einen Schrank zu sperren, kann ich noch als eine Tat im Affekt durchgehen lassen, eine unbedachte Reaktion aus Wut oder so. Aber irgendwann kommt man doch zur Vernunft und korrigiert seinen Fehler. Denken Sie nicht?«

»Nicht, wenn ich denjenigen wirklich loswerden will. Und dafür mag der Schrank eine schreckliche, aber ebenso effektive und vor allem saubere Methode sein. Der unliebsame Zeitgenosse ist weg. Fertig. Alles andere ist egal.«

»Auch die Tatsache, dass die Leiche mit nahezu hundertprozentiger Gewissheit irgendwann gefunden wird?«, bohrte Anne weiter.

»Das Problem hat jeder Mörder, der nicht über ein Krematorium oder eine Piranhazucht verfügt«, scherzte Hilgert.

»Ja, aber …« Anne war nicht zum Lachen zumute. Möglicherweise war das der Grund, warum Martin sie gern als verkniffen bezeichnete. Wenn sie einen Fall hatte, mochte der Idiot damit sogar recht haben.

»Dummheit oder Gleichgültigkeit«, wiederholte Hilgert und machte nicht den Eindruck, als ob ihm Annes Reaktion komisch vorkam oder es ihn störte, dass sie auf seinen Scherz nicht eingegangen war.

»Das lasse ich nicht gelten. Dafür ist die Vorgehensweise zu überlegt«, entgegnete Anne unzufrieden.

»Anne, hören Sie, ich stehe bei zehn Grad nass geschwitzt auf der Straße. Ich koche heute Abend, und wir bereden alles bei einem Glas Wein, ja? Das ist in jedem Fall gesünder, und es verschafft uns etwas Zeit, um noch einmal über alles nachzudenken«, schlug Hilgert in seiner typisch ruhigen Art vor.

Anne ärgerte sich, dass sie so vorgeprescht war. Ihn mitten am Tag zu stören, war mehr als dämlich. »Gut, aber ich kaufe ein«, sagte sie bestimmt und legte aus einem unerklärlichen Reflex heraus auf. »Mist!«, entfuhr es ihr, nachdem sie es bemerkt hatte. Das Handy noch in der Hand, starrte sie auf das Display und überlegte, ob sie die Wahlwiederholung betätigen sollte, um ihre Unhöflichkeit wenigstens ansatzweise zu glätten. Die Abwägungen dazu dauerten noch an, als sie auf einmal ganz in ihrer Nähe ein Lachen vernahm, das sie gut kannte. Anne schaute hoch. In ein paar Metern Entfernung flanierte ihr Martin Kaminsky entgegen. Allerdings bereitete ihm eine gleichmäßige Fortbewegung sichtlich Mühe, verständlich, so eng, wie diese Frau ihre Arme um ihn geschlungen hatte. Wie hatte ihr Vater sie noch gleich beschrieben? Vollbusig, jung, langbeinig, blond, die Worte waren nicht gefallen. Sicherlich hatte er über jemand anderen gesprochen. »Ach Papa«, seufzte Anne und sah zu, dass sie ungesehen verschwinden konnte. Der Fauxpas gegenüber Hilgert war vergessen.

***

»Ich habe dir ein Brot und frische Wurst mitgebracht«, sagte Hilgert, der die beiden Tüten demonstrativ vor das kleine vergitterte Fenster in Fietes Haustür hielt, durch das der Freund ihn griesgrämig anblickte. Annes Anruf hatte ihn aus dem Rhythmus gebracht. Nicht was seine sportliche Betätigung anging, er war fit genug, den Lauf auch verfroren fortzusetzen, obwohl er ihr gegenüber etwas anderes behauptet hatte. Die Einladung zum Abendessen war ihm ein Bedürfnis gewesen und keinesfalls nur seinem Interesse an dem Fall geschuldet. Er hatte das Gefühl, Anne würde das guttun, ein Umstand, den er auch für sich nicht abstreiten konnte. Nein, es war die Richtung seines Denkens, die sich seit ihrem Gespräch noch einmal vollkommen gedreht hatte. Was die Entsorgung der Leiche anging, hatte Anne absolut recht. Aber wie lautete die Antwort?

Fiete brummte: »Du stehst deiner Mutter in Sachen Sturheit in nichts nach«, und ließ Hilgert widerwillig eintreten. Schon im Weggehen begriffen, schob er kaum noch vernehmbar nach: »Und irgendwie habe ich gerade ein Déjà-vu.«

Die ersten Worte berührten Hilgert auf seltsame Weise. Das mochte wohl an der emotionalen Nähe liegen, die darin lag, aber auch an der Erinnerung an seine Mutter. Außer Fiete gab es niemandem mehr in seinem Umfeld, mit dem er über die Mutter reden konnte. Ihre Freunde waren tot oder weit weg, und ehrlicherweise bezweifelte er, dass irgendjemand sie so gut gekannt hatte wie ihr einstiger Geliebter. Seinen Vater jedenfalls schloss er davon kategorisch aus. Der hatte bis zu seinem Tod nichts begriffen. Womöglich war es nicht gut, den Verstorbenen ihre Fehler nachzutragen, aber was seinen Vater anging, konnte Hilgert nicht anders, zu sehr schmerzten noch immer die Wunden.

»Wie geht es dir?«, fragte Hilgert und hätte sich die Antwort auch selbst geben können. Fietes Gesicht war weitestgehend zugeschwollen, die Haut glänzte und leuchtete in einem satten Violett. Aus Fietes leicht gekrümmter Haltung und seinen vorsichtigen Bewegungen schloss Hilgert zudem auf eine Prellung im Rippenbereich. »Das sollte sich ein Arzt ansehen.«

»Sind nur blaue Flecke. Da langt warmes Fett«, entgegnete Fiete, und damit war das Thema für ihn abgeschlossen.

Hilgert wartete, bis der Alte sich auf seinem Sessel eingerichtet hatte, und verschwand in der Küche. Ein paar Minuten später kam er mit einer Kanne Tee und belegten Broten zurück. »Ich koche heute Abend und bringe dir dann später noch etwas Warmes.«

Fiete schaute ihn mit einem nichtssagenden Gesichtsausdruck an. »Gib dem Mädchen was, die hat es nötiger, vor allem zurzeit«, forderte er.

Hilgert hakte hier bewusst nicht nach, schenkte sich ebenfalls einen Tee ein und setzte sich etwas abseits auf einen Hocker. »Was meintest du eben mit Déjà-vu?«, fragte er.

»Lange her. Vergessen«, antwortete Fiete, biss appetitvoll in eine der Brotscheiben und keuchte, als ihm der Schmerz ins Gesicht fuhr. Er atmete tief ein und kaute dann deutlich bedächtiger weiter. »Sie hat auch einmal vor meiner Tür gestanden, in ihrem gelben Lieblingskleid und mit einer Büchse Aprikosen aus dem Westen in der einen und einer Flasche Korn in der anderen Hand«, sagte er versonnen. Dabei leuchteten seine Augen kurz auf. »Das war auch ein Krankenbesuch.«

Hilgert erinnerte sich an das zitronengelbe Kleid. Die Mutter hatte es nur zu besonderen Anlässen getragen und wenn sie sich abends noch mit einer Freundin am Strand treffen wollte. Er schaute auf Fiete und wusste auf einmal, warum ihm diese ominöse Freundin niemals begegnet war. Dann dachte er an seine Blumenkästen, Gelb, die Lieblingsfarbe der Mutter. Wie hatte er das vergessen können? »Nicht gerade das, was man für eine Genesung braucht«, scherzte Hilgert. »Aber wenn du willst, hole ich dir auch einen Schnaps.«

»Kommt auf die Krankheit an«, gab Fiete zurück. Er

schlürfte mit geschlossenen Augen seinen Tee. »Ich habe es gut mit dir.« Sein Blick ruhte irgendwo im Nichts, und Hilgert hatte das Gefühl, dass der Alte nicht mit ihm sprach, sondern nur seine Worte von damals wiederholte. Sein nun folgendes Schweigen unterstrich das. Irgendwann nahm er ihn wieder wahr. »Du kennst doch deine Mutter. Sie hatte nie etwas im Haus.« Sein Lachen klang aufgesetzt. »Also hat sie das genommen, was da war. In gewisser Weise war das ja auch nicht unpraktisch.« Fiete schaute ihn an, und Hilgert wusste, was er dachte. In diesem Punkt war er nach seinem Vater geraten. Der effiziente Ingenieur, der nichts dem Zufall überlassen hatte, für jede Eventualität vorbereitet war, durchorganisiert bis in den Tod. Hilgert war dankbar, dass Fiete es nicht aussprach. Er mochte die Gemeinsamkeiten mit seinem Vater nicht, verleugnete sie vor sich und anderen. Da war ihm die liebevolle Erinnerung an die hausfraulichen Defizite seiner Mutter deutlich lieber. Er konnte nicht sagen, wie oft er als Kind bei den Nachbarn geklingelt und sich zwei Scheiben Brot oder ein Stück Butter geliehen hatte. »Die Schulspeisung hat mich ernährt«, sagte er grinsend und nickte dazu.

»Wenn dein Vater das Wochenende über in Greifswald blieb, brachte ihre Sekretärin ihr freitags immer einen dicken Beutel aus der Kaufhalle mit in die Schule. Wusstest du das?« Fiete wirkte nun ebenfalls heiter, es schien ihm gutzutun, an etwas anderes als an seine Blessuren zu denken.

»Und mir hat sie immer erzählt, dass sie die ganzen leckeren Sachen extra für unser gemeinsames Wochenende organisiert hat«, entgegnete Hilgert empört. Er prustete los. »Meist mussten wir dann im Dauerlauf nach Hause, damit die Flaschen mit dem Kakao nicht warm wurden.« Mit einem Mal war ihm der Duft des Parfüms seiner Mutter wieder so allgegenwärtig, als säße sie neben ihm. Er sah den kleinen Balkon vor sich, auf den sie sich während der heißen Sommertage immer geflüchtet hatten, um der stickigen Wärme in der kleinen Wohnung zu entgehen. Ihre nackten Beine ruhten auf dem Geländer, und sie rauchte genüsslich mit zurückgelehntem Kopf und geschlossenen Augen, als wäre es das Schönste auf der Welt. Das Toben des Vaters, wenn er sie mit einer Zigarette erwischte, war in diesen Momenten so weit weg gewesen, als würde es die ewigen Gardinenpredigten nicht geben, als würde es ihn nicht gegeben. Er spürte wieder die mit Schwitzwasser überzogene, wunderbar kühle Flasche in seiner Hand und den Geschmack des herben Schokoladentrunks auf seiner Zunge. Intensive Bilder seiner Kindheit, die ihn gerade mit Wucht einholten und ihm kurzzeitig auch den inneren Frieden zurückgaben, den er damals empfunden hatte, eine der für ihn schönsten und wichtigsten Erfahrungen seines Lebens.

»Genau. So kess war meine kleine Möwe«, erwiderte Fiete im Flüsterton.

Hilgert entging nicht die Wärme in seinen Worten. Sein Freund liebte die Mutter nach all den vielen Jahren noch immer. Ohne darum gebeten worden zu sein, erhob er sich und schenkte Tee nach.

»Deine Mutter hat sich damals für mich eingesetzt, heimlich«, sagte Fiete leise. »Bei deinem Vater.« Der letzte Satz war kaum zu verstehen, dafür war Fietes Blick umso durchdringender. »Ausgerechnet. Aber ich sollte ihm wohl dankbar sein. Mir wäre es sonst anders ergangen.« Fiete versuchte ein verwegenes Zwinkern. Dass es misslang, lag nicht nur an seinem dicken Lid. Er war schlichtweg ein schlechter Schauspieler.

»Bei ihm?«, fragte Hilgert aufgewühlt. »Aber wieso ... er war doch ...«

»Die Stasi wollte mich anwerben, junge Bürschchen, noch grün hinter den Ohren, aber mit genügend Kraft in den Fäusten«, erklärte Fiete.

»Dich?« Hilgert hörte das zum ersten Mal.

»Etliche Male haben sie mich von zu Hause oder aus dem

Betrieb abgeholt. Eine Tracht Prügel auf einem einsamen Waldweg in der Nähe von Zirkow war ihre Art, mir das Angebot schmackhaft zu machen. Ausdauer hatten die Kerle, das muss man schon sagen.« Fiete klang verbittert. »Und sie waren ohne Sorge. Das ist eigentlich das Schlimmste an diesen totalitären Systemen, die Machthaber strotzen vor Selbstbewusstsein. Wenn ich daran denke, wie viele diese Vorfälle beobachtet haben. Die Männer mit den Ledermänteln, die mich in ihr Auto verfrachtet haben, waren schließlich kein alltäglicher Anblick.« Er seufzte. »Und ich habe danach jedes Mal mein geschundenes Fell zu Markte getragen.« Er deutete auf sein verletztes Gesicht und grinste. »So viel Rückgrat habe ich mir behalten. Der unverhohlene Fingerzeig war für mein Umfeld unangenehm. Aber es war die einzige Form des Widerstandes, die mir blieb, denn was hätte es schon für einen Sinn gehabt, sich offen dagegenzustellen? Für einen Einzelnen? Pah! Ins Kleid des Mutes gewandete Dummheit.«

»Hast du unterschrieben?« Hilgert wusste, dass die Staatssicherheit sich gezielt auch Querulanten ausgesucht hatte, um sie zu brechen und damit letztendlich mundtot zu machen. Fiete war kein vorbildlicher DDR-Bürger gewesen, und er hatte aus seinem Herzen mit Sicherheit keine Mördergrube gemacht.

»Nein.«

»Puh.« Hilgert verschränkte die Arme vor seiner Brust. Obwohl er direkt neben Fietes Bollerofen saß, fröstelte ihn. »Die haben dich aber doch garantiert nicht in Ruhe gelassen?« Wenn man einmal am Haken war, gab es kaum ein Entrinnen.

»Ich war ein Niemand, hatte nichts zu verlieren«, entgegnete Fiete hart.

»Deine Freiheit, dein Leben?«, beharrte Hilgert. »Das ist einiges, möchte ich meinen.«

»Freiheit muss man haben, um sie verlieren zu können.« Fiete hielt kurz inne, räusperte sich und redete weiter. »Ich war ein junger Mann und wollte raus. Für eine Flucht durch die Ostsee reichten meine Schwimmfähigkeiten nicht aus, und für was anderes war ich nicht erfinderisch genug. Die hatten mich im Visier, das wusste ich, weil es so offensichtlich war wie das Veilchen an meinem Auge. So clever, wie heute immer alle meinen, waren die nicht, das kannst du glauben, zumindest nicht bei uns auf dem Land. Halbdumme, die hinter anderer Leute Gardinen gespäht, Briefkästen durchwühlt und alte Frauen ausgehorcht haben. Ihre Einfalt konnten die allerdings prima mittels Gewalttätigkeit überdecken. Na ja, und irgendwann schlugen sie mir eine IM-Tätigkeit vor, quasi als Gegenleistung, damit ich unbehelligt weiterleben konnte. Humor hatten die, das muss man sagen.« Fiete klang nun zynisch. »Es gab niemanden, den ich beschützen musste, meine Lebensziele waren in diesem Land per se unerreichbar, die Familientradition unwiederbringlich zerstört, was hatte ich also zu verlieren?«

»Und Mutter?«, fragte Hilgert vorsichtig. »Sie hättest du verloren.«

»Sie habe ich zu keiner Sekunde besessen. Außerdem wäre ihr niemals etwas passiert. Dafür war dein Vater zu wichtig.« Fiete schaute Hilgert aus schmalen Augen an. »Hast du dich nie gefragt, wieso wir als total überwachte Bürger unbehelligt fast ein Jahrzehnt lang ein Verhältnis haben konnten?«

Hilgert hatte keinen Schimmer gehabt, dass es so lange gewesen war. Er hatte damals nicht einmal ansatzweise etwas von der Beziehung geahnt. Ein Kind fing so etwas wohl nur selten ein, vor allem, wenn die Erwachsenen so geschickt vorgingen, wie seine Mutter es getan hatte. Sicher, sie war viel unterwegs gewesen, die Arbeit in der Schule, die Parteiveranstaltungen, aber darüber machte man sich als Kind keine Gedanken, zumal wenn man, wie Hilgert damals, liebend gern bei der kinderlosen alten Nachbarin saß und verwöhnt wurde. Nach dem, was Fiete ihm eben erzählt hatte, war er zwei Jahre alt gewesen, als die beiden sich ineinander verliebten. Denn mit zwölf erfuhr Hilgert, dass sein Vater entschieden hatte, mit der Familie nach Berlin überzusiedeln. Bis heute hasste er ihn dafür. Er schluckte. »Die Stasi ist doch nicht herumgelaufen und hat alle außerehelichen Liebschaften notiert«, wandte er ein, obwohl er sich nicht sicher war. Die Bespitzelungsmethodik des DDR-Geheimdienstes war aus heutiger Sicht zuweilen nur schwer nachvollziehbar.

Fiete machte ein abwertendes Geräusch. »Wer weiß das schon? Glaub mir, dieser Spießerstaat hat auf alles ein Auge gehabt und war darüber nicht erfreut. Das Verlassen ehelicher Pfade birgt immer auch eine gewisse Gefahr.«

Hilgert verstand nicht. »Mutter gefährlich? Sie hatte nie etwas mit dem System am Hut. Gut, sie war in der Partei, aber als Leiterin einer Berufsschule ging es nicht anders. Trotzdem habe ich niemals erlebt, dass sie mehr für das System gemacht hat, als vorgeschrieben gewesen wäre. Ganz im Gegenteil.«

»Es ging nicht um deine Mutter, Sören«, erwiderte Fiete ernst. »Sie war nicht wichtig. Ich auch nicht.« Sein Blick hatte nun etwas Stechendes.

Hilgert ahnte, was das bedeutete, und ein Schauer zog durch seinen Körper.

»Natürlich hätte niemand jemals gewagt, einen Stasihauptmann mittels seiner untreuen Ehefrau vorzuführen, noch dazu einen, der im Bereich der Atomenergie einer der wichtigsten Männer im Land war. Also blieb die Affäre unter Verschluss.«

»Ich wusste es«, entfuhr es Hilgert leise. »Vater.« In seiner Brust krampfte sich alles zusammen.

»Vielleicht wusste er aber auch von uns und hat sie gewähren lassen, weil er sich für konkurrenzlos erachtete. Passen würde es zu ihm.« Fiete schaute gleichgültig. »Der Stasi jedenfalls ist das nicht entgangen.«

»Aber …«

»Als sie mich ansprachen, erkannte ich darin meine Chance, hier rauszukommen. Ich wusste, dass deine Mutter ihn nie verlassen würde. Dazu war sie zu schwach. Für mich wäre sie immer nur eine unerfüllte Sehnsucht geblieben. Auch deswegen wollte ich weg. Die Ablehnung des vergifteten Angebotes dieser Leute sollte mein Freibrief in den Westen werden. Gut, im schlimmsten Fall hätten ein paar Jahre Stasiknast dazwischengelegen, aber das war es mir wert. Entsprechend habe ich mich regelmäßig von ihnen verprügeln lassen und darauf gewartet, dass es ihnen irgendwann zu langweilig wird.«

»Bis Mutter es nicht mehr ertragen konnte«, warf Hilgert ein.

»Mhm. Sie hat deinem Vater davon erzählt, richtig. Ich weiß nicht, was sie ihm gesagt hat, wir haben nie darüber gesprochen, aber bis zum Ende der DDR habe ich nie wieder einen dieser Stasischergen aus der Nähe gesehen. Selbst nachdem ihr nach Berlin gezogen wart, haben sie mich in Ruhe gelassen.« Fiete war niemand, der verpassten Lebenschancen nachtrauerte, aber sein Blick ließ darauf schließen, dass für ihn die Erinnerungen daran ihre Allgegenwärtigkeit niemals ganz verloren hatten.

Deswegen mussten wir damals Knall auf Fall von der Insel weg. Das war der Preis, dachte Hilgert betroffen. Seine Mutter hatte sich die Hilfsbereitschaft des Vaters teuer erkauft. Das passte zu dessen unerbittlichem, egomanischem Charakter. Er manipulierte die Menschen in seiner Nähe, ohne jemals laut zu werden oder direkten Druck auszuüben. Hilgerts Eltern hatten eine offene Auseinandersetzung immer vermieden. Kein böses Wort war jemals zwischen ihnen gefallen, keine Andeutung, nichts Provozierendes, kein Vorwurf. Anfangs hatte Hilgert es auf die Rücksichtnahme der Mutter gegenüber dem Vater zurückgeführt, aber viele Jahre später, als er längst von zu Hause ausgezogen war, hatten sie diese Praxis noch immer beibehalten. Sie lebten in einer gemeinsamen Totenstarre ohne emotionale Regungen, gleichförmig, kalt und funktional. Hilgert fragte sich bis heute, wie seine lebensfrohe, impulsive Mutter das hatte ertragen können. Nun glaubte er, einen Teil der Antwort zu kennen, auch wenn es nicht alles erklärte.

»Wer weiß, wie mein Leben ohne sie verlaufen wäre«, sagte Fiete gedankenverloren. »Womöglich hatte sie recht, mich vor diesem Weg zu beschützen.«

»Sie hatte Angst um dich, natürlich«, bestätigte Hilgert. »Nicht wenige haben die Stasihaft mit dem Leben bezahlt.« Trotzdem konnte er sich nicht erklären, wieso seine Mutter nach dem Ende der DDR nicht ausgebrochen war. Die Macht des Vaters war gebrochen. Sie hätte gehen können. Niemand hätte sie mehr hindern können, ein neues Leben anzufangen, hier auf der Insel, mit Fiete.

Der schien ihm diesen Gedanken ansehen zu können. »Deine Mutter war eine ausnehmend kluge Frau«, sagte er mit unverkennbarem Wohlwollen. Hilgert konnte sich des Eindruckes allerdings nicht erwehren, dass er ihr das bis heute übel nahm. »Das Leben macht nun einmal nicht immer das, was man sich wünscht.«

Hilgert saß eine Weile schweigend da und dachte über das Gesagte nach. Die Mutter war immer gut in Selbstkasteiung gewesen. Womöglich ging er, was das anging, aber zu hart mit ihr ins Gericht. Sie hatte Fiete vor Schlimmerem bewahrt, und der einzige Grund, den er dafür sehen konnte, war ihre Liebe zu ihm. Dennoch, diese Verschwendung von Leben war für ihn kaum auszuhalten. Doch war er selbst nicht ähnlich gestrickt? Die frühere Hingabe zu seinem Job, die sich bis ins Krankhafte gesteigert und ihn fast das Leben gekostet hätte, war bei Licht betrachtet nichts anderes gewesen. Zudem hatte er es auf keine erwähnenswerte Beziehung gebracht, erst recht keine, die annähernd mit dem zu umschreiben gewesen wäre, was seine Mutter und Fiete verbunden hatte. Er hatte es versucht, sicher. Das schmerzhafte Scheitern hallte bis heute in ihm nach. Dabei war dies vielleicht nicht einmal das tragischste Element in seinem

Leben. Es gab mehrere davon, ohne Frage. Der Mangel erschien ihm jedenfalls nicht so gravierend, wie man es bei einem alleinstehenden Anfang Fünfzigjährigen im Allgemeinen erwarten würde. Trotz allem hatte er seine Mitte gefunden, dank Rügen und seiner Seevilla, aber auch wegen seines Freundes Fiete.

»Und nun bist du also wieder mal verprügelt worden«, sagte Hilgert streng, während er Fietes Mütze aus der Jacke zog und sie wortlos vor ihn auf den Tisch legte.

Der Alte verzog keine Miene. »Waschweib«, knurrte er zornig und meinte damit Fritz Friesen.

»Er macht sich Sorgen um dich, so wie ich auch«, erklärte Hilgert. »Ich halte es nämlich für keineswegs normal, bei einem Kondolenzbesuch in eine Prügelei zu geraten.«

»Ein Streich von ein paar Jugendlichen«, entgegnete Fiete, ohne ihn anzusehen.

»Rowdys, die nach Einbruch der Dunkelheit mit Eierpackungen zum hell erleuchteten Haus von Lieselotte Uhlig rennen, um dessen Fassade zu ruinieren.« Hilgert sprach ruhig, aber nachdrücklich. »Absolut glaubhaft. Weil das hier ja alle naselang vorkommt. Es hatte bestimmt auch rein gar nichts mit Lieselotte Uhlig zu tun. Ein Zufall, dass es ausgerechnet ihr Haus getroffen hat. Aber weißt du, ich glaube, so ein Zufall war das gar nicht. Es steckte eine Botschaft dahinter, und die galt Lieselotte Uhlig. Jemand wollte sie erschrecken, vielleicht auch verunsichern, aber nicht die Neugier Dritter wecken, sonst hätte derjenige, der dich so zugerichtet hat, vermutlich Sprühdosen anstelle von Eiern für sein Graffiti benutzt. Dass das Ganze dann leicht eskaliert ist«, Hilgert bedachte den zusammengekauert in seinem Sessel hockenden Fiete mit einem mitleidigen Blick, »lag an deinem Heldentum und war mit Sicherheit so nicht geplant. Du wolltest die Kerle zur Raison bringen, eine edle Geste vor einer Frau, insbesondere wenn man seit vielen Jahren mit ihr befreundet ist. Leider hast du dich überschätzt oder deine

Gegner unterschätzt. Wenn ich dich so ansehe, läuft beides auf dasselbe hinaus.

Fiete öffnete den Mund, und es machte den Anschein, als wollte er Hilgert widersprechen, aber Hilgert ließ sich nicht ausbremsen.

»Es war etwas Persönliches, und ich vermute, du weißt genau, worum es ging.« Er holte tief Luft. »In was bist du da reingeraten?«

»Lieselotte ist wohlhabend, solche Leute haben Neider. Mit mir hat das nichts zu tun«, versuchte sich Fiete herauszureden. »Das kann schon mal passieren.«

Hilgert ließ das nicht gelten. »Ihr beide wollt den Vorfall unter den Teppich kehren. Und da gehen bei mir alle Alarmglocken an. Ihr kennt denjenigen, da bin ich mir sicher.«

Fiete schluckte und wich Hilgerts strengem Blick konsequent aus. »Du hättest auch etwas Anständiges lernen können«, knurrte er.

Hilgert lief zur Hochform auf. »Er wohnt wahrscheinlich in der näheren Umgebung von Frau Uhlig und hat dich bei ihr gesehen. Zumindest könnte das der Trigger gewesen sein, oder es ging allein um die Frau. Egal. Irgendwas hat ihn angefixt. Die Eier waren schnell zur Hand. Die meisten Leute haben welche zu Hause, nicht unbedingt in solchen Mengen, aber sei's drum. Dann ist er losmarschiert. Er muss ziemlich in Brass gewesen sein, wenn er sich gleich mehrere Packungen unter den Arm klemmt, und er hat sie alle abgefeuert. Was bedeutet, dass es ihn nicht gestört hätte, dabei erwischt zu werden. Das braucht einiges an Chuzpe, noch dazu bei einer frischgebackenen Witwe und unter diesen besonderen Umständen. Wo er allerdings den Baseballschläger herhatte, dessen Spuren du im Gesicht hast, ist mir schleierhaft. Schließlich hat jeder Mensch nur zwei Arme.«

Schweigen.

»Ich bitte Anne, die Nachbarschaft von Lieselotte Uhlig zu überprüfen. Sie wird den Eierwerfer schnell ausfindig machen, da bin ich mir sicher, und ihm einen Besuch abstatten, ganz offiziell. Immerhin hat sich derjenige einer Körperverletzung und Sachbeschädigung schuldig gemacht. Dass man ihm möglicherweise auch eine Verbindung zu einem Mordfall unterstellt, kommt noch obendrauf.«

Fiete schnaufte ungehalten. »Edwin. Es war Edwin«, presste er zwischen zusammengekniffenen Lippen hervor. »Aber du machst daraus kein Ding. Das ist meine Angelegenheit, und die betrachte ich als erledigt.«

Hilgert sah ihn ernst an. »Edwin wer?«

»Edwin Langer.«

VIER

Hätte Anne es auf eine Konfrontation ankommen lassen sollen? Martin vor den Augen seiner neuen Flamme auf sein Wohn-Nomaden-Dasein anzusprechen, wäre bei jedem anderen eine sichere Methode gewesen, ihn zu blamieren. Aber so geschickt, wie dieser Mann sich immer aus der Affäre zog, wäre Anne am Ende womöglich selbst die Gelackmeierte gewesen. Sie war keine Ex, die vor den Augen der Neuen eine Show abzog und Martin dadurch die Gelegenheit verschaffte, sie als eifersüchtige, missgünstige dumme Gans dastehen zu lassen. Außerdem schien die junge Frau total in ihn verknallt zu sein. Welchen Teil von »Der Typ ist ein Arsch« hätte sie dann wohl mitgeschnitten? Die zugegebenermaßen peinliche Flucht, die sie gerade hingelegt hatte, war, aus dieser Perspektive betrachtet, wohl das Beste gewesen. Manchmal war ein stiller Rückzug das klügste Mittel. Genau so wollte sie es auch mit der Wohnung halten. Nach dem, was sie dort mit Kaminski erlebt hatte, konnte sie sich ohnehin nicht mehr vorstellen, darin irgendwann glücklich zu werden. Die Wohnung über ein Maklerbüro zum Verkauf anzubieten und Martin dies in einer kurzen Nachricht mittzuteilen, sollte genügen. Wie sie ihren Ex-Mann kannte, verspürte der gewiss keine Lust, irgendwelche fremden Leute durch seine Privatsphäre spazieren zu lassen. Eher würde er alles zusammenpacken und verschwinden. Das war der Plan.

Die SMS an Martin ging Anne erstaunlich leicht von der Hand. Mit dem Signal des Absendens war die Sache besiegelt. Jetzt musste sie nur noch die leuchtend blonden Haare und das sympathische Lächeln von Martins Freundin aus dem Kopf bekommen.

Anne unterbrach ihren Strandspaziergang, blieb stehen, schloss die Augen und reckte die Nase in die Luft. Ein kühler, sanfter Wind streichelte ihre Haut und fuhr durch ihre Haare. Die Brise nahm ein paar der Haarsträhnen auf, die ihr Zopfgummi nicht bändigen konnte, und wirbelte sie fröhlich durcheinander. Anne versuchte, dieses wunderbare Gefühl neuer Energie, das der Wind mit sich brachte, in sich aufzusaugen. Sie atmete, so tief sie konnte, und lächelte, als gäbe es nichts Schöneres auf der Welt. Erst als die sanften Wellen der Ostsee ihre Schuhe so oft umspült hatten, dass ihre Socken pitschnass waren, öffnete sie die Augen wieder und schaute sich um. Die Seebrücke lag weit hinter ihr, wie sie feststellen musste. Ohne es zu bemerken, war sie fast schon in Baabe angekommen. Sie stopfte ihre geballten Fäuste in die Taschen ihres Parkas und machte sich erleichtert zurück auf den Weg nach Sellin. Das Meer half immer, wenigstens darauf konnte man sich verlassen.

Olaf Langer war recht groß gewachsen und von hagerer Statur. Seine eingefallenen Wangen und das etwas zu weit hervorstehende Kinn ließen sein Gesicht länger erscheinen, als es war, und verliehen ihm das Aussehen eines bärbeißigen, eigensinnigen Mannes. An seinem dürren, sehnigen Hals, der vom bis zum letzten Knopf geschlossenen Oberhemd und einem straffen Krawattenknoten eingefasst war, trat sein Kehlkopf auffallend deutlich hervor. Es war nicht erkennbar, ob ihn daran irgendetwas störte oder ob er lediglich einem Tick folgte, aber Langers Hand wanderte beim Reden in einem fort dorthin, was die Aufmerksamkeit seines Gegenübers noch einmal mehr auf seinen Hals lenkte. Er saß mit locker vor der Brust verschränkten Armen hinter seinem Schreibtisch und musterte Anne unverhohlen abschätzig. Besonders schienen es ihm ihre nassen Schuhe angetan zu haben. Sein Blick blieb immer wieder daran hängen, und fast erwartete sie, er würde jeden Moment nicht nur sein Unverständnis über ihr Erscheinen, sondern auch sein Entsetzen über ihre vermeintlich unangemessene Kleidung ausdrücken.

Was ihn dazu bewog, ihr nicht einmal einen Platz anzubieten, erschloss sich Anne nicht, aber sie machte sich auch nicht die Mühe, darüber nachzusinnen. Entspannt lehnte sie in der Tür zu seinem Büro und wartete, bis er sich sattgesehen hatte. »Wenn Sie dann so weit wären, ich würde gern zur Sache kommen«, forderte Anne nach einer Weile. Bislang war sie lediglich dazu gekommen, sich vorzustellen und ihr Anliegen vorzutragen.

»Äh, ja.« Langer schien sich ertappt zu fühlen. Er stützte beide Ellbogen auf die Schreibtischunterlage, fasste nach seinem Kehlkopf, legte das Kinn in seine Hände und wartete, was passierte. »Haben Sie schon mit Carsten und Norbert gesprochen?«, fragte er forsch, seinen Unmut über Annes Besuch nicht einmal ansatzweise unterdrückend.

Anne nickte betont überlegen. Solchen Kerlen musste man sofort in die Parade fahren, wenn man sich nicht unterbuttern lassen wollte.

Das kleine Büro, in dem Langer sie empfangen hatte, erinnerte, wenn man von der fast schon peniblen Sauberkeit, die sogar die Blätter eines dicken Gummibaumes miteinbezog, absah, eher an die Ausstellungsfläche eines Möbelhauses als an einen Raum, in dem tagtäglich gearbeitet wurde. Es gab nichts, was auf den Menschen, der hier saß, schließen ließ, keine Fotos, keine persönlichen Gegenstände. Einzig zwei in die Jahre gekommene Schilder schmückten die ansonsten kahlen Wände und weckten Annes Interesse. Eines, das deutlich ältere von beiden, trug den mit zum Teil verblichenen schwarzen Buchstaben aufgebrachten Schriftzug »Pension Kaiser Wilhelm«. Sein Gegenstück, eine in der gleichen alten Schnörkelschrift bemalte Emailleplatte, hing draußen über der Eingangstür der Pension. Auf dem anderen, weniger alten Schild mit ähnlichen Maßen, das weitaus schlichter gestaltet war, stand in fetter roter Druckschrift der Name »Ferienheim Fortschritt«. Anne wunderte sich, dass gerade Letzteres als

Erinnerungsstück im Haus verblieben war, gehörte es doch einer Zeit an, an die die meisten Hotel- und Pensionsbesitzer der Insel bestimmt nur ungern erinnert werden wollten. Die in der DDR Anfang der 1950er Jahre vollzogene Enteignung von Privateigentum war unter den Alteingesessenen längst nicht vergessen.

»Dann wissen Sie ja alles. Mehr habe ich auch nicht zu sagen«, antwortete Langer schroff.

»Die Entscheidung darüber müssen Sie schon mir überlassen«, konterte Anne schnippisch. »Was haben Sie gemacht, nachdem Sie an besagtem Donnerstag das Hotel Kurhaus verlassen haben?«

Er zuckte gelangweilt mit den Schultern. »Ich bin mit Carsten nach Hause.«

»Sie wohnen hier, in Ihrer Pension?«

»Im Hinterhaus. Was dagegen?«, blaffte er.

»Nicht, wenn Sie das Haus an diesem Abend nicht mehr verlassen haben«, antwortete Anne kühl.

»Habe ich nicht.« Als wäre diese Unterhaltung seiner Aufmerksamkeit nicht wert, begann er damit, Strichmännchen auf seine noch jungfräuliche Schreibtischunterlage zu kritzeln.

»Zeugen? Überwachungskameras?«, hakte Anne nach.

Er schaute sich um, als könnte beides irgendwo in diesem Raum versteckt sein. »Weder das eine noch das andere. Ich lebe allein. Außerdem bin ich nicht der reiche Herr Horn und auch kein Herr Vetter...« Er stockte und schien sich auf die Zunge zu beißen. »Jedenfalls kann ich nicht beweisen, dass ich danach sofort ins Bett gegangen bin. Nur mein Ehrenwort kann ich Ihnen geben.« Er schaute Anne provozierend an. Die fragte sich, was das Wort dieses unangenehmen Mannes wohl wert war.

Er ließ den Stift geräuschvoll auf die Tischplatte fallen, lehnte sich zurück und hüllte sich in Schweigen. Lange hielt er das aber nicht durch. »Georg war mein Freund. Er hat noch gelebt, als Carsten und ich gegangen sind. Mehr weiß ich nicht.«

Anne hatte nichts anderes erwartet. Sie stellte die üblichen Fragen, aber Langers Antworten klangen nicht anders als die von Carsten Horn und Norbert Blum. Von einem schlechten Scherz zwischen dem Opfer und Blum wollte auch er nichts wissen. Im Gegenteil. Er hielt die Reihen der Freunde noch vehementer geschlossen, als Carsten Horn es getan hatte, obgleich es sein konnte, dass dieser Eindruck aus seiner rabiaten Ausdrucksweise resultierte. Dem Garderobenschrank, in dem Georg Vetterich irgendwann verstorben war, wollte er sich den ganzen Abend lang nicht genähert haben. Was die Sache mit den Fingerabdrücken anging, zeigte er sich zunächst wenig aufgeschlossen, willigte nach einiger Diskussion aber zähneknirschend ein.

»Wie lange kannten Sie Georg Vetterich?«, fragte Anne, die sich mit seinen schnodderigen, abweisenden Antworten nicht zufriedengeben wollte. Irgendeiner von Vetterichs Freunden musste mitbekommen haben, was bei ihm im Argen lag. Dass es da etwas gegeben hatte, stand für sie außer Zweifel, sonst würde der Mann noch leben.

»Georg hat hier gelernt, da war er sechzehn«, entgegnete Langer.

»Hier in der Pension?«

»Genau, in *unserer* Pension«, verkündete Langer, und Anne kam es so vor, als würde er um etliche Zentimeter wachsen. Es lag ein unüberhörbares Pathos in seiner Stimme.

»Wie Sie auch?«, hakte sie nach.

Er nickte energisch. »Georg wollte weiter. Er war immer sehr ehrgeizig. Na ja, und das hat er ja auch geschafft.« Langers Kehlkopf hüpfte auf und ab, kurzzeitig bedeckt von seiner Hand. »Das Kurhaus Hotel war schon eine andere Größenordnung als unsere Pension. Aber wer nicht wagt, der nicht gewinnt. Zu Wendezeiten war eben alles möglich, und wir waren junge, tatkräftige Kerle. Der Erfolg hat Georg recht gegeben. Bedauerlich, dass er ihn nun nicht an seinem See genießen kann.« Langer senkte den Kopf und wirkte für einen Moment ehrlich mitgenommen.

Anne fragte sich, ob sie sich verhört hatte. »Seinem See?« Sie dehnte die Worte in die Länge.

»Ja, natürlich«, platzte es aus Langer heraus. »Georg hat sich ein sattes Fünftausend-Quadratmeter-Grundstück nebst Luxusbungalow am Selliner See reservieren lassen, das Filetstück sozusagen. Lieselotte wollte Sellin auch im Ruhestand unter keinen Umständen verlassen, und das Haus am See war sein Kompromiss für sie. Deswegen musste das Hotel unter den Hammer.« Er hatte die ganze Zeit nicht besonders herzlich geklungen, aber in seinem letzten Satz lag so viel Abscheu, dass Anne das Gefühl hatte, danach greifen zu können.

»Meinen Sie, das Hotel zu verkaufen, war eine falsche Entscheidung?«, fragte sie mit naivem Augenaufschlag. Wenn der Verkauf für Olaf Langer ein Problem gewesen war, dann war jetzt ein guter Zeitpunkt, das herauszubekommen.

Volltreffer. Das Gesicht des Mannes war schlagartig wie versteinert, und Anne konnte ihm ansehen, dass er Mühe hatte, auf seinem Stuhl sitzen zu bleiben. Sein gesamter Körper stand unter Anspannung. Er versuchte, das in den Griff zu kriegen, was ihm gehörig misslang. Sein Temperament überwältigte ihn. »Das ist das Dümmste, was er machen konnte«, empörte er sich mit einer Inbrunst, als hinge sein Leben davon ab. »Familienbesitz bleibt in der Familie, und wenn es das Letzte ist, was man hat.« Nun sprang er doch noch auf und touchierte dabei seinen Schreibtischstuhl, der umfiel und gegen die Wand knallte. Olaf Langer drehte sich nicht einmal um. »Ich würde den Kitt aus den Fenstern fressen, um dieses Haus hier zu halten. Dass Georg das Hotel nicht mal verkaufen *musste*, sondern es aus reinem Eigennutz getan hat, macht die Sache besonders verwerflich. Es noch dazu Fremden in den Rachen zu werfen, einem anonymen

Konzern, der nichts mit unserem Rügen zu schaffen hat, das übertrifft alles an Egoismus, was ich jemals erlebt habe.« Die Worte sprudelten nur so aus ihm heraus. Langer war voller Verachtung, und er erweckte nicht den Eindruck, als ob er sich bewusst sei, was er da gerade von sich gegeben hatte.

»Und ich habe gedacht, zwischen Ihnen herrschte eitel Sonnenschein«, warf Anne in einer seiner Atempausen mit süffisantem Lächeln ein.

In seinen Augen stand so viel Wut, dass Anne befürchtete, er könnte jeden Moment ausholen und ihr eine Ohrfeige verpassen. Möglicherweise hätte sie das nicht einmal persönlich genommen, denn dass der Zorn, den der Mann in sich trug, zwingend herausmusste, bevor er sich in einem Herzinfarkt entlud, war unübersehbar.

Er schnaufte. »Georg kannte meine Meinung dazu. Es war seine Angelegenheit.« Langer schien sich etwas runterzuregeln, die Abstände, in denen sich sein Brustkorb auf und nieder bewegte, wurden wieder länger. »Das ist meine Sicht auf die Dinge. Die wird man ja noch äußern dürfen.«

»Und es kann nicht sein, dass Ihnen Ihre Heimat wichtiger war als das Leben Ihres Freundes? Bei so wenig Interesse an althergebrachten Gewohnheiten und Traditionen kann ein Mann wie Sie schon einmal in Rage geraten.« Anne schaute sich demonstrativ im Raum um. »Vor allem, wenn man so viel Liebe und Geld in das Familiengeschäft steckt wie Sie.«

»Ich habe Georg nicht angerührt«, murmelte Langer mit gesenktem Haupt. »Was hätte das auch genutzt? Der Verkauf war beschlossene Sache, selbst wenn Lieselotte nun allein ins Haus am See ziehen muss.«

✳✳✳

»Als ich Kind war, habe ich die frischen Heringe von Tante Käthe geholt, in Zeitungspapier eingewickelt.« Hilgert lächelte versonnen. »Wenn es nach mir gegangen wäre, hätte ich die kauzige alte Dame jeden Tag besucht, aber meine Mutter wollte nicht ständig den Heringsgeruch in der Wohnung haben. Heute kann ich das verstehen.« Er schaute Anne durch eine gräuliche Wolke aus Bratendunst an und war glücklich. »Ohne Abzugshaube und mit einem winzigen Fenster in der Küche war das eine Zumutung, also für sie, nicht für mich.« Er lachte gelöst, dann nahm er einen Holzschaber und wendete die Bratkartoffeln. »Ich bemühe mich immer, sie so hinzubekommen wie meine Mutter, aber es gelingt mir einfach nicht. Wie bei allem im Leben gibt es den einen richtigen Moment, aber ich verpasse ihn immer.«

Anne stand mit einer Flasche Bier in der Hand neben dem Herd und beobachtete ihn. Er bedachte sie mit einem Seitenblick und konnte an ihrem Gesichtsausdruck die Frage ablesen, die ihr auf der Zunge lag.

»Ich habe den Großteil meiner Kindheit hier in Sellin verbracht«, erklärte er, rüttelte an der Bratpfanne und ließ so die Fische durch das Fett rutschen. Er bemerkte Annes Verwunderung und bat sie, um einer Nachfrage zu entgehen, um zwei Teller. Anne kam seiner Bitte so hastig nach, dass sie fast das Bier umstieß, das sie auf der Arbeitsplatte abgestellt hatte. Aber wenigstens war sie dadurch etwas abgelenkt und hörte endlich auf, an ihren Nägeln zu kauen. Ihre malträtierten Finger ließen zwar keinen anderen Schluss zu, aber sie damit zu konfrontieren, wäre unhöflich gewesen. »Ich hoffe, Sie haben ordentlich Hunger mitgebracht«, sagte Hilgert für seine Verhältnisse fast schon überschwänglich. Er wusste aus eigener leidvoller Erfahrung, wie rar gesät regelmäßige Mahlzeiten bei der Kriminalpolizei waren, vor allem während einer Mordermittlung. Entsprechend üppig hatte er heute gekocht.

Kaum dass er die beiden Teller gefüllt und ihr in die Hände gedrückt hatte, eilte Anne in den Salon.

»Gut, essen wir heute wie zwei zivilisierte Menschen«, murmelte Hilgert, drehte das Gas ab, nahm das Bier und zwei

Bestecke und folgte ihr. Als er in den Salon trat, saß Anne mit dem Kopf dicht über ihrem Teller. Sie hatte die Augen geschlossen und sog genüsslich den Duft des Gebratenen ein. Mit dem ersten Bissen wartete sie heute höflich, bis er sich zu ihr gesetzt hatte, aber ihre zappeligen Bewegungen verrieten, wie schwer ihr das fiel.

Hilgert prostete ihr vergnügt zu. »Ich hoffe, Sie mögen Hering«, sagte er und fühlte sich so gut wie lange nicht mehr. Das Gespräch mit Fiete hatte in ihm unerwartet eine tiefe Zufriedenheit ausgelöst. Mit einem Mal ergaben viele Dinge für ihn Sinn, und auch sein einstiger Weggang von der Insel kam ihm mit diesem Wissen nicht mehr so grauenvoll und unmenschlich vor. Wenn man seine eigene Entwurzelung und das Dreiecksverhältnis seiner Mutter betrachtete, war es das immer noch, doch im Hinblick auf das Schicksal des Freundes war er dankbar, dass es so gekommen war. Seine Mutter war nicht nur eine kluge, sondern auch mutige Frau gewesen, das war ihm heute einmal mehr bewusst geworden. Der Vater konnte in seinem Ansehen dagegen kaum noch tiefer fallen.

Annes Kiefer knackten beim Kauen. »Die Bratkartoffeln, total lecker«, sagte sie mit vollem Mund und strahlte über das ganze Gesicht. Im nächsten Moment schien ihr diese kurze Entgleisung ihrer guten Manieren peinlich zu sein. Sie errötete leicht und hielt sich wie zum Schutz die Hand vor den Mund.

»Bratkartoffeln sind gut für die Seele«, entgegnete Hilgert. Anne bestätigte das mit einem Kopfnicken.

In Windeseile hatte sie die Hälfte ihrer Portion verputzt und schien nun in der entsprechenden Stimmung für eine tiefer gehende Unterhaltung zu sein. »Die Sache mit dem Schrank lässt mir keine Ruhe«, hob sie an.

Hilgert grinste in sich hinein. Ihm ging es genauso.

»Wenn Sie recht haben und es dem Mörder allein darum ging, Vetterich loszuwerden, er sich über die Konsequenzen also keine Gedanken gemacht hat«, sie nahm einen weiteren Bissen, kaute und fuhr fort, »dann stellt sich immer noch die Frage, wie dieser groß gewachsene Mann in den Schrank gekommen ist? Kein erwachsener Mensch geht da freiwillig rein. Warum auch?«

»Unter vorgehaltener Waffe halte ich einiges für denkbar«, wandte Hilgert ein.

An ihrem Gesicht konnte er ablesen, dass sie das gelten ließ. »Absurd ist es trotzdem. Man hätte ihn dann ja auch einfach erschießen können. Das schließt das Versteck im Schrank nicht aus.«

»Dass es auch anders gegangen wäre, steht außer Frage«, bestätigte Hilgert. »Womöglich war Vetterich aber so stark alkoholisiert, dass ein Hineinstoßen die einfachere Variante war. Und ehe ihm bewusst wurde, was passierte, hatte der Täter die Schranktür verriegelt.«

Anne kräuselte die Stirn. »Null Komma neun Promille, sagen die Rechtsmediziner.«

»Da sind erhebliche Gleichgewichtsstörungen und eine um etwa fünfzig Prozent verlängerte Reaktionszeit denkbar«, antwortete Hilgert. »In dem Fall brauchte es nicht mal eine Waffe.«

Anne schüttelte den Kopf. »Ohne Waffe müsste der Täter bereits im Vorfeld davon ausgegangen sein, dass Vetterich alkoholisiert sein würde.«

»Mhm. Man kann auch jemanden mit einem Feuerlöscher erschlagen. So weit, dass der Täter auf den Alkoholkonsum gesetzt hat, würde ich nicht gehen. Derjenige wollte Vetterich umbringen. Er wusste von seiner Anwesenheit im Hotel. Alles andere halte ich für Spontaneität.«

Anne ließ das so stehen. »Halb Sellin wusste von der Männerrunde. Der Täter könnte vor dem Hotel gewartet haben, bis die drei anderen verschwunden waren, und ist hineingegangen.«

»Oder er ist noch einmal zurückgegangen«, bemerkte

Hilgert und dachte, dass er die Männerrunde zuallererst verdächtigt hätte.

»Die Freunde sind mein erster Ansatzpunkt«, sagte Anne, und er lächelte erfreut. »Die drei sind jeder für sich eigenartig.«

Hilgert kamen Fietes Worte wieder in den Sinn. Seine Freunde hätte Vetterich besser aussuchen müssen, hatte er gesagt. Gespannt wartete er, was Anne herausbekommen hatte.

»Norbert Blums Frau zog in Erwägung, dass er Vetterich versehentlich ermordet haben könnte, da er einen Hang zu üblen Streichen hat, und Blum konnte das zu seiner eigenen Verwirrung nicht vollständig entkräften, da er an dem Abend total betrunken war«, berichtete sie. »Zu allem Überfluss war er von den drei Männern auch noch derjenige, der Vetterich als Letzter lebend gesehen hat. Seine Erinnerung schien mir aber ungetrübt zu sein.« Sie schaute, als wunderte sie sich selbst über diese Tatsache. »Einzig auf meine Frage, ob Vetterich die Eingangstür des Hotels abgeschlossen habe, fand er keine Antwort. Bei der Verabschiedung auf der Straße hatte Blum zudem den Eindruck, dass an Vetterich auf einmal irgendetwas anders war. Aber hier bin ich mir nicht sicher, ob sich dieser Eindruck nicht erst durch die aktuellen Umstände ergeben hat. Blum wirkte am Ende sehr mitgenommen und unsicher.«

»Mhm.« Hilgert legte Gabel und Messer beiseite, wischte sich mit seiner Serviette den Mund ab und lehnte sich zurück. »Waren Sie schon einmal so betrunken, dass Sie einen Filmriss hatten?«, fragte er.

»Ich bitte Sie«, entgegnete Anne leicht vorwurfsvoll. »Das sollte einer Frau nicht passieren.«

Hilgert verstand die Andeutung. »Ich glaube zwar, dass man im Vollrausch so einiges Blödsinniges draufhat, das einem danach nicht mehr einfallen will. Aber wie es scheint, hatte Blum die wesentlichen Einzelheiten sehr wohl auf dem

Schirm. Wieso sollte also ausgerechnet ein verquer gelaufener Streich komplett weg sein? Und selbst wenn, spätestens mit Vetterichs Verschwinden dürfte er sich als guter Freund doch erhebliche Gedanken gemacht haben. Hätte ihn der Filmriss dann nicht veranlasst, ins Hotel zu gehen, um seinen Erinnerungen dort auf den Grund zu gehen? Aber vor allem, was hätte dieser Streich für einen Sinn gemacht, wenn er doch gar keine Zuschauer hatte? Die beiden anderen waren längst weg. Da fehlt mir der Spaßfaktor.« Hilgert schickte sich an, mit dem Essen fortzufahren, hielt aber noch einmal kurz inne. »Ich habe zwar keine Ahnung, was Herr Blum für ein Mensch ist, aber sperrt ein erwachsener Mann nur der Gaudi wegen einen anderen in einen Schrank? Daran habe ich erhebliche Zweifel.«

Anne stand auf, ging in die Küche und holte sich eine zweite Portion. Hilgert nahm das zufrieden zur Kenntnis.

»Das sehe ich genauso«, bestätigte sie und klärte Hilgert obendrein noch über die fehlenden persönlichen Sachen des Opfers auf. »Blum schubst seinen Freund in den Schrank und versteckt seine Geldbörse? Das klingt wirklich komplett absurd.«

»Haben Ihre Leute die Sachen gefunden?«, fragte Hilgert nach.

»Nein. Was auch immer der Mörder damit gemacht hat, im Hotel sind sie nicht«, antwortete Anne. Dann folgten in aller Ausführlichkeit ein kurzer Steckbrief und die Aussage von Carsten Horn. Nach dem zu urteilen, wie sie die Unterhaltung schilderte, schien der Mann sie beeindruckt zu haben. »Horn beharrt darauf, dass die Tat sicher nichts mit dem Menschen Vetterich zu tun gehabt hat, eine Formulierung, die mir nicht aus dem Kopf geht, auf die ich mir aber noch keinen Reim machen kann.«

»Interessant. Der Mensch an sich war in Ordnung, aber sein Geld, seine Macht ...«, murmelte Hilgert nachdenklich. »Kann man das eine vom anderen so strikt trennen?«

Die Frage blieb unbeantwortet. »Haben Sie sein Alibi überprüft?«

Anne nickte. »Ich habe meine Assistentin gebeten, sich die Aufnahmen der Kameras in Horns Hotel zeigen zu lassen.« Da wird er sich aber freuen, dachte Hilgert. »Horn ist kein Mörder«, konstatierte Anne überzeugt. »Schauen Sie sich ihn trotzdem näher an. Es ist nicht immer alles Gold, was glänzt«, wandte Hilgert überrascht ein. »Bankkonten, Geschäftsbeziehungen …« An ihrem Blick konnte er sehen, dass dieser Hinweis eine Schippe zu viel gewesen war. Schweigend nahm er sich seinen zweiten Hering vor.

»Die Überprüfungen laufen, von allen dreien«, gab Anne knapp zurück. »Ich werde unterdessen den Gedanken nicht los, dass Vetterichs Tod etwas mit dem Verkauf seines Hotels zu tun hat. Da es um viel Geld ging …« Sie sah Hilgert bedeutungsvoll an.

»Sie machen das schon. Ich weiß«, gab er etwas kleinlaut zurück. »Der Verkaufserlös ist aber noch nicht geflossen, oder?«

»Stand gestern: nein«, entgegnete Anne. »Ich habe mit dem Büro des zuständigen Notars einen Termin vereinbart. Er war ein paar Tage im Kurzurlaub. Wir werden sehen, was er mir erzählt.«

»Er hatte das Geld noch nicht«, wiederholte Hilgert gedankenverloren. »Erpressung? Diebstahl? Dann hätte der Täter den falschen Zeitpunkt für den Mord gewählt.«

»Das ist eine Überlegung, die mir ebenfalls wieder und wieder durch den Kopf geht«, bestätigte Anne.

Sie aßen weiter, ohne ein Wort zu sagen. Hilgert fragte sich, ob er sie mit seinem Vorpreschen gekränkt haben könnte. Da Carsten Horn es ihr merklich angetan hatte, hatte er es für angebracht gehalten, ihr Vorgehen etwas nachzujustieren. Das hätte es nicht gebraucht, denn Anne verhielt sich wie ein echter Profi. Er fragte sich kurz, wie die Sache mit ihrem

Mann stand, zügelte jedoch seine Neugier, da er Selbiges auch von ihr erwarten würde. »Was ist mit dem Letzten im Bunde, dem dritten von Vetterichs Freunden?«, fragte er, um den Gesprächsfaden wieder aufzunehmen.

»Der ist momentan mein Favorit«, erklärte Anne und meinte das unverkennbar im negativen Sinne. »Olaf Langer. Er hasst jegliche Veränderung in Sellin, verurteilt den Verkauf von Vetterichs Hotel auf das Entschiedenste und ist noch dazu auf eine äußerst unangenehme Art aufbrausend. Zwar hat er mit Horn gegen Mitternacht das Hotel verlassen, aber danach gibt es nichts und niemanden, der bestätigen könnte, dass er nicht noch einmal zurückgekommen ist. Er hat eine –«

Hilgert hob die linke Braue. »Wie, sagten Sie, hieß der Mann?«, fiel er ihr ins Wort.

»Olaf Langer. Wieso?« Anne spießte mit ihrer Gabel eine Kartoffelscheibe auf und schob sie sich in den Mund. »Ein Ewiggestriger und überaus neidischer Mensch, wenn Sie mich fragen.«

Hilgert benutzte seine Serviette, um das Fett um seinen Mund zu entfernen, nahm einen Schluck von seinem Bier und räusperte sich. Dann berichtete er Anne von den Ereignissen am gestrigen Abend und von seinem Gespräch mit Fiete. Den Teil, der seine eigene Familie betraf, ließ er dabei geflissentlich unter den Tisch fallen.

»Onkel Fiete ist verprügelt worden?«, fragte Anne mit weit aufgerissenen Augen. »Schlimm? Braucht er einen Arzt? Soll ich nach ihm sehen?« Ihre Worte überschlugen sich förmlich.

Hilgert registrierte, dass Anne ebenfalls einen Narren an Fiete gefressen haben musste, ganz so wie der Alte an ihr. Jedenfalls war ihr das Wohlergehen des Freundes spürbar wichtiger als der Hinweis auf ihren Fall. Hilgert fand, das dies einmal mehr für sie sprach. »Ich habe heute Mittag nach ihm gesehen«, wiegelte er ab. »Mit etwas Ruhe heilen die Blutergüsse schnell.«

»Soll ich ihm rasch etwas von dem Essen bringen?«, fragte sie und wollte sich erheben.

»Er will nichts«, entgegnete Hilgert.

Sie nahm das hin und widmete sich wieder mit krauser Stirn den Bratkartoffeln auf ihrem Teller. Offensichtlich dachte sie nach. »Edwin Langer hat Onkel Fiete verprügelt, weil er Lieselotte Uhlig kondoliert hat, sagen Sie?« Unwirsch legte sie das Besteck zur Seite, zog ihr Handy hervor und drückte darauf herum. »Entschuldigung, Handy am Tisch, ich weiß«, murmelte sie, tippte aber weiter. Kurz darauf streckte sie Hilgert das Telefon entgegen. Er beugte sich leicht nach vorn und betrachtete das Bild, das sie im Netz gefunden hatte. Zwei Männer standen vor der »Pension Wilhelm« in der Wilhelmstraße und lächelten in die Kamera. Darunter konnte man ihre Namen lesen: *Pensionswirt Edwin Langer mit seinem Sohn und Nachfolger Olaf Langer.* Hilgert nickte.

»Dann wird Ihnen der alte Langer sicherlich erzählen können, was sein gewalttätiger Angriff auf Fiete mit dem Mord an Georg Vetterich zu tun hat und welche Rolle sein Sohn Olaf dabei spielt«, konstatierte er.

Anne schüttelte ungläubig den Kopf. »Der Langer war sauer auf Vetterich, das konnte er nicht verbergen. Ich verstehe den Grund, auch wenn ich dieses Weltbild nicht teile. Was allerdings die Witwe und Onkel Fiete damit zu tun haben sollen, leuchtet mir nicht ein.

»Sie haben sich die Antwort doch bereits selbst gegeben«, sagte Hilgert. »Was nützt ein Mord an Georg Vetterich, wenn dessen Witwe das Hotel ebenfalls verkaufen will? Nichts anderes hat Olaf Langer doch gemeint. Falls Vater und Sohn dasselbe Ziel verfolgen, wollten sie Lieselotte Uhlig vielleicht erschrecken oder sie unter Druck setzen, sich das mit dem Verkauf noch mal zu überlegen.«

»Ja, aber doch nur, wenn sie das Hotel geerbt hat. Da es verkauft ist, bleibt ihr bloß noch das Geld. Na ja, ›bloß‹ ist etwas untertrieben, aber Sie wissen, was ich meine«, widersprach Anne. »Der Mord an ihrem Mann würde angesichts des besiegelten Kaufvertrages für die Langers keinen Sinn mehr ergeben, es sei denn, sie hätten es lediglich auf Rache abgesehen. So nach dem Motto, wenn wir den Verkauf schon nicht verhindern können, dann sorgen wir wenigstens dafür, dass ihr kein glückliches Leben mehr habt. Diese Rechnung wäre jedenfalls schon mal aufgegangen. Was nützt Lieselotte Uhlig das ganze Geld, wenn ihr Mann unter der Erde ist?«

Hilgert hatte nicht richtig zugehört. »Das Gespräch mit dem Notar ist lange überfällig. So etwas muss man wissen«, murmelte er, unzufrieden über diese offene Flanke. Er bemerkte Annes irritierten Blick, besann sich und redete in freundlicherem Ton weiter. »Lassen Sie uns den Abend mal rekonstruieren. Die vier Freunde feiern, ziemlich feuchtfröhlich, wie wir wissen. Georg Vetterich berichtet vom vollzogenen Verkauf. Der war bei einem solchen Objekt sicherlich nicht ohne, hat sich wochenlang gezogen, war nervenaufreibend. Er ist erleichtert und redet entgegen seiner sonstigen Art etwas viel. Der Alkohol ist daran auch nicht ganz unschuldig. Olaf Langer hört sich brav alles an, während er seinen Unmut wegdrückt. Zunächst geht er um Mitternacht nach Hause, aber irgendwann, möglicherweise nach einem Gespräch mit seinem Vater, der sich vom einstigen Lehrling gleichermaßen verraten fühlt, kann er nicht mehr an sich halten. Er kehrt ins Kurhaushotel zurück, trifft Vetterich beim Aufräumen an. Ein Wort ergibt das andere, und dann ...« Hilgert machte mit der rechten Hand eine schubsende Bewegung und schloss die imaginäre Schranktür hinter dem Opfer.

»Rache«, flüsterte Anne. »Das ist denkbar.« Sie war einen Moment lang still, schüttelte dann aber unzufrieden den Kopf. »Dennoch, wie dämlich ist der Aufmarsch des alten Langer bei Lieselotte Uhlig, wenn der Sohn ein Mörder ist?«

»Wenn der Vater nichts davon weiß ... Das macht die Aktion nicht vernünftiger, aber es würde sie erklären.« Hilgert trank den letzten Rest von seinem Bier und schob seinen Teller mit dem Besteck ein Stück weit von sich weg. »An welchem See will Lieselotte Uhlig eigentlich sitzen?«

»Am Selliner. Vetterich hat dort einen luxuriösen Altersruhesitz für sich und seine Frau reserviert, zumindest behauptet das Olaf Langer. Ich denke, dass Vetterich sein altehrwürdiges Hotel gegen ein profanes Haus am See eintauschen wollte, hat den Verkauf für Langer noch verwerflicher gemacht. So wie der drauf ist, kennt der nur Tradition, Disziplin und Verantwortung.« Sie lehnte sich zurück und schaute Hilgert zufrieden an. »Ich denke, ich bin satt. Aber haben Sie noch ein Bier?«

Er wollte aufspringen und es für sie holen. Sie hielt ihn zurück und erledigte das selbst.

»Könnte ich bitte das Bild der beiden Langers noch einmal sehen«, bat Hilgert, kaum dass Anne wieder zurück war. Kurz darauf hielt er ihr Telefon in der Hand und stierte wie gebannt auf das Display.« »Dieses Foto stammt wie der Artikel aus den neunziger Jahren. Olaf Langer ist heute ungefähr Anfang sechzig. Richtig?« Er sah prüfend zu Anne. Die bestätigte das. »Dann dürfte sein Vater inzwischen um die achtzig Jahre alt sein. Ein alter Mann.«

»Stimmt«, entgegnete Anne forsch. Sie griff nach ihrem Mobiltelefon und überzeugte sich selbst. »Onkel Fiete hat von einem alten Mann Prügel bezogen«, stellte sie entgeistert fest.

»Gegen Edwin Langer ist Fiete mit seinen gut siebzig Lenzen ein Jungspund.« Hilgert wusste nicht, ob er darüber lachen sollte. Das Ganze war absolut lächerlich. »Jetzt kann ich mir zumindest erklären, warum Fiete sich nicht groß gewehrt hat. Ich war zunächst von der irrigen Annahme ausgegangen, sein Gegner sei ein junger, kräftiger Mann gewesen, gegen den er keine Chance hatte. Aber das hätte Fiete, wenn ich es mir recht überlege, wohl kaum daran gehindert, zumindest den Versuch zu unternehmen, ihm ebenfalls eine zu verpassen.«

»Nein«, entgegnete Anne noch immer ungläubig. »Aber um jemanden deutlich älteren zu schlagen, besitzt er zu viel Anstand.«

»Oder zu viel Stolz«, antwortete Hilgert nachdenklich.

***

Der Abend mit Hilgert war angenehm gewesen. Anne hatte entgegen ihrer sonstigen Gewohnheit zwar zu viel Bier getrunken, aber womöglich war das ja eben dieser angenehmen Stimmung geschuldet gewesen. Niemals zuvor hatte sie Hilgert so entspannt und unbeschwert erlebt wie gestern. Hinsichtlich der ekelhaften Attacke auf Fiete war ihr das nicht ganz verständlich, aber Hauptsache, dem Freund ging es gut, und davon hatte sie sich heute Morgen mit ein paar frischen Brötchen und mehreren Tüten mit Plätzchen selbst überzeugt. Onkel Fiete war schon immer ein Stehaufmännchen gewesen, und diese Eigenschaft schien ihm glücklicherweise selbst im Alter nicht abhandenzukommen.

Mit der Sorge um den alten Herrn waren die Bilder von damals wieder zurückgekommen. Von dem stillen Mann, der für ein paar Monate als Hausmeister in ihrer Schule gearbeitet hatte und vor dem alle Kinder, auch Anne, Angst gehabt hatten. Fietes unnahbares Verhalten hatte dies begünstigt, ausschlaggebend aber war eine Äußerung des Schuldirektors gewesen, deren Zeugin Anne zufällig geworden war. Den Begriff »subversives Element« hatte sie damals nicht einordnen können, aber aufgrund des Tonfalls und der Mimik des Direktors hatte sie Fiete in ihrer kindlichen Naivität fortan für einen Verbrecher gehalten und um ihn einen großen Bogen gemacht. Wenige Wochen später war er verschwunden gewesen, was das Gerücht, man hätte ihn ins Gefängnis gesteckt, unter den Kindern aufkommen ließ, war es ihnen doch wie die Bestätigung all ihrer dunklen Vermutungen erschienen. Anne hatte den Hausmeister schnell vergessen – bis zu jenem Tag, an dem sie ihn am Hochufer wiedergetroffen hatte. Das war um die Zeit gewesen, als sie Hals über Kopf ihre erste Berufsausbildung, eine eintönige Stelle bei der Stadtverwaltung, abgebrochen hatte und aus Schwerin nach Hause zurückgekehrt war. Die neue, ungewisse Situation und vor allem Annes Scheitern, so zumindest hatte es ihr Vater gewertet, hatten die Familie leicht überfordert. Anne selbst hatte das nicht sonderlich mitgenommen. Sie hatte zum ersten Mal in ihrem Leben eine wichtige Entscheidung getroffen und damit auf einem falsch eingeschlagenen Weg rechtzeitig kehrtgemacht. Dass ihre Eltern mit ihrem Entschluss, Polizistin zu werden, nicht recht etwas anfangen konnten, weil dieser Beruf weit außerhalb ihres eigenen Erlebnishorizontes lag, war unerheblich für sie gewesen.

Damals war sie jeden Nachmittag nach Sellin zum Steilufer der Granitz gegangen, um sich dort an einem der schönsten Plätzchen der Insel niederzulassen und den Anblick des Meeres zu genießen. Sie hatte keine Ahnung gehabt, dass an dieser Stelle einmal eine Ausflugsgaststätte gestanden hatte. Bis Fiete sich eines Nachmittags zu ihr gesetzt und ihr davon erzählt hatte. Fortan hatten sie einmal in der Woche gemeinsam da oben auf der Bank gesessen, in eine intensive Unterhaltung vertieft oder einfach nur schweigend den Wellen lauschend. Aus dem ängstlichen, beeinflussbaren Kind war da zwar schon längst eine selbstsichere junge Frau geworden, aber Anne war allem Fremden gegenüber skeptisch, und so hatte sie es instinktiv auch mit Fiete gehalten. Die besondere Ausstrahlung dieses Mannes, das Geheimnisvolle, das aus seiner stillen Zurückhaltung und seiner klugen, überlegten Art resultierte, hatte Annes Reserviertheit jedoch schnell aufgeweicht. Dass der deutlich ältere Fiete mit seinem markanten schmalen Gesicht und den tief liegenden dunklen Augen ein durchaus attraktiver Mann gewesen war, mochte auch ein Grund dafür gewesen sein. Erst Jahre später, in einem Anflug von Melancholie, war Anne aufgegangen, dass dieser Sommer einer der wunderbarsten gewesen war, den sie jemals erlebt hatte. Mitunter musste man richtig erwachsen werden, um sich die schüchterne Schwärmerei junger Jahre eingestehen zu können.

Wenn sie heute auf »Onkel Fiete« traf, wie sie ihn liebevoll und in Nachahmung ihres zuweilen albernen Vaters nannte, überkam Anne ein warmes, angenehmes Gefühl der tiefen Zuneigung zu einem Menschen, mit dem sie eine besondere Freundschaft verband. Manchmal, wenn sie an ihre einstige romantische Verwirrtheit zurückdachte, beschlich sie auch eine leichte Scham. Dann hoffte sie inständig, dass Fiete niemals etwas davon bemerkt hatte. Aber wie viel Bedeutung konnte das nach fünfundzwanzig Jahren noch haben?

Anne hatte das Telefonat mit Ilka schon eine ganze Weile beendet, aber sie saß noch immer in ihrem Auto und starrte gedankenverloren durch die schmierige Frontscheibe. Die Handyortung von Georg Vetterich hatte wie erwartet nichts gebracht. Nach vierzehn Tagen gab jeder noch so gute Akku seinen Geist auf. Dafür war die Mobilfunkgesellschaft erstaunlich schnell gewesen, was die Zusammenstellung von Vetterichs Handydaten anging. Am Tag seines Verschwindens hatte er mit einem Friseursalon, einer Kfz-Werkstatt und dem Theater in Putbus telefoniert, alles harmlos und nichts, was mit seiner Ermordung in Zusammenhang stehen könnte. Einzig am Montag, also drei Tage zuvor, gab es eine Reihe von aufeinanderfolgenden Gesprächen, die, davon war auszugehen, mit dem Verkauf des Hotels zu tun gehabt hatten. Eine Münchner Nummer, bei der es sich nach Ilkas Recherchen um die Zentrale einer großen Hotelkette handelte, der Festnetzanschluss seines Putbuser Notars, und die zentrale Durchwahl eines Immobilienbüros in Sellin. Zwischen den jeweiligen Gesprächen lagen nur wenige Sekunden, sodass ein direkter Zusammenhang wahrscheinlich schien. Ilka würde versuchen, bei den Münchnern etwas herauszubekommen, während Anne ohnehin in einer Stunde mit dem Notar verabredet war, der Georg Vetterichs Angelegenheiten regelte.

Ihr fielen Hilgert und seine gestrige Reaktion auf diese Informationslücke wieder ein. Diese verbissene Härte, ja Schroffheit, die er in dem Moment gezeigt hatte, war ihr nie zuvor bei ihm aufgefallen. Wenn das seine Art zu arbeiten gewesen war, würde es sie nicht wundern, wenn er nicht viele Freunde gehabt hatte. Aus seinem alten Leben war jedenfalls noch niemand in Sellin aufgetaucht, zumindest nicht, solange sie bei ihm wohnte. Am Ende ging das jedoch nur ihn etwas an. Dafür, dass er sich mit aller Konsequenz für ein neues Leben entschieden hatte, gab es Gründe, und die respektierte Anne, wie auch immer sie geartet waren.

Sie atmete tief durch. Jetzt war erst einmal das Immobilienbüro an der Reihe, und wenn sie schon einmal da war, konnte sie auch gleich damit anfangen, Klarheit in ihr eigenes Leben zu bringen. Womöglich verkauften die Makler ja auch kleine Wohnungen in Baabe? Die Feigheit und der falsche Stolz, die Anne während der vergangenen Monate dazu gebracht hatten, das Problem auszublenden, waren seit der Sichtung von Martins neuer Flamme einer unbändigen Empörung gewichen, die zwingend nach einem Ventil verlangte. Natürlich war sie zu keinem Zeitpunkt davon ausgegangen, dass Martin nach ihrem Auszug wie ein Mönch lebte, ganz und gar nicht. Die wechselnden Betthäschen, die er in ihre Wohnung geschleppt und am nächsten Morgen wieder vor die Tür gesetzt hatte, interessierten Anne nicht. Aber die Frau gestern hatte nicht so ausgesehen, als ließe sie sich auf eine von Anstands wegen servierte morgendliche Tasse Kaffee und ein anschließendes zügiges Hinauskomplimentieren ein. Nein, die beiden waren verliebt, wenn Kaminski zu Derartigem überhaupt fähig war, und bevor sie sich in der von Anne bezahlten Wohnung ihr kleines Glück einrichteten, musste sie die Reißleine ziehen.

Schwunglos stieg Anne aus ihrem Wagen und überquerte den Gehweg zum Immobilienbüro. Das Schellen der Türglocke riss eine junge Frau, die konzentriert hinter einem schicken Tresen auf einen Computerbildschirm geblickt hatte, aus ihren Gedanken. Sie lächelte freundlich bei Annes Anblick und erhob sich, um sie auf Augenhöhe zu begrüßen. Anne brachte ihr Anliegen vor, ihren Privatkram stellte sie erst einmal hintenan. Sie wurde gebeten, einen Moment auf einem futuristisch geformten Ledersofa Platz zu nehmen. Anne tat das wortlos, mit einem innerlichen Erstaunen über das Design und die mutige Farbwahl des Innenausstatters, und stellte fest, dass man sogar auf Himmelblau hervorragend sitzen konnte. Nach einem kurzen Rundumblick war ihr klar, dass dieses Büro in einer anderen Liga spielte, als für ihre privaten Zwecke erforderlich war. Für eine Zwei-Zimmer-Wohnung in Baabe inklusive Ex-Mann hoben die hier sicherlich nicht einmal einen Stift.

Anne lehnte sich bequem zurück, als die junge Frau, die kurzzeitig in einem anderen Raum verschwunden war, mit einem Glas Prosecco zurückkehrte und ihr dies mit zuvorkommender Geste reichte. Annes Verblüffung war so groß, dass sie ohne zu zögern danach griff, sich aber immerhin so weit unter Kontrolle hatte, dass sie nicht umgehend daran nippte. Was womöglich besser gewesen wäre, denn die Dame, die nun mit einem erotisch anmutenden Hüftschwung und einem breitem, zwei makellose Zahnreihen offenbarenden Lächeln in den Raum trat, war niemand anderes als die Blondine, die sich gestern inniglich an Martin geschmiegt hatte. Obwohl sie heute in ihrem figurbetonten blauen Kostüm, dessen Farbton nur wenig vom Sofa abwich, und den High Heels weitaus eleganter aussah.

Wie vom Donner gerührt, saß Anne da. Ihren Körper erfasste ein Schaudern, das sich in eine heiße Welle des Kribbelns verwandelte und sie glauben ließ, ihre Haut stünde in Flammen. Unfähig zu irgendeiner Reaktion, ja zu einem klaren Gedanken, starrte sie Martins Freundin an, als sähe sie einen Geist. Selbst die honigsanfte Stimme, mit der die Frau sie ansprach, konnte Anne nicht aus ihrer Trance holen. Sie ließ die Worte einfach auf sich herabregnen, ohne ihren Inhalt zu begreifen, und wartete auf den Moment, in dem ihr aufgehen würde, wie sie diese unangenehme Situation gesichtswahrend überstehen konnte.

Natürlich hätte Anne aufstehen und einfach davonlaufen können. Möglicherweise hätte sie das sogar gemacht, wenn sich ihre Beine nicht dermaßen butterweich angefühlt hätten, dass sie unmöglich darauf vertrauen konnte, aufrecht hier herauszukommen. Nein, besser war es, sie blieb sitzen und ließ sich nichts anmerken.

Vorsichtig kostete sie von dem Prosecco. Der Alkohol tat das, was man frühmorgens um kurz nach neun von ihm erwartete, und Anne registrierte dankbar, dass ihre Nerven aufhörten zu flattern. Eventuell kämen sogar ein paar vernünftige Worte aus ihrem Mund. Einen Versuch war es wert.

»Schön, dass Sie Zeit für mich haben, Frau …«, hörte Anne sich sagen und staunte über ihre Chuzpe. Sie wusste nicht, ob die Frau ihren Namen bereits genannt hatte, was durchaus wahrscheinlich war. Falls ja, hatte sie ihn schlicht überhört. »Wie ich bereits Ihrer Kollegin sagte, habe ich ein paar Fragen zu einer Immobilie am Selliner See.«

Martins Freundin nickte wissend. »Mein Name ist Dana Michaelsch«, entgegnete sie ausnehmend höflich, und sollte sie sich soeben schon einmal vorgestellt haben, so war ihr das nicht anzumerken. Während sie unaufhörlich lächelte, breitete sie mit flinken Handbewegungen auf einem vor Anne stehenden Beistelltischchen einen Hochglanzprospekt aus. Dann zog sie sich einen neben dem Sofa stehenden schmalen Hocker heran und setzte sich. Anne hörte den edlen Stoff ihrer Kleidung rascheln und atmete das dezente Parfüm ein, das sie umgab. »So etwas können wir nicht oft anbieten. Es gibt einfach zu wenige von diesen Traumgrundstücken«, sagte sie. »Sie haben Glück. Wir haben es erst seit Kurzem wieder im Angebot.«

Die strahlenden Augen der Maklerin hatten etwas entwaffnend Herzliches und Offenes. Und das schien nicht nur ein Ausdruck ihres verkäuferischen Talentes zu sein. Annes erster Eindruck hatte sie nicht getrogen, Dana Michaelsch war eine überaus angenehme Frau. Und weil das allein noch nicht genug Schmirgelpapier auf Annes Seele war, konnte sie selbst bei ausgesprochen großzügiger Schätzung nicht älter als fünfunddreißig Jahre sein.

»Ich bin nicht an einem Kauf interessiert«, beeilte sich Anne zu sagen, um keinen falschen Eindruck zu erwecken, und zu ihrer Verblüffung musste sie feststellen, dass diese nüchterne Absage keinerlei negative Reaktionen im Gesicht ihres Gegenübers auslöste. Sie zog ihren Ausweis heraus und hielt ihn kurz in die Höhe. »Mich interessiert Georg Vetterich. Ich vermute, er war ein Kunde von Ihnen oder wollte es werden. Jedenfalls hatten Sie vor etwa zwei Wochen ein recht langes Telefonat mit ihm.«

Mit der Erwähnung des Namens Vetterich ging schräg hinter Anne mit Karacho ein Aktenordner zu Boden. Sie drehte sich um und sah in die weit aufgerissenen Augen der jungen Frau, die ihr so selbstverständlich das alkoholische Getränk gereicht hatte.

»Cindy, magst du dir einmal kurz die Beine vertreten?«, fragte Dana Michaelsch, als würde sie einem Kleinkind eine Tüte Gummibärchen anbieten.

Cindy nahm das freundliche Angebot dankbar an und stürzte so eilig hinaus, dass sie nicht einmal daran dachte, eine Jacke oder eventuell ihre Handtasche mitzunehmen. Bei diesem Wetter würde sie nicht weit kommen, ohne sich zu verkühlen.

»Sie müssen ihr Verhalten entschuldigen«, hob Martins Freundin an. »Der Tod von Herrn Vetterich hat uns alle sehr mitgenommen.« Sie schluckte und senkte leicht den Kopf.

»Er ist, also war, seit etwa zwei Jahren Kunde bei uns. Er war auf der Suche nach einer besonderen Immobilie, sein Ruhestandsparadies, wie er es nannte.«

Anne ahnte, was jetzt kommen würde.

Sie deutete auf den Prospekt. »Das wäre es gewesen. Nur sollte es wohl nicht sein.«

Dass sie ehrlich mitgenommen war, konnte Anne sehen. Erstaunlicherweise war sie sicher, dass diese Regung nicht allein auf dem nicht zustande gekommenen Zwei-Komma-fünf-Millionen-Euro-Geschäft beruhte.

»Erzählen Sie mir bitte, was genau passiert ist«, bat Anne in mildem Tonfall.

»Vor zwei Monaten haben wir dieses besondere Objekt hereinbekommen. Die Eigentümer wollen sich anderswo etwas Neues aufbauen, in Frankreich oder Italien, ich weiß es nicht mehr genau.« Wenn Dana Michaelsch sprach, wackelte das kleine neckische Grübchen an ihrem Kinn. Martin gefiel das sicherlich. »Herr Vetterich war gleich Feuer und Flamme, bat aber um etwas Zeit, um sich mit seiner Frau zu besprechen. Kurz darauf hat er sich das Objekt reservieren lassen.«

Er wollte warten, bis der Verkauf des Hotels in trockenen Tüchern ist. Eine nachvollziehbare Vorgehensweise, nicht nur für einen versierten Geschäftsmann, dachte Anne.

»Wenige Tage vor Ablauf der Frist rief er an und bat mich um einen Aufschub. Das war das Telefonat, auf das Sie mich angesprochen haben.« Anne konnte Dana Michaelsch ansehen, dass ihr diese Bitte Bauchschmerzen bereitet hatte. »Wissen Sie, es kommt natürlich öfter vor, dass wir Angebote freihalten, aber über einen so langen Zeitraum, das ist nur schwer zu vertreten.«

»Sie wollten es nicht machen«, warf Anne ein.

»Mhm. Am Ende lebe ich von den Verkäufen …«

Von Kaminski sicher nicht, dann wärst du verloren, lag es Anne auf der Zunge zu sagen, aber sie würde sich lieber deren Spitze abbeißen, als die nette Dana zu brüskieren.

Dana Michaelsch holte tief Luft. »Herr Vetterich konnte sehr hartnäckig sein. Ich habe mich breitschlagen lassen, die Frist um weitere fünf Tage zu verlängern.«

»Hat er Ihnen einen Grund für den Aufschub genannt?«, hakte Anne nach.

Sie schüttelte den Kopf. »Herr Vetterich war nicht gerade jemand, der sein Herz auf der Zunge trug. Ich habe vermutet, dass er irgendwo anders etwas Vergleichbares gefunden hatte und seine Optionen in Ruhe abwägen wollte. Die Konkurrenz hat in Binz derzeit eine Villa im Angebot, darin hätte ich mir ihn und seine Frau auch vorstellen können. Aber das ist natürlich reine Spekulation.«

»Und dann ist er spurlos verschwunden«, murmelte Anne.

Sie nickte. »Leider.«

»Was ist mit seiner Frau?«

»Die wollte ohne ihn nichts unternehmen und war einverstanden, dass ich das Haus wieder in den Verkauf gebe«, antwortete Dana Michaelsch.

Wenn das Pech einmal um sich greift, dann aber richtig, dachte Anne düster. An Lieselotte Uhligs Stelle hätte sie wohl genauso gehandelt. Nicht zu wissen, was mit dem geliebten Mann passiert war, setzte nicht gerade die Energien frei, die man benötigte, um den gemeinsamen Ruhestand zu planen, vor allem dann nicht, wenn diese Planung mit einer Millioneninvestition verbunden war. Mal abgesehen davon, dass sie vielleicht nicht sicher gewesen war, das Geld auch aufbringen zu können. Lieselotte Uhlig war keine arme Frau, aber ohne den Erlös aus dem Hotelverkauf hätte sie das nicht stemmen können. Und da sie sich nicht sehr intensiv um die Geschäfte ihres Mannes gekümmert hatte, war ihr das Risiko, dass noch etwas schiefgehen könnte, womöglich zu groß. Nun, der Mann war weg und damit der Traum vom Haus am See geplatzt. Letzteres ließ sich sicherlich leichter verschmerzen.

»Es tut mir leid, dass ich Ihnen dazu nicht mehr sagen

kann«, sagte Dana Michaelsch in die lange Redepause hinein. »Möchten Sie vielleicht trotzdem noch ein Glas Prosecco?«

Anne schaute auf Dana und dann auf ihr Glas. Zu ihrem Erstaunen war es leer, was nur bedeuten konnte, dass sie es ausgetrunken hatte. Sie lehnte dankend ab. Andererseits wäre es vielleicht besser gewesen, noch etwas Alkohol nachzuschießen, denn für das, was Anne jetzt sagen wollte, konnte eine Enthemmung nur hilfreich sein.

Selbstverständlich hätte sie sich auch verabschieden und zu einem anderen Maklerbüro gehen können. Es wäre zumindest möglich, dass sie Dana Michaelsch nach dem heutigen Termin nie wieder begegnete, denn sogar in Sellin konnte man sich aus dem Weg gehen, wenn man es darauf anlegte. Und falls Dana Martin heute Abend von Annes Besuch erzählte, müsste sie sich auch darüber keine Gedanken machen, denn Anne wäre als Polizistin und nicht als Ex-Frau da gewesen. Überdies verspürte Martin seit jeher wenig Ambitionen, Details über seine Vergangenheit preiszugeben. Es wäre also nicht einmal sonderlich wahrscheinlich, dass Kaminski Dana Michaelsch wissen ließ, wer heute in ihrem Büro mit ihr geplaudert hatte. Jetzt allerdings würde das Ganze eine andere Wendung nehmen.

»Ich möchte meine Wohnung in Baabe verkaufen. Es handelt sich um eine der neuen, modernen in der Karl-Moritz-Straße. Sie kennen das Gebäude bestimmt. Es ist das Dachgeschoss mit dem großen Balkon.« Anne sagte das entschlossen und als wäre es das Normalste auf der Welt. Ohne Frage war es das auch, jedenfalls wenn man Kaminskis verlogene Spielchen außen vor ließ. Die schienen ihrem Gegenüber allerdings gerade bildlich vor Augen zu stehen. Die schmalen Schultern von Dana Michaelsch waren zeitgleich mit Annes Worten kraftlos heruntergesackt. Auch das freundliche Lächeln hatte sie eingestellt. Ihr entgeisterter Blick war starr, und Anne konnte sehen, dass sie das, was sie gerade gehört hatte, nur schwer heruntergeschluckt bekam. Aus der versierten Geschäftsfrau war von einer Sekunde auf die andere ein Häufchen Elend geworden. Anne registrierte diese Wandlung genau und verspürte fast schon einen Hauch Mitleid mit ihr. Da war er, der Martin-Kaminski-Effekt, nur dass Anne ihn zum ersten Mal nicht an ihrem eigenen Spiegelbild sah.

Es dauerte einen Moment, bis Dana Michaelsch ihre Stimme wiederfand. »*Ihre* Wohnung, natürlich«, entgegnete sie. »Ich würde das rasch notieren.« Doch statt aufzustehen und die dafür notwendigen Utensilien zu holen, blieb sie regungslos hocken.

Anne ärgerte sich über ihre Rücksichtslosigkeit. Dana Michaelsch war keine blöde, egoistische Kuh, die ihr ihren Mann ausgespannt hatte. Mitnichten. Einen derartigen Schlag in die Magengrube hatte sie nicht verdient. Es gab jedoch kein Zurück mehr. »Ich bin schon lange ausgezogen«, redete Anne daher weiter. »Und irgendwann muss man mal einen richtigen Schlussstrich ziehen.« Das war zumindest ein Versuch der Erklärung, auch wenn er mehr als unbeholfen wirken musste. »Ich würde Ihnen die Unterlagen zusammenstellen, auch die von der Bank, die alles finanziert hat, wenn Sie den Auftrag annehmen.«

Dana Michaelsch reagierte zunächst weiterhin nicht, stand dann aber unerwartet auf, verließ mit festem Schritt den Raum und kam mit der geöffneten Flasche Prosecco und einem zweiten Glas zurück. Mit zackigen Bewegungen füllte sie beide Gläser, nahm ihres auf, prostete Anne zu und trank es in einem Zug leer. Dann sagte sie, ohne Anne eines weiteren Blickes zu würdigen: »Ich verkaufe Ihnen die Wohnung, und Sie werden dafür einen hervorragenden Preis bekommen.«

***

Hilgerts Besorgungen waren schnell erledigt. In gemächlichem Tempo schlenderte er die Wilhelmstraße hinauf, ließ sich hin und wieder zu einer kleinen Alberei mit Felix hinreißen und kam, angestachelt durch seine erstaunlich gute Laune, zu dem Schluss, dass ein selbst gebackener Kuchen für das Wochenende genau das Richtige wäre. Erfreut über diese Aussicht, ließ er den Hund bei seinem Spiel mit einem Labrador geduldig gewähren, wechselte nebenbei ein paar freundliche Worte mit dessen Besitzerin und zog dann zufrieden weiter. Auf Höhe des Blumenstübchens fiel ihm ein, dass er den Tischschmuck im Salon erneuern könnte. Er kaufte ein dickes Bündel weiße Tulpen, scherzte kurz mit der Verkäuferin, von der er glaubte, dass sie schon in seiner Kindheit hier gestanden hatte, und wollte gerade den Laden verlassen, als sie ihm mit ernster, aber auch zögerlicher Stimme nachrief: »Herr Hilgert?«

Hilgert, der glaubte, irgendetwas vergessen zu haben, wandte sich um und bemerkte ihren besorgten Gesichtsausdruck. »Stimmt etwas nicht?«, fragte er.

»Könnten Sie ihn überreden, das sein zu lassen?«, hauchte die Frau besorgt. »Sie und er sind doch … na ja, irgendwie …« Sie kämpfte gegen die Tränen in ihren Augen an. »Die Leute reden schon alle. Am Ende hilft es doch ohnehin niemandem.«

Hilgert verstand nicht, und das schien sie ihm anzusehen, denn nun wurde sie konkret.

»Fiete.« Ein tiefer, sorgenvoller Atemzug folgte. »Er sitzt vor der Pension Kaiser Wilhelm. Ich war schon zweimal drüben, aber so stur wie der ist … Auf Sie wird er hören. Ganz gewiss.« Sie hob und senkte eifrig den Kopf, um ihre Worte zu unterstreichen.

Hilgert hatte genug gehört. Er deutete ein Nicken an und zog Felix, der seinen Kopf gerade in einem auf dem Boden stehenden Blumengesteck vergraben hatte, energisch nach draußen.

Fiete saß auf einer Bank im Vorgarten der Pension. Er hatte seine Krücke vor sich abgestellt und hielt sie mit beiden Händen umklammert, als könnte er nur auf diese Weise seinen Oberkörper aufrecht halten. Die Schwellung seines Gesichtes hatte sich über das rechte Auge und die Wange bis zum Kinn ausgebreitet. Ebenfalls über das halbe Gesicht zog sich ein von Dunkelrot bis Violett schimmernder Bluterguss, der sich besonders intensiv um das zugeschwollene Auge gelegt hatte und garantiert jedem, der nicht auf den Anblick gefasst war, einen gehörigen Schreck einjagte. Es bedurfte nicht viel, um zu bemerken, dass Fiete es auf genau diese Aufmerksamkeit abgesehen hatte. Vor allem die älteren Selliner blieben mit entsetzten Gesichtern stehen und fingen eine Unterhaltung mit ihm an. Einige schüttelten ungläubig den Kopf. Andere schimpften, schon im Weitergehen begriffen, vor sich hin. Denn da hockte kein alter verletzter Mann, der sich ausruhen musste oder die Sonnenstrahlen in seinem malträtierten Gesicht genießen wollte. Fietes energische, fast schon angespannte Körperhaltung und der selbstzufriedene Gesichtsausdruck sagten etwas anderes. Er befand sich auf einem Rachefeldzug, allein dazu diente seine Anwesenheit vor der Pension der Langers.

Hilgert war eben im Begriff, hinüberzugehen und den Alten anzusprechen, als Edwin Langer auf seinen Gehstock gestützt aus dem Haus gehumpelt kam, sich vor Fiete aufbaute und auf ihn einredete. Zunächst in einer Lautstärke, die nicht ausreichte, um das Gesagte zu verstehen. Aber da Fiete durch den älteren Mann hindurchblickte und auf nichts reagierte, änderte sich das schnell.

»Verschwinde hier, du Abschaum, oder ich rufe die Polizei!«, brüllte Langer senior aufgebracht.«

Fiete ignorierte auch das, aber Hilgert konnte sehen, dass ein feines, gehässiges Grinsen seine Mundwinkel umspielte.

»Du bist geschäftsschädigend. Das ist Rufmord. Ich zeige dich an!«, wetterte Langer. Dann schien ihm wohl aufzugehen, dass er mit seinem Geschrei bloß noch mehr Leute herbeilockte, und er verschwand wutentbrannt im Haus. Er würde die Polizei rufen, da war sich Hilgert sicher. Edwin

Langer wirkte wie einer, der nach Recht und Ordnung schrie, wenn es ihm diente, aber bei anderen seinen eigenen Regeln folgte. Fiete würde es nicht darauf ankommen lassen. Er hatte erreicht, was er erreichen wollte. Etwas umständlich richtete er sich auf, lüftete seine Mütze, um zwei Damen, die die Pension gerade verließen, freundlich zu grüßen, und stakste dann gemächlich davon.

Hilgert ließ ihn ziehen. Was er gesehen hatte, genügte, um seine eigenen Schlussfolgerungen zu ziehen.

FÜNF

»Es gibt keinen Verkauf.« Der Notar war ein kleiner Mann mit ausgeprägten Geheimratsecken und einer goldumrandeten Nickelbrille, hinter der seine wachen Augen noch stärker zur Geltung kamen. Er sprach etwas zu schnell und verschluckte dabei die Endungen der Worte, machte aber nicht den Eindruck, als wollte er seine Mitmenschen und ihre Anliegen zügig loswerden. Anne hätte das in ihrem Fall jedoch irgendwie verstanden, denn wer wollte schon gern an einem Samstag in sein Büro zitiert werden? »Kein Verkauf, wie ich es sage.« Um seine Aussage zu untermauern, griff er nach einer Akte, öffnete deren Deckel, blickte kurz hinein und schob sie wieder beiseite. Anne konnte ihm ansehen, dass diese Geste ihr galt und keineswegs ein Ausdruck von Unsicherheit war.

Irritiert schüttelte sie den Kopf. »Am Tag von Georg Vetterichs Verschwinden sollte …«

»Ja, ja, ja, ja. Alles korrekt«, warf er ein. »Am 13. März, natürlich. Wir hatten alles vorbereitet, aber dann bat der Käufer kurzfristig um eine Terminverschiebung. Das kann schon mal passieren.« Er nahm die Akte erneut auf und blätterte darin. »Am 17. März wäre der neue Termin für die Beurkundung gewesen. Nun ja … *wäre*.« Er schaute Anne betrübt über den oberen Rand seines Brillengestells hinweg an, während er den Deckel der Kladde noch immer in der Hand hielt.

»Was hat Georg Vetterich dazu gesagt? Ich meine, es ging ja nicht um eine kleine Gartenlaube oder so. Und er hatte Pläne mit dem Erlös aus dem Verkauf.« Anne fragte sich, wieso Vetterich anscheinend niemandem davon etwas erzählt hatte. Bei seinen Freunden leuchtete ihr das ja noch ein. Vetterich schien kein Mann zu sein, der mit seinen Geschäften hausieren ging, noch dazu, wenn es sich um einen solchen

Rückschlag handelte. Eine Verschiebung des Termins war zwar kein Drama, aber immerhin hatte er seine Kumpel an besagtem Donnerstag zu einer kleinen Feier ob der Vertragsunterzeichnung eingeladen. Diese Blöße wollte er sich nicht geben. Warum auch, wenn nur drei Tage später alles wie geplant laufen würde? Möglicherweise war die Verschiebung aber auch ein Anlass zur Sorge gewesen, was Norbert Blum bei der Verabschiedung für einen kurzen Moment unwillkürlich bemerkt hatte und nicht recht deuten konnte. Aber was war mit Vetterichs Frau? Lieselotte Uhlig hätte von dem gescheiterten Deal wissen müssen, oder etwa nicht? Möglicherweise wollte er sie nicht beunruhigen, zumal der neue Termin ja bereits anberaumt war. Aber redete man mit seiner Frau nicht trotzdem über solche Dinge?

»Herr Vetterich war zugegebenermaßen nicht sonderlich begeistert. Man befürchtet bei so etwas ja immer gleich das Schlimmste. Ich meine, wir haben immer mal wieder Klienten, die einen Verkaufstermin ansetzen und dann einfach nicht erscheinen. Selten zwar, aber es kommt vor. Die Münchner haben nicht diesen Eindruck gemacht, ganz und gar nicht, aber man weiß es eben erst, wenn es so weit ist.« Er ließ von dem Papier ab, korrigierte den Sitz seiner Brille und schaute Anne mit offenem Blick an.

»Mhm.« Anne dachte an das Gespräch mit Dana Michaelsch. Nun war ihr klar, wieso Vetterich die Kaufoption für das Seegrundstück verlängert hatte. »Wie haben Sie eigentlich von Georg Vetterichs Verschwinden erfahren?«

Der Notar lehnte sich auf seinem Bürostuhl zurück, warf die Arme in die Luft und ließ sie umgehend wieder fallen. »Wenn ein Mann wie Herr Vetterich, ein langjähriger Klient meines Notariates, so mir nichts, dir nichts verschwindet, dann spricht sich das schneller herum, als man annehmen möchte. Ich denke, mir war der Umstand bereits am Montagmorgen bekannt, ja, ja, am Montag schon.« Er unterstrich seine Aussage durch mehrmaliges Nicken.

»Die Nachricht wanderte von Sellin nach Putbus? Über das Wochenende?«, fragte Anne zweifelnd. Dann fiel ihr ein, dass Frau Uhlig den Notar kontaktiert haben musste.

»Die Insel ist klein«, entgegnete er fast schon entschuldigend.

»Ich gehe davon aus, dass Sie von Lieselotte Uhlig benachrichtigt worden sind? Immerhin lag der Verkauf des Hotels Kurhaus in der Schwebe, und da finde ich es irgendwie naheliegend, dass sie Sie informiert.« Für Anne klang das plausibel, aber an seinem Gesicht konnte sie schon sehen, dass sie danebenlag.

»Nein. Sie hat keinen Kontakt aufgenommen, bis heute nicht«, erklärte er, und Anne konnte nicht genau deuten, ob ihn das irgendwie störte. »Das muss man ihr angesichts der besonderen Situation wohl nachsehen. Jetzt erst recht.« Er zog das oberste Schubfach seines Schreibtisches auf, nahm eine bereits geöffnete Schachtel Zigaretten heraus und roch daran. »Entschuldigung, ich versuche aufzuhören«, sagte er kleinlaut, so als wollte er sich selbst für diese Unzulänglichkeit schelten.

Anne schwieg. Sie war die Falsche, um die Schwächen anderer Leute zu kommentieren. Viel interessanter war, dass Lieselotte Uhlig wohl wirklich nichts von den Terminen ihres Mannes gewusst hatte. Andernfalls hätte sie dem Notar doch absagen müssen, schon rein aus Höflichkeit. Nach Georg Vetterichs Verschwinden war ihr nichts anderes übrig geblieben, als einfach abzuwarten und darauf zu hoffen, dass ihrem Mann nichts passiert war, da statistisch gesehen die meisten vermissten Personen relativ zügig wieder auftauchten. Bei ihrem Gespräch mit der Frau hatte Anne genau diesen Eindruck gehabt. Wenn man allerdings bedachte, dass in einem Vermisstenfall erst zehn Jahre vergehen mussten, bevor man jemanden für tot erklären konnte, bedeutete das im schlimmsten Fall eine verdammt lange Phase der Unsicherheit und vor allem der ungeklärten Verhältnisse. Denn ohne eine Todeserklärung ließ sich auch das Erbe nicht antreten. »Wer erbt eigentlich den Nachlass von Herrn Vetterich?«, fragte Anne, um dazu nach der Aussage von Lieselotte Uhlig auch eine offizielle Angabe zu haben.

»Seine Frau. Es gibt keine weiteren Angehörigen, und da sie das Hotel in die Ehe eingebracht hat, erschien den beiden das nur folgerichtig«, erklärte der Notar. Er ließ mit leidvoller Miene von seinen Zigaretten ab und knallte die Schublade etwas zu schwungvoll zu.

Anne horchte auf. »Frau Uhlig war die ursprüngliche Eigentümerin des Hotels?«, hakte sie überrascht nach. Darauf wäre sie nie gekommen. Sie hatte bisher geglaubt, dass das Ehepaar das Haus erst nach der Wende gekauft hatte.

Der Notar nickte noch eifriger als zuvor. »Ich schaue nochmals nach, einen Moment. Ich möchte Ihnen verständlicherweise alles korrekt wiedergeben.« Das Papier raschelte, so sehr wühlte er in der Akte. »Ach, da haben wir es ja«, sagte er zufrieden. »2002 hat Frau Uhlig ihm das Hotel plus Nebenanlagen komplett überschrieben.«

»Aber …«

»Langsam, langsam.« Er streckte ihr seine flache Hand entgegen, als wollte er sie damit bremsen. Anne bemerkte seine gelben Fingerspitzen, die nicht für den Erfolg seiner Raucherentwöhnung sprachen. »Das Hotel befand sich zu dieser Zeit in einer, nun sagen wir mal, finanziellen Schieflage, und da Frau Uhlig angesichts einer drohenden Insolvenz nichts riskieren wollte, hat sie alles ihrem damaligen Lebensgefährten und späteren Mann, also Herrn Vetterich, übertragen. Ich bezweifle, dass ein Insolvenzverwalter dies akzeptiert hätte, aber glücklicherweise ist es nicht so weit gekommen. Das waren sehr harte Jahre für die beiden, und nun …« Er schüttelte betroffen den Kopf und schielte erneut in Richtung der Schublade. »Jedenfalls werden wir das jetzt für Frau Uhlig regeln.«

»Hat Sie sich schon bei Ihnen gemeldet?« Anne fand es

interessant zu wissen, wie schnell eine trauernde Witwe bei einem Millionenerbe zuschlug. Obwohl sie keinen Anhaltspunkt hatte, Lieselotte Uhlig ein derart pietätloses Verhalten zu unterstellen.

»Wo denken Sie hin?«, erwiderte der Notar mit einem Anflug der Entrüstung. »Das braucht sie auch nicht.« Er schloss die Augen und wiegte gütig den Kopf. »Ich weiß, was ich zu tun habe.«

Anne blickte den Mann an und wusste nicht, was sie von alldem halten sollte. Sie hätte schwören können, dass der Grund für die Ermordung von Georg Vetterich beim Hotelverkauf zu suchen war. Aber irgendwie zerbröselte diese Vermutung gerade zu Staub. »Jetzt zahlt Frau Uhlig Erbschaftssteuer«, murmelte sie.

Der Notar lachte kurz auf. »So ist das wohl. Aber die kann sie sich ganz gewiss leisten.«

Anne stand in ihrem Büro vor dem Flipchart und starrte auf das Durcheinander aus handschriftlichen Notizen und Fotos. Eigentlich hatte sie den ruhigen Samstagnachmittag nutzen wollen, um noch einmal alle Details im Fall Vetterich durchzugehen, aber nun saß sie bereits seit geschlagenen zwanzig Minuten mit einem längst erkalteten Pott Kaffee in der Hand vor der Tafel, und in ihr rumorte ganz fürchterlich das schlechte Gewissen. Jetzt gehörte sie also auch zu den bissigen Tussis, die die Trennung von ihrem Ex nicht verkraften konnten und deswegen der Neuen mit aller Gewalt eine reinwürgten. Nach ihrem Besuch heute Vormittag im Immobilienbüro konnte man diesen Eindruck durchaus bekommen. Anne gruselte es. Das war sie nicht, nein, ganz und gar nicht. Sie ärgerte sich, keinen anderen Makler aufgesucht zu haben. Das hätte der armen Frau die Erkenntnis erspart, an welch verlogenen Kerl sie da geraten war. Andererseits war Dana Michaelsch zu nett, als dass man sie *nicht* vor Kaminski schützen müsste. Wenn sie eine doofe Ziege wäre, ja dann.

Anne biss sich auf die Unterlippe und war von ihren Rechtfertigungsversuchen selbst nicht ganz überzeugt. Kaminski wäre die perfekte Strafe für eine unsympathische Frau, aber die Dinge standen nun einmal anders. Wohnung hin oder her, sie hatte eine Grenze übertreten, denn es durfte keine Rolle spielen, ob ihr die Freundin von Martin zusagte oder nicht. Wer war sie, um über sein Leben oder das dieser fremden Frau zu urteilen?

Aus dem Nachbarbüro, Ilkas Refugium, drangen Geräusche zu ihr herüber. Anne wollte ihrer Assistentin gerade einen flapsigen Spruch zurufen, als sie durch die wenige Zentimeter offen stehende Tür sah, dass Knut Reed hinter dem Schreibtisch stand und in den dort liegenden Papieren blätterte. Anne musste zweimal hinsehen. Was war das denn? Niemand kramte auf dem Schreibtisch des anderen, das war ein ehernes Gesetz auf dem Revier. Sie beugte sich nach vorn, um die Postkästen der Mitarbeiter ins Blickfeld zu bekommen. Wenn Ilka etwas für den Kollegen hatte, würde es in seinem Fach liegen. Fehlanzeige. Sie überlegte krampfhaft, was es bei Ilka wohl so Interessantes zu finden gab. Dann fiel ihr Blick auf ihren eigenen Schreibtisch. Sämtliche Akten, die mit dem Mordfall Vetterich in Verbindung standen, waren hier. Wenn er danach suchte, würde er enttäuscht werden. Offenkundig war ebendas der Fall, denn Anne hörte, wie er leise vor sich hin fluchte. Er würde es nicht wagen, in ihrem Büro weiterzumachen. Allerdings war das mehr Annes Hoffnung als eine Gewissheit.

Der Wind fuhr durch das geöffnete Fenster ins Zimmer und ließ die Jalousie klappern. Nebenan wurde es umgehend still. Kurz darauf hörte sie Ilkas Bürotür ins Schloss fallen und atmete erleichtert auf. Die Peinlichkeit einer Konfrontation war ihr erspart geblieben. So überrumpelt, wie sie sich fühlte, hätte sie ohnehin nur falsch reagieren können. Spontan kamen ihr die Worte, die Kaminski in solchen Fällen zu sagen pflegte, in den Sinn: »Es ist alles nicht so, wie es aussieht.« Wenn dem so war, würde Reed eine gute Erklärung brauchen. Andernfalls hatte er bei ihr komplett verloren, und das würde sie ihn eiskalt spüren lassen. Sie dachte an ihren alten Teampartner Erik. Die zwischenmenschlichen Klippen zu umschiffen, lag ihm viel mehr als Anne.

Niedergeschlagen scrollte sie auf ihrem Handy nach den zuletzt gewählten Nummern. Besonders lang war die Liste nicht. Erik, da war er. Anne hatte es die ganzen Jahre versäumt, ihren Freund unter seinem vollständigen Namen abzuspeichern. Sie kannte nur einen Menschen mit diesem Vornamen und hielt das deswegen für absolut ausreichend. Erik hingegen verabscheute diese Art der Unkorrektheit. Sie lächelte, während sie sich sein mürrisches Gesicht vorstellte, wenn ihm irgendwann zufällig aufging, dass sie das noch immer nicht geändert hatte. Mit einem Fingerdruck beschloss sie, ihn anzurufen.

»Sag mir nicht, dass du noch eine Leiche hast«, polterte Erik, die Stimmen der Kommentatoren der Bundesligashow im Hintergrund. Es war Samstagnachmittag, natürlich. Wie hatte sie das vergessen können?

»Störe ich?«, fragte Anne zögerlich, obwohl sie genau wusste, dass sie der einzige Mensch auf der Welt war, der in die Übertragung platzen durfte.

»Das fragst du nur, wenn es dir nicht gut geht«, entgegnete Erik und drosselte die Lautstärke des Radios. »Was ist passiert?«

Anne war zum Heulen zumute, aber das wäre gegenüber Erik eine vollkommen überzogene Reaktion gewesen. Er würde dies nicht richtig einzuordnen wissen und sich nur unnötig Sorgen machen. Kaminski, die Wohnung, Knut Reed, die Leitung des Reviers und natürlich der ungeklärte Mord an Georg Vetterich, all das lag auf Annes Seele und fühlte sich im Moment verdammt schwer an. Dieses Empfinden würde sicherlich vorübergehen, aber gerade lähmte es sie mehr, als sie zugeben mochte. »Nichts, nichts«, log sie. »Ich bin nur gerade im Büro und habe an dich gedacht.«

»Wenn du sogar am Samstag vor deinem chaotisch bekritzelten Flipchart hockst, kommst du in deinem Fall nicht weiter«, konterte Erik.

Annes Blick streifte reflexartig die Tafel, so als suchte sie einen Beweis für seinen Irrtum. Das war natürlich Unsinn, denn Erik kannte sie so gut wie kaum ein anderer Mensch.

»Dann wirst du trübsinnig, launisch und reagierst über«, ergänzte Erik mit todernster Stimme. »Das kann natürlich auch daher kommen, dass du dich auf deiner Insel eingeigelt hast und keine sozialen Kontakte pflegst. Ich würde ja sagen, ein Bier im Pub am Sund könnte Abhilfe schaffen. Selbstverständlich nach den Ergebnissen der Bundesliga.«

»Ach Erik, heute ist es schlecht«, gab Anne kleinlaut zurück, obwohl der Tag nicht anders als all die anderen war. Natürlich wäre es nett gewesen, Erik zu sehen und über die alten Zeiten zu plaudern. Aber immer, wenn Anne es angehen wollte, hielt sie eine unsichtbare Kraft zurück. Das lag nicht an Erik, er war ein echter Freund, und er bemühte sich sogar aus der Ferne, ihr das Leben zu erleichtern. Immerhin überließ er ihr die Aufklärung seiner Fälle, einen größeren Gefallen hätte er Anne nicht tun können. Und er wurde trotz ihrer Zurückhaltung nicht müde, den Kontakt zu ihr zu suchen, obwohl sie, was das anging, mitunter ziemlich stoffelig zu ihm war. Anne war selbstreflektiert genug, um das zu wissen. Das allein genügte jedoch nicht, um ihr Leben wieder auf die Reihe zu bekommen.

Seit sie zurück auf der Insel war, lief es nicht mehr rund bei ihr. Nach außen ja, da mochte ihr Leben vortrefflich aussehen, aber in ihrem Innersten führten Unzufriedenheit, Sorge und Unsicherheit die Regie. Irgendwie hatte sie ihn sich leichter vorgestellt, ihren Neuanfang. Und nicht erwartet, als Anfang vierzigjährige kinderlose Frau vor dem Ende einer Ehe zu stehen, für die sie gerade ihre kompletten beruflichen Planungen über den Haufen geworfen hatte. Sie liebte Rügen, ohne Frage, aber vielleicht wäre es im Hinblick auf die hier herumgeisternden Altlasten besser, woanders einen echten Neustart zu wagen.

»Komm aus deiner Höhle, Anne«, forderte Erik streng. »Du machst es dir schwerer, als es ist. Und mal ehrlich, dass Kaminski eine Niete ist, weißt du nicht erst seit einem Vierteljahr. Lass dich davon nicht runterziehen. Du bist eine erfolgreiche Polizistin auf Deutschlands schönster Insel, ich denke, es gibt schlimmere Schicksale. Und du darfst dich an dem ein oder anderen Mordfall austoben, ganz exklusiv nur für mich.« Sein liebevolles Lachen brachte Anne dazu, die aufsteigenden Tränen herunterzuschlucken.

»Du hast wie immer recht«, presste sie hervor. Erik sollte von ihrer emotionalen Angeschlagenheit nichts merken. Sie atmete den Druck auf ihrer Brust weg und wechselte das Thema. »Das mit dem Vetterich-Mord ergibt einfach alles keinen Sinn«, schimpfte sie. »Egal wie man es dreht.«

»Ich habe die Protokolle gelesen, die mir deine nette Assistentin schickt«, antwortete Erik, wobei der letzte Halbsatz wie ein unterschwelliger Vorwurf daherkam. »Ist sie eigentlich hübsch?«

»Vor allem ist sie frisch verheiratet«, entgegnete Anne und nahm nebenbei erstaunt zur Kenntnis, dass Ilka eine echte Perle war. Sie selbst hatte ihre Zusage gegenüber Erik, ihn stets auf dem Laufenden zu halten, nämlich komplett vergessen, obwohl ihn die fehlenden Informationen in echte Schwierigkeiten bringen konnten. Immerhin war er der Leiter des Kriminaldauerdienstes und offiziell für den Mord zuständig.

»Na ja, ich bin Widerstände gewohnt«, flachste Erik. »Was deinen Schrankmörder angeht, ich hätte spontan auf einen der Freunde des Opfers getippt ...«

»Mehr Verdächtige haben sich auch noch nicht aufgetan«, warf Anne gefrustet ein.

»Eben. Irgendetwas stimmt mit denen nicht. Das kann ich förmlich riechen. Hast du mal darüber nachgedacht, dass die Kerle die Tat auch gemeinsam begangen haben könnten? Horn und Langer, meine ich. Die geben sich einfach gegenseitig ein Alibi, und dann passt das. Abgesehen davon scheint mir der Horn nicht ganz koscher zu sein. Da solltest du eine Schippe nachlegen.«

Anne war diese Möglichkeit eines gegenseitigen Alibis noch gar nicht in den Sinn gekommen. Was Carsten Horn betraf, sah sie allerdings noch immer keinen Anhaltspunkt, der einen tiefer gehenden Verdacht rechtfertigte. »Dass bei Horn mehr dahinterstecken könnte, hat Sören Hilgert auch gesagt«, rutschte es ihr unbedacht heraus.

»Dein Pensionswirt?«, fragte Erik mit greller Stimme nach. »Du besprichst deine Fälle mit deinem Herbergsvater? Meine Güte, Anne, was läuft da eigentlich bei dir?« Eriks anfängliche Sorge um sie hatte sich in ein fast schon harsches Unverständnis verwandelt.

»Erik, bitte. Lass das.« Anne würde ihm unter keinen Umständen die Wahrheit über Hilgert auf die Nase binden. So wie sie Erik kannte, würde er umgehend Nachforschungen anstellen, und das wollte sie Hilgert zuliebe vermeiden. Es wäre ihm nicht recht, wenn sie in Vergangenem herumwühlten, und sie beabsichtigte, das zu respektieren. Außerdem wäre es sicherlich nicht gut, jedenfalls nicht bei einem ausgeschiedenen Kollegen von Hilgerts Kaliber.

»Du musst wissen, was du tust«, entgegnete er angefressen. Ich habe dir gestern Abend übrigens noch etwas gemailt, den ausführlichen Bericht der KTU. Da solltest du bei Gelegenheit hineinschauen. Falls dir nicht danach ist, gib ihn doch einfach diesem Hilgert.« Erik hatte aufgelegt.

Eifersüchtige Männer sind noch nervtötender als schnüffelnde Kollegen, dachte Anne und wandte sich wieder ihrer Arbeit zu.

***

Es war schon weit nach Mitternacht, und Hilgert stierte noch immer auf den grell bläulich leuchtenden Bildschirm seines Computers. Er hatte den ganzen Tag über Fietes Verhalten nachgegrübelt, wohl wissend, dass der Alte sich nicht erklären würde, und aus diesem Grund auch jegliche weitere Kontaktaufnahme vermieden. Insgeheim ärgerte er sich sogar etwas über Fietes eigenwillige Art, mit Problemen umzugehen. Jeder andere Mensch hätte Edwin Langer angezeigt, vielleicht auch zurückgeschlagen, aber Fiete setzte sich einfach nur in dessen Vorgarten und demonstrierte der Welt, was Edwin Langer für ein schlechter Mensch war. Unbestritten begriffen diese Botschaft nur diejenigen, die beide Männer seit Langem kannten, aber es reichte aus, um ein Zeichen zu setzen und Edwin Langer in aller Öffentlichkeit bloßzustellen. Dass in der Vergangenheit etwas zwischen Fiete und dem alten Langer vorgefallen sein musste, da war sich Hilgert mittlerweile absolut sicher. Zwar war nicht vollkommen auszuschließen, dass Fiete sich nur deswegen nicht gegen den Angriff vor Lieselottes Uhligs Haus gewehrt hatte, weil Langer deutlich gebrechlicher war. Zu der zuweilen wundersamen Einstellung seines Freundes würde das passen. Für Hilgert lag eine andere Erklärung allerdings näher: Fiete wollte unter keinen Umständen mit Edwin Langer auf eine Stufe gestellt werden. Ihm widerstrebte es, auch nur im Geringsten so zu handeln wie dieser Mann. Eine Prügelei hätte diesen Eindruck jedoch fast schon automatisch heraufbeschworen. Wer sich schlug, dem waren die Argumente ausgegangen, so sagte man doch. Entsprechend hatte Fiete lieber eingesteckt.

Glücklicherweise gab es Dinge, die deutlich einfacher zu lesen waren als Fietes Beweggründe. Das Telefonbuch zum Beispiel. Anhand dessen hatte Hilgert herausgefunden, dass Edwin Langer und Lieselotte Uhlig in derselben Straße wohnten. Langer hatte also problemlos mit ein paar Eierpackungen hinübermarschieren und seiner Wut Ausdruck verleihen können. Dass dieses Vorgehen jeglicher Würde entbehrte, stand auf einem anderen Blatt. Im Schutz der Dunkelheit Eier auf die Häuser seiner Kontrahenten zu werfen, war nach Hilgerts Dafürhalten die feige Tat eines Menschen, der nicht über genug Größe verfügte, sich einer direkten Auseinandersetzung zu stellen. Wie hätte diese gegenüber Lieselotte Uhlig jedoch aussehen können?

Hilgert wusste mittlerweile von dem geplatzten Hotelverkauf. Er hatte Anne ein Stück von seinem frisch gebackenen Kuchen aufs Zimmer gebracht und sich nach ihrem Befinden erkundigt. Angesichts der dicken Aktenmappen, die auf dem Schreibtisch gelegen hatten, ahnte Hilgert, dass sie den Abend mit der Durchsicht der Unterlagen zum Fall Vetterich verbringen würde. Daher hatte sich für ihn die Frage nach einem gemeinsamen Glas Wein erübrigt. Die Ergebnisse ihres Gespräches mit dem Notar war sie ihm jedoch nicht schuldig geblieben. Aber was änderte das an der Situation? Egal wem das Hotel Kurhaus gehörte, er konnte damit machen, was er wollte, ob es Edwin Langer nun gefiel oder nicht. Den Kampf um den Erhalt des alten Sellin, sollte dieser nicht nur ein Feigenblatt für eine tief sitzende Missgunst sein, konnten die Langers nicht gewinnen. Die Eieraktion war damit nichts weiter als das peinliche Aufbegehren eines verbitterten, starrsinnigen alten Mannes. Dass Olaf Langer, ohne etwas dagegen zu unternehmen, ebenfalls zugegen gewesen sein könnte, wofür Lieselotte Uhligs Aussage sprach, die ja laut Fritz Friesen einen zweiten Mann gesehen haben wollte, stellte auch den Sohn in kein gutes Licht.

Wenn die Eierwurfaktion auch gegen Lieselotte Uhlig gerichtet gewesen war, was den Grund für den Zwist zwischen Edwin Langer und seinem Freund Fiete anging, hatte Hilgert nach wie vor nicht mehr als eine vage Vermutung: Die Brutalität des alten Langer schien ihm der Schlüssel zu sein. Hilgert wusste nicht, wieso Fiete seinen geschundenen Körper sonst so demonstrativ zur Schau stellen sollte. Oder warum Edwin darauf so überaus empfindlich reagierte hatte. Ihm waren die Worte von Fiete wieder in den Sinn gekommen. Wenn die Stasischergen ihn verprügelt hatten, war er am nächsten Tag drei Extrarunden durch die Gemeinde gelaufen, damit alle das an ihm begangene Unrecht sehen konnten. Das war seine Form des Protestes gegen diese Leute gewesen. Hilgert musste nicht lange überlegen, um in Fietes Verhalten ein Muster zu erkennen. Es würde ihn auch nicht wundern, wenn Edwin Langer damals sogar einer derjenigen gewesen war, die Fiete im Auftrag der Staatssicherheit unter Druck gesetzt hatten. Aber wieso ausgerechnet jetzt diese Rückbesinnung auf alte Zeiten? Hatte die Schlägerei gar nicht zwingend etwas mit Lieselotte Uhlig oder dem Mord an ihrem Mann zu tun gehabt?

Vielleicht waren dem alten Langer lediglich die Sicherungen durchgebrannt, als Fiete ihm bei der Eieraktion in die Quere kam. Weshalb bestand dann aber auch Lieselotte Uhlig so vehement auf eine Vertuschung der Angelegenheit? Aus Freundschaft zu Fiete? Weil sie den Aussetzern des alten Langer schlicht nicht viel Bedeutung beimaß? Und welchen Sinn hatte es, dass Fiete wenig später am helllichten Tag vor der Pension der Langers aufmarschierte? Wieso hatte er diese Aktion eigentlich nicht vor dem Wohnhaus von Edwin Langer gestartet? Hätte das nicht den gleichen Effekt gehabt?

Unzufrieden über die vielen offenen Fragen in diesem Fall, stand Hilgert auf, schenkte sich ein Glas Wein ein, während der Computer herunterfuhr, löschte das Licht auf seinem Schreibtisch und trat mit dem Glas in der Hand an das Fenster. Die Nacht war sternenklar. Durch die noch immer kahlen Äste der Bäume schimmerte das Meer, ein dunkelblauer, sanfter Freund, der Hilgert zur Seite stand, und solange er lebte, würde dieser Anblick für ihn niemals etwas Selbstverständliches haben. Er öffnete das Fenster, atmete die kühle Luft ein und trank von seinem Wein. Was immer in der Welt da draußen auch geschah, er hatte seinen Platz gefunden.

Das tiefe Gefühl der Zufriedenheit, das sich in ihm breitmachte, wurde jäh von einem zwischen den Bäumen auftauchenden menschlichen Schatten verdrängt. Irgendjemand beobachtete das Haus, und Hilgert war sich sicher, dass dies nicht nur an seinen frisch bepflanzten Blumenkästen liegen konnte. Er wartete, was der andere tun würde. Aber die Gestalt stand einfach nur so da und starrte. Irgendwann zog sie ab. Dabei streifte der Lichtschein der Straßenlampe für einen Augenblick das Gesicht des Mannes, und Hilgert erkannte Martin Kaminsky.

***

»Carsten Horn, ich nehme Sie fest aufgrund des begründeten Verdachts der Ermordung von Georg Vetterich. Wenn Sie die Kollegen und mich bitte begleiten würden.« Anne deutete auf die beiden Beamten, die sich rechts und links in der Tür von Horns Binzer Restaurant postiert hatten und mit sichtbar angespannter Miene darauf warteten, ihren Auftrag ausführen zu können.

Carsten Horn rührte sich nicht. Er lehnte in einem schicken grauen Anzug lässig am Tresen, trank in fast schon überheblicher Pose das Sektglas, das er in der Hand hielt, mit einem Schluck leer und schaute Anne mit unergründlicher Miene an. Ella Gramberg besaß eindeutig nicht halb so gute Nerven wie ihr Freund. Sie büßte von einem Augenblick auf den nächsten ihre rosige Gesichtsfarbe ein und drohte wankend, ihr Gleichgewicht zu verlieren. Allein der Geistesgegenwart eines Angestellten war es zu verdanken, dass sie nicht auf dem Fußboden landete. Der Mann, der bei Annes Eintreffen hinter der Bar Gläser poliert hatte, sprang ihr bei und verhinderte so Schlimmeres.

Anne, die für ihren Aufmarsch gute Gründe hatte, wartete geduldig, was nun passierte. Erstaunlicherweise war das weniger, als sie erwartet hatte. Horn sagte kein Wort, stellte das Glas geräuschvoll auf dem Tresen ab, gab seiner komplett aufgelösten Freundin einen flüchtigen Kuss und ging mit federndem Schritt auf die Beamten zu. Die zögerten nicht, ihm Handschellen anzulegen, und führten ihn nach draußen zu dem vor dem Eingang stehenden Streifenwagen.

»Frau Gramberg, wenn Sie mir etwas sagen wollen, wäre jetzt der richtige Zeitpunkt dafür«, sagte Anne mit ruhiger Stimme. Bereits während ihres ersten Gespräches hatte sie gespürt, dass die Frau etwas umtrieb. Die Geschichte vom guten alten Freund Georg, dessen unerwarteter Tod Ella Gramberg aus der Bahn geworfen hatte, mochte stimmen, aber da war eindeutig noch mehr, und das hatte, wenn Anne die Blicke zwischen Ella und Carsten Horn richtig gedeutet hatte, mit ihrem jüngeren Liebhaber zu tun. Sie hatte vor irgendetwas Angst. In der Hoffnung, die jetzige Ausnahmesituation könnte sie zum Reden bringen, startete Anne einen weiteren Versuch. »Frau Gramberg, wir reden hier über den Mord an einem Freund, dem Mann Ihrer besten Freundin. Ich bitte Sie«, sagte sie eindringlich.

Ella Gramberg hielt sich mit der einen Hand an ihrem Barhocker fest, während sie sich mit der anderen unsicher durch das goldbraune, lange Haar fuhr. »Ich kann es nicht«, hauchte sie mit gesenktem Blick. »Ich kann Ihnen nichts sagen.«

Anne blieb stehen und wartete. Minuten vergingen, aber Ella Gramberg schaffte es nicht, sie anzusehen, geschweige denn noch etwas von sich zu geben.

»Ich brauche keinen Anwalt«, sagte Carsten Horn, nachdem man ihn in Annes Büro im Bergener Polizeirevier gebracht und Anne ihn über seine Rechte belehrt hatte.

»Wie Sie meinen«, antwortete Anne kühl.

»Sie sagen mir einfach, was Sie gegen mich in der Hand haben, ich widerlege das, und zum Mittagessen bin ich wieder in meinem Restaurant. Auf der Tageskarte steht heute Zanderfilet mit Sellerieschaum, das möchte ich mir keinesfalls entgehen lassen. Unser Koch hat ein hervorragendes Händchen für Fisch.« Horns Stimme klang so angenehm offen und warmherzig wie bei ihrer ersten Unterhaltung. Die Verhaftung schien ihm absolut nichts auszumachen. Im Gegenteil, für ihn war das Ganze wohl eher ein Abenteuer, auf dessen Fortgang er mit Spannung wartete. Anne irritierte das. In einer solchen Situation zeigte normalerweise jeder, ob er unschuldig war oder nicht, Anzeichen von Nervosität und Verschüchterung. Daher konnte es sich bei dem, was Horn hier aufführte, nur um ein schlechtes Schauspiel handeln. Oder der Mann, den Anne bei ihrem Kennenlernen so anziehend gefunden hatte, war eiskalt.

»Nun, Herr Horn«, hob Anne an. »Sie haben mir gar nicht erzählt, dass Sie sich mit der Übernahme Ihres Lokals in Binz erheblich verkalkuliert hatten. Umbau, Einrichtung, Werbung, na ja, alles, was man so tun muss, um im Geschäft zu bleiben.« Sie benutzte bewusst die Worte, die Horn ihr gegenüber gebraucht hatte.

Er registrierte das mit zufriedener Miene und bedeutete ihr, indem er seinen Kopf leicht zur Seite neigte, dass er von ihrer Scharfsinnigkeit angetan war. »Ich wüsste nicht, was das mit dem Tod von Georg zu tun hat. Ein neues Business aufzuziehen, ist immer heikel. Mal findet man mehr Steine auf seinem Weg, mal weniger. Aber wie Sie wissen, mache ich das nicht zum ersten Mal.« Er lehnte sich entspannt auf seinem Stuhl zurück, schlug die Beine übereinander, legte die Hände locker in seinen Schoß und schaute sie an, als könnte ihn nichts aus der Ruhe bringen.

»Da muss ich Ihnen recht geben«, entgegnete Anne, die seinem Blick mühelos standhalten konnte. Sie dachte an die vielen seltsamen Zufälle, die dieser Mann ihr nun erklären musste. »Brenzlig wird es jedoch, wenn Ihnen das Opfer in den letzten vier Wochen vor seinem Verschwinden insgesamt hunderttausend Euro überwiesen hat.«

Anne nahm die vor ihr liegende Mappe mit Vetterichs

Kontobewegungen und las den Namen daraus vor: »Living-Live-Enjoyment-GmbH, die Firma gehört doch Ihnen, oder?«

Ihre Hoffnung, damit einen Trumpf gegen Horn auszuspielen, wurde enttäuscht.

»Ja, das kann ich unumwunden zugeben«, entgegnete Horn, ohne mit der Wimper zu zucken. »Unter Freunden hilft man sich. Ich hätte das für Georg ebenfalls getan.« Damit schien das Kapitel für ihn abgehakt zu sein. Er schwieg.

Anne hatte Zeit.

Er anscheinend auch.

Sie nahm die Papierseiten, stellte sie auf die Kante und klopfte sie auf ihrer Schreibtischunterlage so lange gerade, bis sie der Meinung war, dass nun alles gerichtet war. Dann legte sie den Stapel vorsichtig in die Mappe zurück, prüfte mit dem Finger die Staubschicht auf ihrem Telefon und sortierte ihre Stifte. Wenn sie einen Lippenstift dabeigehabt hätte, wäre auch der noch zum Einsatz gekommen. Die anfängliche Anziehung dieses Mannes verpuffte in ihren Augen von Sekunde zu Sekunde mehr. Carsten Horn war ein Spieler, das war ihr in den letzten Minuten mehr als deutlich aufgegangen. Dass dies nicht eher geschehen war, hatte sicherlich etwas mit ihren gestörten Antennen bezüglich Männern zu tun.

»Frau Berber«, hob Horn voller Verständnis an. »Lassen Sie uns das hier nicht unnötig in die Länge ziehen. Es ist Sonntag, und so wie ich auch haben Sie sicherlich etwas Besseres vor.« Er warf ihr einen herausfordernden Blick zu.

Anne hatte wie üblich nichts vor. Und für windelweiches Geschwafel war sie die falsche Adressatin. »Die hunderttausend Euro von Georg Vetterich waren nur ein Tropfen auf den heißen Stein. Ihr Restaurant läuft nicht wie erwartet, ein Eindruck, der sich mir bereits bei meinem letzten Besuch aufgedrängt hat, die Bank sitzt Ihnen im Nacken, und Georg Vetterich hat sich geweigert, Ihnen weiterhin zu helfen. Bei der hohen Summe, die er schon in Ihr Unternehmen hineingepumpt hat, ist dies überaus verständlich.«

Annes scharfe Ansprache zeigte bei ihrem Gegenüber tatsächlich Wirkung. Carsten Horn richtete sich auf, und seine Mundwinkel fielen zum ersten Mal, seit Anne mit diesem Mann zu tun hatte, nach unten. »Georg hätte jeden Cent zurückbekommen. Das haben wir alles schriftlich hinterlegt«, versicherte er brüskiert.

Anne wiegte den Kopf. »Das glaube ich Ihnen gern.« Mit dieser Beteuerung hatte sie keine Probleme, da sie die entsprechende Vereinbarung in Vetterichs Unterlagen gefunden hatten. »Dennoch wollte er Ihnen nicht länger helfen, obwohl er mit dem Verkauf seines Hotels das vermeintlich große Los gezogen hatte und ja auch sonst kein Armer war. Sie, Herr Horn, stehen aber mit dem Rücken zur Wand. Ohne liquide Mittel können Sie den Laden dichtmachen, und wenn Ihnen nicht bald eine zündende Idee kommt, gehört Ihr Selliner Fünf-Sterne-Hotel der Bank. Wobei ein Mann wie Sie die Peinlichkeit sicherlich noch mehr fürchtet als den Bankrott.«

Sie kniff die Augen zusammen und taxierte ihn.

»Das ist mein Problem. Georg war mein Freund, und er hat mir großzügig geholfen. Mehr habe ich nicht von ihm erwarten können.« Er senkte die Lider, als ermüdete ihn dieses Gespräch. »Dass ich ihn noch einmal um seine Unterstützung gebeten habe, ist korrekt, aber seine Absage ist kein Grund, ihn umzubringen. Welchen anderen Zweck als billige Rache hätte ich damit verfolgen sollen?«

»Billige Rache genügt mir vollkommen als Motiv«, gab Anne reserviert zurück. »Dazu passen Ihre Fingerabdrücke am Garderobenschrank, in dem wir Vetterich gefunden haben, und die defekte Überwachungskamera am Hintereingang Ihres Selliner Hotels, die es Ihnen möglich gemacht hat, nach ihrer Heimkehr unbemerkt wieder zu verschwinden. Fertig ist eine traumhafte Indizienkette.«

»Bei schätzungsweise Hunderten unterschiedlichen Fingerabdrücken an diesem Schrank ist das Eis allerdings ziemlich dünn«, konterte er tough. »Dann müssten Sie sich ja mit jedem unterhalten, der irgendwann einmal seine Jacke darin aufgehängt hat.«

Zu Annes Bedauern musste sie Horn insgeheim recht geben. Die Kriminaltechniker hatten unzählige, teilweise nicht verwertbare Abdrücke an dem Möbel gefunden. Dass darunter tatsächlich auch Horns Spuren gewesen waren, bedeutete keinesfalls, dass sie aus der Tatnacht stammten. Vor Gericht würde das von Horns Verteidiger leicht abgeschmettert werden können.

»Ich sage es gern noch einmal«, sagte Anne. »Sie haben ein Motiv und kein Alibi für die Tatzeit.«

Horn lachte auf. »Sie können ja nicht einmal den Tatzeitpunkt genau eingrenzen. Woher wollen Sie denn dann wissen, ob ich ein Alibi habe?«, konterte er überheblich.

Anne gingen seine Spitzfindigkeiten gehörig auf den Wecker. Sie hatte auch keine Lust, ihm ihre Arbeit zu erklären, aber womöglich musste sie es doch tun, damit diesem Menschen der Ernst der Lage endlich bewusstwurde. »Gegen eins hat Georg Vetterich laut der Zeugenaussage Ihres Freundes Norbert Blum noch gelebt. Um acht Uhr morgens sind Sie bei der Arbeit erschienen. Dazwischen liegen sieben Stunden, in denen Sie allein in Ihrem Hotelbett gelegen haben wollen. Ist Ihnen das genau genug?«

Er machte ein teilnahmsloses Gesicht. Die Anstrengung, die er dafür aufwenden musste, war jedoch unübersehbar.

Zufrieden fuhr Anne fort: »Ich denke, das mit dem Zander müssen Sie verschieben.«

***

»Anne war schon da«, raunzte Fiete und schaute Hilgert griesgrämig durch den schmalen Spalt seiner geöffneten Haustür an. »Ich bin also bestens versorgt.«

»Lässt du mich trotzdem herein?«, fragte Hilgert. »Ich störe nicht lange. Ich wollte dich nur zum Abendessen einladen. Da du ja, wovon ich mich gestern selbst überzeugen konnte, wieder gut zu Fuß bist, könnest du rüber in die Seevilla kommen?«

»In einem Taubenschlag kann man besser gesund werden als hier«, entgegnete Fiete knurrig, ließ die Tür offen stehen und verschwand ohne eine Antwort in der Dunkelheit des schmalen Windfanges.

»Ich werte das als herzliche Einladung einzutreten«, rief Hilgert ihm nach und schob sich durch die halb geöffnete Tür ins Haus. Fietes Bungalow bemaß alles in allem kaum vierzig Quadratmeter, die Fläche des Frühstückssalons in der Seevilla war größer. Neben einem Raum, der Wohnzimmer, Küche und Schlafzimmer in einem war, gab es noch eine schmale Duschzelle und ein separates WC. Die Einrichtung stammte nahezu vollständig aus den dreißiger, vierziger Jahren, war dafür aber noch gut in Schuss und vor allem penibel gepflegt. Ein Bollerofen sorgte für Wärme und ein Radio für die Abwechslung, die ein allein lebender Mensch dann und wann benötigte. Im Gegensatz zur Wohnfläche war der angrenzende Garten riesig und glich in seiner Anordnung einer gut geführten Gärtnerei, deren Schwerpunkt auf Nutzpflanzen lag. Durch das Fenster konnte Hilgert sehen, dass der Alte die Beete schon vor seinem Zwischenfall mit Langer hergerichtet haben musste. Jedenfalls schien alles für die Frühjahrsbestellung vorbereitet zu sein.

»Wenn du Feldsalat brauchst, bediene dich«, bot Fiete an und bedeutete ihm, dass er hinaus in den Garten gehen könne. »Das ist die Oktobersaat. Der hat jetzt durch den Regen noch mal einen richtigen Schub bekommen«, erklärte er. »Danach ist ohnehin Schluss damit. Ich will sehen, dass ich Rucola aussäe. Anne mag den gern, zumindest hat sie so etwas erwähnt.«

Hilgert schmunzelte innerlich über Fietes Worte. Er

wusste, dass der Alte den Geschmack von Rucola nicht leiden konnte. Auf das Angebot mit dem Feldsalat würde er gern zurückkommen, aber erst nachdem Fiete ihm ein paar Fragen beantwortet hatte. Ewig konnte er seine kauzige Verschlossenheit nicht durchziehen. Immerhin ging es um Mord, und Fiete hatte mit dem Vater eines der Verdächtigen eine handfeste Auseinandersetzung gehabt.

»Kaffee?«, fragte Fiete und hielt Hilgert eine Thermoskanne entgegen, machte aber keine Anstalten, ihnen welchen einzuschenken.

»Geht es dir besser?«, wollte Hilgert wissen und griff nach der Kanne, um zwei auf dem Tisch stehende Tassen zu füllen.

»Anne hat einen von Georgs Freunden festgenommen, den Schönling aus dem Westen«, verkündete Fiete mit indifferenter Miene. »Sie wollte nichts sagen, aber wenn ich sein Hotel sehe, würde ich mal vermuten, es geht um das hier.« Fiete rieb Daumen und Zeigefinger seiner rechten Hand aneinander. »Davon besaß Georg ja genug.«

Hilgert hatte keine Mühe, sein Erstaunen zu verbergen. Was auch immer Anne Berber zu diesem für ihn unerwarteten Entschluss getrieben hatte, sie würde ihre triftigen Gründe haben. Auch und ganz besonders, weil sie zunächst so überzeugt von Carsten Horns Unschuld gewesen war. Die Frau verblüffte ihn immer wieder. Er hoffte, dass sie mit Horn richtiglag. In nur drei Tagen einen Mörder dingfest zu machen, wäre eine hervorragende Bilanz, die ihrem Ansehen bei der Polizei und ihrem eigenen Selbstbild sicher Auftrieb verleihen würde. Er hockte sich auf die Fensterbank und wartete, ob Fietes Gesprächslaune anhalten würde. Auch wenn Anne bereits eine Verhaftung vorgenommen hatte, konnte es nicht schaden, sich Fietes Geschichte anzuhören, ob sie nun ein Teil davon war oder nur zufällig mit dem Mordgeschehen in Verbindung gebracht wurde.

»Aber das hat sie bestimmt alles vorher mit dir durchgekaut, Herr Kriminalhauptkommissar a. D.« In Fietes Gesicht stand keine Spur von Argwohn oder Eifersucht, wie man hinter diesem Ausspruch möglicherweise hätte vermuten können. Er hatte die Worte lediglich so dahingesagt. Trotzdem verursachte diese Anrede bei Hilgert ein unangenehmes Ziehen in der Brust, das er nur schwer wieder loswurde. »Lieselotte wird froh sein, wenn dieses Kapitel endlich abgeschlossen ist. Es muss ja irgendwie weitergehen, und das Hotel ist schließlich auch noch da«, redete der Alte weiter. »Da hat sie alle Hände voll zu tun. Das hilft.«

»Die Käufer stehen bestimmt bald wieder auf der Matte«, sagte Hilgert. »Dass jemand in dem Haus gestorben ist, interessiert nach dem Abriss niemanden mehr.« Er vermutete, dass Fiete sich deswegen sorgte, aber das schien nicht der Grund zu sein.

»Mhm.« Der Alte blieb stumm.

»Gestern Nacht hat jemand vor der Seevilla herumgelungert. Ich hatte das Gefühl, dass Anne das Ziel war. Ihr Zimmer liegt in Meerrichtung, weißt du? Und sie war zu Hause.« Die implizite Sorge war zwar etwas übertrieben, aber Hilgert wusste, dass er neben Fingerspitzengefühl auch eine gewisse List an den Tag legen musste, um etwas aus dem Freund herauszubekommen.

Fiete hob kaum merklich beide Lider, was bei dem verletzten Auge allerdings unterging.

Hilgert genügte das als Zeichen. Der Alte war im Spiel. Und er legte nach. »Ich tippe auf Olaf Langer. Anne hat ihn ganz schön in die Enge getrieben.« Das war eine glatte Lüge, denn Hilgert hatte nichts als den dunklen Umriss eines Menschen gesehen, zudem kannte er keine Einzelheiten von Annes Befragung. Er hatte vor der Pension eher Annes Ex-Mann vermutet, aber auch das war nichts als reine Spekulation, und darüber würde er, wenn sich das wiederholen sollte, lieber mit Anne persönlich reden.

Der Ausdruck in Fietes Augen veränderte sich. »Anne?

Das trauen die sich nicht«, murmelte er hasserfüllt. »Die Zeiten sind vorbei.«

»Wenn ich dich so ansehe, muss ich widersprechen«, wandte Hilgert ein. »Oder willst du mir immer noch weismachen, dass Edwin Langers locker sitzende Faust bloß ein unglücklicher Zufall war?«

Fiete starrte stur geradeaus und knurrte etwas Unverständliches. Wie von Hilgert beabsichtigt, schien ihn die Sache mit Anne zu beunruhigen, und er begann endlich zu reden. »Ich war ein Pimpf von sechs Jahren, ein hagerer Kerl mit viel zu großen Füßen.« Er quälte sich ein müdes Lächeln ab. »Die Mutter hat versucht, mich mit Marmelade zu mästen. Hagebutte. Widerliches Zeug, aber wenigstens gab es genug davon im Wald. Daumendick hat sie mir den Süßkram auf mein Frühstücksbrot geschmiert. Die Margarine darunter konntest du allerdings kaum finden.« Er seufzte. »Immer nur Margarine. Und wenn es doch mal ein Stück Butter gab, dann nur für mich. Obwohl meine Mutter mit ihren schwachen Nerven durchaus etwas Fett hätte gebrauchen können.« Er schnalzte mit der Zunge. »Das waren vielleicht Zeiten. Der Krieg lag schon an die acht Jahre zurück, und wir hatten in der großartigen Deutschen Demokratischen Republik noch immer nicht genug zu fressen, während sich die Kapitalisten im Westen in ihrem Wirtschaftswunder suhlten.« Er nahm seine Pfeife vom Tisch, öffnete ein danebenliegendes Tabakpäckchen und begann mit dem Stopfen. »Jeden Morgen, bevor sie mich in die Schule geschickt hat, musste ich zwei Scheiben essen. Mutters Plan ist bis heute nicht aufgegangen, wie du siehst. Ich bin nur in die Höhe geschossen.« Pause. »An jenem Morgen, es war ein Dienstag, hockte ich wieder vor meiner klebrigen Strafarbeit, als jemand wie besessen gegen die Haustür hämmerte.« Fietes Blick streifte Hilgert, wich dem seinen jedoch umgehend wieder aus. »Eigentlich wäre ich nicht einmal zu Hause gewesen, aber da nicht genügend Kohlen da waren, um die Schule zu beheizen, begann der Unterricht immer erst zur zweiten Stunde. Es war Februar, und Rügen versank im Schnee.« Er kämpfte mit sich. »Nein, nein, es war schon gut so, dass ich das mit eigenen Augen gesehen habe. Das war gut so.«

Fiete entzündete paffend die Pfeife. Kleine Rauchwölkchen drängten durch seine Nasenlöcher hinaus.

»Es waren drei Männer, Volkspolizisten, die plötzlich in unserer Küche standen«, erzählte er weiter. »Ich weiß noch, wie wütend Mutter war, weil sie nicht einmal gefragt hatten, ob sie hereinkommen dürfen. Einfach zur Seite gedrängt haben sie sie, ohne Durchsuchungsbeschluss, dafür aber mit dicken Schneeklumpen an den Schuhen. Keine Ahnung, was für meine penible Mutter schlimmer war, die Dreistigkeit der Männer oder der Dreck.« Er rieb sich mit der Handfläche über das stoppelige Kinn. »Aber bedenkt man, was danach kam, waren die Wasserflecken auf den Dielen wohl eher eine Lappalie. Die Kerle haben die Küche, die Speisekammer und alle anderen Vorratsräume einschließlich des Büros meines Vaters total auf den Kopf gestellt. Ohne Rücksicht auf Verluste. Ich hatte vielleicht Schiss. Ich dachte, mein Vater wäre ein Dieb und ein Betrüger. Und weißt du, was die Ausbeute war?« Fietes Stimme bebte vor Zorn. »Eine Packung Bohnenkaffee und zwei Tüten Zucker. Meine Eltern haben ein Ausflugslokal betrieben, und diese Brut feierte das Auftauchen von Kaffee und Zucker als einen Fahndungserfolg gegenüber zwei Kriminellen. Genau so haben sie meine Mutter behandelt, wie Abschaum.« Er schnaufte ärgerlich.

»Sie haben es konfisziert, nehme ich an«, sagte Hilgert. Dieser Einwurf war bedeutungslos, ein Ausdruck seiner Hilflosigkeit. Er wusste, die Durchsuchungen waren nur der Anfang gewesen und dass die Ausflugsgaststätte Waldhalle, Fietes Familienbesitz, mit der »Aktion Rose«, wie die SED-Führung eine der größten Enteignungswellen der DDR-Geschichte ironischerweise genannt hatte, zu staatlichem Eigentum geworden war. Fiete wurde nicht müde, diese Geschichte zu erzählen, so schwer trug er daran. Überdies zog es ihn fast täglich zu den Ruinen der Waldhalle am Hochufer, dem Ort seiner Kindheit, hinauf, wo er stundenlang hockte, um Gott weiß was zu tun. Die genauen Umstände dieser Familientragödie hatte er Hilgert aber bislang verschwiegen.

»Wenn es nur das gewesen wäre. Meine Mutter wollte sich das nicht gefallen lassen. In ihren Augen war es kein Verbrechen, Kaffee und Zucker zu besitzen. Damit hatte sie grundsätzlich recht, aber Recht galt nichts in dem Land, in dem wir lebten. Die Handlanger des Regimes brauchten einen Grund. Bei uns waren es Kaffee und Zucker, bei anderen Marmelade oder Kartoffeln. Bei Elvira unten aus der August-Bebel-Straße«, er zeigte mit dem Daumen hinter sich, »war es die Quittung eines Mantels, den sie sich in Westberlin gekauft hatte, während ihr Nachbar, der alte Steinmetz, für den Besitz einer Olympia-Schreibmaschine in den Bau kam. Alles fadenscheinige Gründe, um hundertfachen Diebstahl zu rechtfertigen. Nichts anderes war es nämlich, gemeiner, hinterhältiger Diebstahl, und noch dazu im Namen des werktätigen Volkes. Was die in den vierzig Jahren ihrer Herrschaft für großartige Taten für das arme Volk vollbracht haben, ist schon bewundernswert. Glücklicherweise haben die Arbeiter und Bauern es ihnen gebührend gedankt.« Fiete rümpfte die Nase. »Möglicherweise wäre die Aktion an diesem Tag nicht so eskaliert, wenn mein Vater zu Hause gewesen wäre, aber der war früh am Morgen mit meiner Großmutter nach Bergen aufgebrochen. Sie musste einmal im Monat in die Klinik wegen ihrer Nieren. Ausgerechnet an diesem Tag kamen diese sozialistischen Gutmenschen über uns wie die Heuschrecken.« Er winkte ab. »Sei es drum, letzten Endes spielt das Datum keine Rolle. Das Ergebnis bleibt. Und immerhin hat meine Mutter die fast hundert Jahre alte Familientradition nicht kampflos diesen Verbrechern überlassen. Sie hatte wohl zu viel Temperament für einen totalitären Staat.« Er lachte bitter.

Sie schwiegen lange.

»Einer der Männer, der jüngste, hat sie geohrfeigt«, sagte Fiete schließlich, »mehrmals hintereinander und so kräftig, dass sie ins Strauchen kam. Eine Frau zu schlagen, noch dazu eine ältere Frau und Mutter, ein größeres Zeichen der Schwäche kann es nicht geben. Der Kerl war Abschaum.« Er räusperte sich. »Sie haben sie gewaltsam auf einen Lastwagen verfrachtet und mitgenommen. Am späten Vormittag haben sie dann meinen Vater geholt. Beide wurden noch am selben Tag von einem Schnellgericht in Anklam verurteilt. ›Schwarzhandel und Angriff gegen die Staatsgewalt‹ lautete die Begründung. Ich habe sie erst drei Jahre später wiedergesehen. Du glaubst gar nicht, wie sehr man sich nach Hagebuttenmarmelade sehnen kann. Als wir endlich wieder zusammen waren, hatten die aus unserer Waldhalle ein FDGB-Ausflugslokal gemacht, und meine Familie stand vor dem Nichts. Wenn meine Großmutter nicht gewesen wäre, ich weiß nicht, was aus mir geworden wäre ...«

Hilgert brauchte nicht fragen, er konnte sich denken, wer der junge Mann gewesen war, der gegenüber Fietes Mutter gewalttätig geworden war. Dass an der »Aktion Rose« jedoch auch Gastronomen beteiligt waren, hörte er zum ersten Mal. »Wieso lässt sich der Langer die Familienpension abnehmen und zieht dann noch mit den Dieben übers Land?«

Fiete schüttelte sich ekelerfüllt. »Edwin Langer war keiner von uns. Er war ein junger Volkspolizeischüler aus dem sächsischen Arnsdorf. Ein paar hundert Mann haben die eigens dafür an die Ostseeküste gekarrt, und manche, darunter leider auch solche wie Edwin, sind uns geblieben. Ihm muss es auf unserer Insel so gut gefallen haben, dass er nach seinem glorreichen Einsatz hierbleiben wollte. Der hat uns als sogenannter Arm der Staatsmacht ganz schön schikaniert.«

»Dann führt er die »Pension Kaiser Wilhelm« erst seit der Wende?«, fragte Hilgert verwundert. Er erwartete keine Antwort. »Erst beteiligt er sich an diesem himmelschreienden

Unrecht, und heute spielt er sich als engagierter Verteidiger der hiesigen Hotel-und-Gaststätten-Tradition auf«, fügte er spöttisch hinzu. »Ein kleiner Volkspolizist, sieh an.«

»Bei den Kommunisten hat er es weit gebracht. Das kannst du glauben«, entgegnete Fiete. »Na ja, und nachdem sich die Welt gedreht hatte und niemand mehr da war, der Ansprüche auf die Pension Kaiser hätte anmelden können, war Edwin am Zug. Er musste nicht viel dafür bezahlen, die Hütte war in dem Zustand auch nichts mehr wert. Gewundert hat es mich nicht, irgendwie hatte ich bei ihm immer das Gefühl, dass ein eigener Laden genau das war, was er wollte. Die bösen Kapitalisten verteufeln, um dann, sobald sich die Gelegenheit bot, selbst einer zu werden. So sind sie nun mal, die Menschen, sie hängen ihre Fahne in den Wind, Hauptsache, es dient dem eigenen Vorteil. Und darin war Edwin schon immer gut.«

Hilgert dachte, dass die bei der Polizei zudem gute Gründe gehabt haben mussten, den Kerl nach der Wende nicht mehr weiter zu beschäftigen. Die meisten Volkspolizisten hatten nach 1990 auf der Gehaltsliste der Bundesrepublik gestanden. Edwin Langers Unverfrorenheit in der Sache fand er allerdings bemerkenswert. Das musste man sich in einem kleinen Ort wie Sellin erst einmal trauen. Jetzt verstand Hilgert, warum Fiete vor der Pension gesessen hatte. Er musterte seinen Freund fragend, sagte aber nichts.

»Ich habe mein ganzes Leben nach dem Motto ›Gleiches nicht mit Gleichem vergelten‹ gelebt«, erklärte der Alte. »Wieso sollte ich also auf meine alten Tage damit anfangen? Zumal Edwin Langer ein so dickes und schweres Bündel an Missetaten mit sich herumschleppt, dass er allein bei meinem bloßen Anblick die Nerven verliert. So konnten alle es mit eigenen Augen sehen. Das ist wie ein Lauffeuer durch Sellin gegangen.« Fiete freute sich sichtlich bei dem Gedanken.

»Sieht Lieselotte Uhlig das auch so?«, hakte Hilgert nach.

»Lieselotte?« Der Alte nickte bedächtig. »Die ist eine besondere Frau und aus dem gleichen Holz geschnitzt wie ihre Mutter Marion.« Er wurde nachdenklich. »Es gibt so viele Menschen, die sich am Ende ihres Lebens fragen können, über welch grausigen Humor der liebe Gott verfügt. Marion Uhlig gehört ganz gewiss dazu, und Lieselotte steht ihr in nichts nach.«

∗∗∗

»Ich nehme mir für Sie alle Zeit der Welt«, sagte Lieselotte Uhlig und schenkte Anne eine zweite Tasse Tee ein. »Es ist mir trotz meiner nicht geringen Zahl an Lebensjahren unbegreiflich, was das Leben einem für Prüfungen stellt. Man sollte meinen, es sei irgendwann genug, aber das ist wohl ein Trugschluss.« Sie trug eine schwarze, weite Hose und einen dazu passenden dunklen Rollkragenpullover, dessen Ärmel nur bis kurz über die Ellbogen reichten. Im Vergleich zu ihrer ersten Begegnung wirkte sie müde und angestrengt, was Anne auf die unwirkliche Lebenssituation zurückführte, in der Lieselotte Uhlig sich gerade befand.

Sie hatten sich nach Annes Eintreffen verplaudert, was Anne keineswegs störte, denn Lieselotte Uhlig war eine weltgewandte Frau und interessante Gesprächspartnerin. Nichtsdestotrotz blieb Anne im Hinterkopf immer die Kommissarin, die einen Mordfall aufzuklären hatte, und so wertete sie alles, was sie dem Gespräch über das Opfer und dessen Umfeld entnehmen konnte, innerlich aus und speicherte es ab. Irgendetwas konnte sie aus jeder Unterhaltung mitnehmen, mochte sie auch noch so belanglos sein. Die winzige Randbemerkung über Georg Vetterichs Ruhestandspläne zum Beispiel, nach der diese Pläne seiner Frau nur ein müdes Lächeln abgerungen hatten, wodurch sich einem der Eindruck einer diesbezüglichen Uneinigkeit zwischen den Eheleuten förmlich aufdrängte.

»Carsten Horn sitzt in Untersuchungshaft«, sagte Anne

übergangslos und nippte, nicht ohne Frau Uhlig genau zu beobachten, an ihrem wohlschmeckenden Tee.

Ihr Gegenüber machte sich nicht einmal die Mühe, ihr Erstaunen zu verbergen. »Carsten? Wieso sollte er so etwas tun?«

Anne konnte allein an der Art, wie Lieselotte Uhlig diese Frage stellte, erkennen, was sie vom Freund ihres Mannes hielt und dass die Worte nichts als eine höfliche Floskel darstellten. »Lassen Sie es mich so formulieren: Ihr Mann war quasi sein Retter in der Not, aber als der Retter müde wurde, stieß er bei dem Ertrinkenden auf wenig Verständnis.« Anne wartete geduldig, wie sie darauf reagierte.

Lieselotte Uhlig hob die rechte Braue. »Carsten ist kein ungeschickter Geschäftsmann, aber es braucht eben auch immer ein Quäntchen Glück. Wenn sich das allerdings nicht einstellt ...« Ein unnachgiebiger Zug legte sich um ihren Mund. »Georg war da meines Erachtens zu großzügig, aber das galt nicht nur für Carsten.«

Sie wusste also von der üppigen Finanzspritze ihres Mannes, und sie war nicht damit einverstanden, dachte Anne. Womöglich war sie es sogar gewesen, die ihn an einer erneuten Hilfe gehindert hatte. Die meisten Frauen hatten einen erheblichen Einfluss auf ihre Männer, auch in Geschäftsdingen. Zumal Lieselotte Uhlig als einstige Besitzerin des Hotels Kurhaus sicherlich wusste, wovon sie redete. »Ihre Freundin Ella unterstützt ihn ebenfalls, wo sie kann, zumindest ist das mein Eindruck.«

»Ella ist eine gute Seele, aber sie ...« Lieselotte Uhlig verstummte und setzte nach kurzem Überlegen neu an. »Den passenden Deckel für den Topf muss man eben finden, und auch dann gibt es keine Garantie, dass der sich nicht irgendwann als Mängelexemplar erweist. Letztendlich kommt es aber wohl nur darauf an, was wir in dem Deckel sehen und ob wir mit ihm glücklich sind. Allein darum geht es doch im Leben, oder nicht?«

Anne konnte auf die Frage nichts antworten. Jedoch bestätigte das Gesagte den Eindruck, den sie ohnehin schon hatte: Lieselotte Uhlig schien keine sehr hohe Meinung von Carsten Horn zu haben, wie womöglich von Vetterichs anderen beiden Kumpels auch nicht. Worauf sich die Antipathie bei Olaf Langer begründete, konnte sie sich denken, dessen Art war nun wahrlich nicht jedermanns Sache, aber Norbert Blum schien ihr kein so übler Kerl zu sein. Ihre diplomatisch gewählten Worte bezüglich Horn führte Anne auf Lieselotte Uhligs Freundschaft zu Ella Gramberg zurück. »Sie mochten die engsten Freunde Ihres Mannes nicht sonderlich?«, wollte Anne wissen.

Lieselotte Uhlig lächelte schmal. »Ach, wissen Sie, Georg und ich führten das, was man eine harmonische Beziehung nennen kann, aber natürlich waren wir nicht immer einer Meinung. Da die Herren jedoch niemals bei mir in der Küche gesessen haben ...« Sie machte eine Handbewegung, die ihre Gleichgültigkeit in dieser Sache ausdrückte.

Anne dachte an die seltsamen Saufkumpane ihres Ex und verstand. »Trauen Sie den Männern einen Mord zu?«

Lieselotte Uhlig schien die Direktheit der Frage, obwohl sie spätestens mit der Nachricht von der Verhaftung von Horn im Raum stand, unangenehm zu berühren. Es verstrichen Minuten, bis sie darauf antwortete. »Was erwidert man korrekterweise auf eine solche Frage?« In ihre Stirn gruben sich tiefe Falten. »Ich traue den Menschen so einiges zu, aber inwieweit das an meinem misanthropischen Wesen liegt oder auf realen Tatsachen beruht, kann ich nicht sagen. Carsten ist ein Erfolgsmensch, der das Scheitern nicht gelernt hat. Norbert würde ich Gegenteiliges unterstellen, und Herr Langer ...« Sie hielt kurz inne und tat Annes Frage dann schneller als erhofft ab: »Ich kenne alle drei viel zu wenig, als dass ich mir ein solches Urteil erlauben dürfte.«

Herr Langer? Interessant, dachte Anne und beschloss, hier noch einmal nachzubohren. »Es war Edwin Langer, der

Vater von Olaf, der Fiete in Ihrem Garten geschlagen hat. Auch die Eier gehen auf sein Konto, nehme ich an. Ich frage mich, was den alten Herrn dazu getrieben haben könnte?«

Auf ihren Wangen zeigte sich eine leichte Zornesröte, die sie jedoch umgehend wieder in den Griff bekam. »Es gibt Menschen, deren Tun lässt sich nicht begreifen. Bei diesem Mann lohnt es nicht einmal, darüber nachzusinnen.« Ihrer Körpersprache nach zu urteilen, war ihr allein der Gedanke an Edwin Langer zutiefst zuwider.

»Frau Uhlig, bitte verstehen Sie mich. Olaf Langer ist einer der letzten Menschen, die Ihren Mann lebend gesehen haben, und nur einen Tag, nachdem die Leiche auftaucht, tobt, salopp gesprochen, sein randalierender Vater durch Ihren Garten, und ein unbeteiligter Dritter nimmt Schaden.« Anne dachte an die unschönen Verletzungen, die Fiete davongetragen hatte und die am heutigen Morgen noch nicht wirklich besser ausgesehen hatten.

»Das mit Fiete tut mir sehr leid«, antwortete Lieselotte Uhlig und ließ es dabei bewenden.

»Frau Uhlig«, mahnte Anne.

»Edwin war betrunken. Noch dazu neigt er zu derartigen Ausbrüchen, schon immer. Sein Sohn trinkt nicht, aber er ist seinem Vater ansonsten sehr ähnlich.«

»Inwiefern?«

»Missgunst, Neid, Eifersucht, das Kind hat viele Namen, und trotzdem kommt es auf das Gleiche hinaus«, erklärte Lieselotte Uhlig.

Anne war das zu wenig. »Aber Ihr Mann pflegte eine enge Freundschaft mit Olaf Langer.«

»Wir sind alle eigenständig denkende, erwachsene Menschen. Was wäre ich für eine Frau, wenn ich meinem Mann den Umgang vorgeschrieben hätte?« Sie sagte dies aus tiefster Überzeugung.

Anne ließ das so stehen, vorerst zumindest. Lieselotte Uhlig wollte es ihr nicht erklären. Möglicherweise konnte sie es auch nicht. Vetterichs Witwe schaute gewohnt gleichmütig, bot Anne noch einen weiteren Tee an und füllte sogleich ihre Tasse, ohne Annes Antwort abzuwarten.

»Sie und Ella Gramberg kennen sich lange?«

»Wir haben viel erlebt, ja«, erwiderte Lieselotte Uhlig. »Georg hat sie mir damals vorgestellt, vor einer halben Ewigkeit.«

»Wusste Ella vom Verkauf des Hotels?«, fragte Anne weiter. Sie vermutete, dass Lieselotte Uhlig ihrer Freundin all das erzählt haben könnte, worüber Georg Vetterich so konsequent geschwiegen hatte. Wie sie Ella Grambergs Beziehung zu Carsten Horn einschätzte, hatte er mit seiner Freundin eine hervorragende Quelle an seiner Seite, die ihm schon relativ frühzeitig geflüstert haben könnte, welche finanziellen Möglichkeiten Georg Vetterich bald zur Verfügung stünden.

»Ich bitte Sie, die ganze Gemeinde spricht seit dem ersten Aufkommen der Gerüchte von nichts anderem. Das Hotel Kurhaus gehört seit jeher zu den ersten Häusern am Platz, das schürt das Interesse.« Auf einmal klang sie blasiert, was Anne erstaunt zur Kenntnis nahm.

»Ich meine, haben Sie ihr davon erzählt? Die beste Freundin weiht man in weitreichende Lebensentscheidungen doch zuerst ein, oder?«

»Ich glaube, sie hat es irgendwann von Georg gehört. Er hat sich allein um den Verkauf gekümmert«, entgegnete sie ausweichend. »Aber ob oder wann sie es wusste, ist unwesentlich für unsere Freundschaft. Ella kennt keinen Neid.«

Die Frage ist nur, wie sehr sie ihren Carsten liebt und was sie alles für ihn tun würde, dachte Anne. Womöglich hatte Horn sie in dieser Hinsicht benutzt. Das könnte ihr jetzt aufgegangen sein, und sie schwieg, um ihren Freund nicht zu belasten oder weil sie ihn gar für einen Mörder hielt. Liebende Frauen waren zu einigen abstrusen Verhaltensweisen fähig. Das wusste Anne aus eigener leidvoller Erfahrung.

»War Ihnen bekannt, dass der Notartermin um drei Tage verschoben wurde, dass das Hotel vor dem Verschwinden Ihres Mannes also nicht mehr verkauft werden konnte?«

»Aber nein. Woher denn? Georg hat mir kein Wort gesagt.« Lieselotte Uhlig wirkte ratlos. »Ich dachte, es wäre alles längst über die Bühne gegangen. Ich habe mich schon gewundert, wieso in den letzten zwei Wochen nichts dazu im Briefkasten lag, mir aber nichts weiter dabei gedacht. Die bürokratischen Mühlen mahlen mitunter langsam. Und ich hatte ja auch andere Sorgen.« Sie schaute zu Boden. Leise sagte sie: »Ich hätte deswegen beim Notar nachfragen müssen. Das hätte ich wirklich tun müssen. Aber durch das Auftauchen von Georgs Leiche ...« Sie atmete tief. »Ich dachte, es sei alles geregelt«, wiederholte sie. »Sie wissen ja, ich bin die Alleinerbin. Wieso wurde der Termin denn verschoben? Nein, Georg hat kein Wort davon erwähnt.« Sie nahm ihre Tasse. Anne bemerkte, dass ihre Hand zitterte. Die Nachricht schien sie mitzunehmen.

»Es gab wohl Terminschwierigkeiten bei den Käufern«, antwortete Anne knapp. Etwas anderes brannte ihr viel mehr auf der Seele. »Ich verstehe jedoch nicht, wieso Sie sich nicht intensiver für den Verkauf des Hotels interessiert haben? Ich meine, wenn ich es richtig verstanden habe, war es doch einmal Ihr Eigentum und die Überschreibung des Hotels nichts weiter als ein Akt der Not Ihrerseits. Das schließt nicht zwangsläufig Ihr fortdauerndes Engagement aus. Es sei denn, Sie waren froh, diese Verantwortung los zu sein?«

»Das Hotel gehörte meiner Mutter«, erklärte sie ungerührt. »Sie hat es mir überschrieben. Wenn man bedenkt, in welchem Zustand das Gebäude nach dem Ende der DDR war und was wir auf uns genommen haben ...« Sie winkte ab. »Die Investitionen waren immens. Wer konnte denn ahnen, dass Rügen als heiß begehrtes Urlaubsziel der DDR-Bürger eines Tages mit Italien, Spanien oder Österreich würde konkurrieren müssen? Wir hätten es wissen müssen. Natürlich.

Mit der Öffnung der Grenzen brach die Nachfrage ab, doch unsere Verpflichtungen waren weiterhin hoch. Dass sich das Haus überhaupt noch in unserer Familie befindet, verdanke ich allein Georg.« In dem Gesagten lagen Trauer und Verbitterung. Anne glaubte sogar, etwas Wut herauszuhören.

»Und aus Dankbarkeit haben Sie ihn gewähren lassen? Ich kann mir nicht vorstellen, dass Sie nur durch einen Schnipsel Papier das Interesse an Ihrem einstigen Erbe verloren haben.« Anne ließ nicht locker. Lieselotte Uhlig schien ihr nicht der Typ Frau zu sein, die hinter ihrem Mann zurücktrat, was er auch für sie getan hatte.

»Zu viele Köche verderben den Brei. Georg hat sich um das Finanzielle gekümmert und ich um die praktischen Dinge, eine ganz normale Aufteilung unter Partnern.« Ihr Ton blieb unverändert freundlich.

»Wollten Sie das Hotel nie wiederhaben? Ich meine, es läuft finanziell bei Ihnen seit einigen Jahren hervorragend. Da hätte es irgendwie nahe gelegen, die zweckmäßige Übertragung rückgängig zu machen, vor allem, da das Haus ein Erbe Ihrer Mutter ist.«

»Wie gesagt, es war unser gemeinsames Projekt«, entgegnete Lieselotte Uhlig nun kurz angebunden. »Da spielt es keine Rolle, wer von uns als Eigentümer auf dem Papier steht.«

Diese großzügige Gelassenheit beeindruckte Anne. Sie setzte ein Maß an Vertrauen voraus, das es zwischen ihr und Kaminsky nie gegeben hatte. »Und nun wollten Sie dieses Kapitel endgültig hinter sich lassen und durch den Verkauf die Früchte Ihrer Arbeit ernten?« Anne leuchtete das ein, und sie konnte, im Gegensatz zu Olaf Langer, nichts Verwerfliches an diesem Plan erkennen.

»Alles hat seine Zeit. Das Leben hat verschiedene Phasen, und was gestern richtig war, kann sich morgen schon überlebt haben.« Lieselotte Uhlig klang wieder ruhig und besonnen. Der Schock von eben schien überwunden zu sein.

»Sie wollten ein Haus am See kaufen«, sagte Anne, woraufhin sie einen verwunderten Blick von ihr erntete. »Olaf Langer erwähnte so etwas«, ergänzte sie, »und ich habe die Immobilie zufällig gesehen. Sehr schön. Das muss ich zugeben. Der perfekte Ruhestandsort, den Sie sich da ausgesucht haben.« Anne musste hier noch einmal nachbohren. Lieselotte Uhligs seltsame Reaktion von vorhin ging ihr einfach nicht aus dem Kopf.

»Georg hatte immer so verrückte Ideen«, sagte Lieselotte Uhlig und lächelte auf eine seltsam melancholische Weise.

SECHS

»Das ist alles für kleines Geld«, beteuerte Dombrowski nun schon zum vierten oder fünften Mal. »Die Investition lohnt sich. Soll ich dir das noch mal vorrechnen?« Er nahm den Bierdeckel auf, dessen Rand er rundherum mit Zahlen vollgekritzelt hatte, und machte sich mit nach vorn gerecktem Kinn daran, seinen Vortrag von Neuem zu beginnen.

»Das sagtest du alles bereits«, unterbrach ihn Hilgert rüde. Ihm kam langsam die Geduld für Dombrowskis Saunageschichte abhanden. »Ich brauche so was trotzdem nicht. Niemand erwartet von einer kleinen Frühstückspension einen derartigen Luxus. Das ist übertrieben. Die Leute kommen wegen des besonderen Hauses und der Lage zu mir, nicht um in einer Minikabine auszuschwitzen.« Er setzte sein Bierglas an und leerte es bis zur Hälfte. Eigentlich hatte er mit diesem Besuch im Restaurant Kleinbahnhof etwas Abwechslung in seinen Sonntagabend bringen wollen, aber wenn sich das mit Dombrowski weiter so anstrengend gestaltete, würde er sein Bier austrinken und nach Hause gehen. Es war zwar nicht so, dass ihn dort jemand erwartete, zumal der Pensionshund Felix ohnehin viel lieber auf Annes Bett lag und sich von ihr kraulen ließ, aber immer noch besser, als die Nörgelei seines anstrengenden Nachbarn länger über sich ergehen lassen zu müssen.

»Ja, heute noch nicht. Aber wenn das Hotel Kurhaus erst einmal platt ist und der neue Schickimickischuppen steht, wirst du dich an meinen Vorschlag erinnern, doch dann ist es zu spät«, echauffierte sich Dombrowski übertrieben. Seine Claudi schien ihm mit der Sauna im Nacken zu sitzen, was ihn nach dem ihm umständehalber entgangenen Exemplar aus Vetterichs Hotel auf die Idee gebracht hatte, eine zu kaufen. Da Dombrowski jedoch eine Beziehung zum Geld hatte, die man landläufig als geizig bezeichnete, versuchte er seit einer geschlagenen halben Stunde, Hilgert mit ins Boot zu holen. Nach seinem Dafürhalten war geteiltes Leid halbes Leid. »Die packen in das neue Hotel eine riesige Spa-Landschaft hinein, und wir gucken in die Röhre«, unkte er.

»Und was richten zwei kleine Pensionswirte, die sich eine gebrauchte Sauna teilen, dagegen aus?«, fragte Hilgert und orderte bei der vorbeieilenden Bedienung eine weitere Runde Bier. »Jeder kriegt, was er bestellt. Das ist nicht unsere Klientel, Dombrowski. Wann begreifst du das endlich?«

»Auch wieder wahr«, schimpfte Dombrowski. »Claudi denkt eben nicht weiter.« Er nahm nun ebenfalls einen Schluck von seinem Gerstensaft, wischte sich mit dem Handrücken den Schaum vom Mund und grunzte zufrieden. »Glücklicherweise geht Skat zu dritt«, frohlockte er und gab die Karten. Nahtlos von einer Stimmung in die nächste switchen zu können, war eine der angenehmeren Eigenschaften von Hilgerts Nachbar. »Fiete kommt doch heute nicht, oder?«, fragte er, obwohl er die Antwort zweifellos kannte. Dombrowski liebte jede Art von Klatsch und beteiligte sich seit jeher gern daran.

Fritz Friesen, der Dritte im Bunde, schaute zerknirscht zu Hilgert, presste die Lippen aufeinander und knetete nur nervös seine Hände. Das vor ihm stehende Bier war noch immer unangerührt.

»Fiete ist nicht da«, antwortete Hilgert. »Du gibst.« Er nickte Dombrowski auffordernd zu. Der bleckte die Zähne, so viel Konzentration schien ihm das Mischen der Karten abzuverlangen.

Als er fertig war, legte er den Stapel mit der Rückseite nach oben und schaute mit hochgezogenen Brauen in die Runde.

»Was seid ihr denn für Trauerklöße?«, fragte er. »Man könnte meinen, Fiete sei gestorben, dabei hat er nur eine vom alten Langer auf die Mütze gekriegt.« Er sagte das, als hätte der Trainer von Schalke 04, Dombrowskis favorisiertem Fußballclub, bei einem Fußballspiel den Schiedsrichter beleidigt.

Fritz Friesen schnaufte ungehalten. »Die halbe Gemeinde redet darüber, aber mir ringt er fast schon ein Schweigegelübde ab«, raunte er Hilgert angesäuert zu.

Der nickte kaum merklich. »Mach dir nichts daraus. Er ist, wie er ist.«

»Claudi meint, der Langer und Fiete hätten eine alte Rechnung offen, die noch von damals aus der Zone herrührt. Langer war doch bei der Volkspolizei. Die Bäckersfrau wusste das. Die ist nicht gut auf ihn zu sprechen, seit er sie in den Achtzigern wegen einer unerlaubten Westbekanntschaft in die Mangel genommen hat. Claudi sagt, sie hätte was mit einem Feriengast aus Paderborn gehabt und Langer sei dahintergekommen. Na ja, die haben in der DDR eben auf ihre Weiber ein Auge gehabt.« Er begann damit, ihnen die Karten zuzuteilen. »Meine Fresse, muss das damals bei euch abgegangen sein, wenn die Senioren sich heute noch deswegen kloppen.« Er grinste.

»Die Leute erzählen ein Zeugs.« Hilgert tat die Gerüchte unbeeindruckt ab und nahm sein Blatt auf. Anscheinend war Fietes Rechnung aufgegangen. Er wusste nach wie vor nicht, wie er dazu stehen sollte. Natürlich verstand er den jahrzehntelang aufgestauten Hass des Freundes, aber war es nicht irgendwann an der Zeit, sich einen gewissen Großmut zuzulegen und die Vergangenheit ruhen zu lassen? Leute wie Edwin Langer gehörten der Vergangenheit an, die Geschichte hatte sich überholt. War das allein nicht Genugtuung genug? Brauchte es ein lebenslanges Wundenlecken, nur um bei der erstbesten Gelegenheit erneut zurückzuschlagen? Fiete hätte sich vor Lieselotte Uhligs Haus auch einfach umdrehen und den alten Langer ignorieren können. Bei den einstigen Opfern keine Angst, ja nicht einmal mehr Respekt hervorrufen zu können, wäre nach Hilgerts Vorstellung für diesen Typ Mensch mit Sicherheit die größte Strafe.

»Ich denke aber, der Alte ist nur für seinen schofeligen Sohn in die Bresche gesprungen. Ich meine, wie kann man den lieben kleinen Olaf denn nur so ausbooten. Das darf Papi nicht auf sich sitzen lassen, daher wirft er schnell mal ein paar Eier gegen die schicke Uhlig-Villa.« Dombrowski hielt sich seinen runden Bauch vor Lachen. »Böser Vetterich. Aber selbst hockt der Alte auf seiner Pension wie eine Glucke auf ihrer Brut und weigert sich hartnäckig, dem Sohnemann die Geschäfte endlich vollends zu übertragen.«

Hilgert hörte aufmerksam zu. Dabei machte er ein Gesicht, als würde Dombrowski über das Wetter sprechen. »Hör auf mit diesem haltlosen Altweibergeschwätz. Wir spielen Karten«, forderte er seinen Nachbarn auf.

»Was heißt hier Weibergeschätz?«, fragte der empört. »Jeder beim Hotelierstammtisch weiß von Olaf Langers Ambitionen in puncto Hotel Kurhaus. Seit Jahren faselt dieser Freak davon, wie toll er die Hütte findet, und als wenn das nicht gereicht hätte, ist er dem armen Georgi damit ebenfalls dauernd auf den Nerv gefallen. Richtig geschleimt hat der Idiot, dass er doch ihm den Kasten anvertrauen könnte, sollte er sich irgendwann zur Ruhe setzen wollen. Aber wenn der Kollege Hilgert die Kollegenrunde nicht für voll nimmt und nur jedes zweite Mal aufschlägt, kriegt er eben nicht alles mit.« Dombrowski beugte sich über den Tisch und klopfte Hilgert jovial auf die Schulter. Er zog den Mund so breit, dass seine kleinen krummen Zähne allesamt zum Vorschein kamen.

»Erzähl keinen Scheiß, der Langer?« Fritz Friesen schien sich für die Neuigkeit brennend zu interessieren. »Wie will der denn das hinkriegen? Dieser kleine Krauter. So viel Kohle kann der doch niemals aufbringen.« Seine Körperhaltung drückte komplettes Unverständnis aus. »Ich frage mich, wie die das alle machen. Nur ich bleibe immer der kleine Polizist mit dem mickrigen Gehalt.«

»Der deutsche Beamte jammert nicht«, entschied Dombrowski mit Schneid in der Stimme. »Das dürfen nur Selbstständige, die bis über beide Ohren verschuldet sind.« Er boxte Hilgert gegen den Oberarm und freute sich über seinen dummen Spruch.

Hilgert war der Einzige am Tisch mit einem Berg voller Schulden. Abgesehen davon gingen Dombrowskis Sprüche in sein linkes Ohr hinein und zum rechten wieder hinaus. Das, was er über Olaf Langer zu sagen hatte, blieb allerdings hängen. Hilgert teilte Friesens Interesse, aber er würde einen Teufel tun und Dombrowski das spüren lassen. Sein neugieriger Nachbar sollte nicht auf die Idee kommen, dass Hilgert irgendetwas über die Mordermittlung von Anne Berber wusste. Wenn er sich an dem ihnen unterstellten sexuellen Verhältnis labte, genügte das völlig. Alles andere könnte er nicht verstehen, aber nichtsdestotrotz verbreiten, und am Ende würde er dadurch nur noch mehr vorwitzige Zeitgenossen auf den Plan rufen.

»Boah!« Dombrowski war in seinem Element und zog nun richtig vom Leder, seine Worte mit ausladenden Gesten untermauernd. »Der Junge wollte nun mal nicht ewig in der spießigen kleinen Pension seines Vaters sitzen und den Berliner Omis die Kurkarten reichen. Er wollte was Eigenes haben. Noch dazu glaubt er, für etwas Besseres geboren zu sein. Da kam ihm der anstehende Verkauf des Hotels Kurhaus gerade recht. Papi hat ihm das auch gar nicht ausgeredet, im Gegenteil. Der Alte ist nämlich noch größenwahnsinniger. Er will seine Pension als Imperium weiterbetreiben.« Dombrowski lachte und trank einen Schluck von seinem Bier. »Und mal ehrlich, die Hütte von dem armen Georgi muss man doch nicht abreißen. Hier und da etwas Farbe und der Laden brummt wieder.«

Für jemanden, der seine Pension mit den Restbeständen der Kaserne Prora eingerichtet hat, ist das eine gangbare Option, dachte Hilgert sarkastisch. Dann ging er wie beiläufig auf Dombrowskis Ausführungen ein. »Beide Langers sind beim Stammtisch dabei?«, fragte er und spielte eine Karte aus. Er war in der Tat noch nicht allzu häufig dort gewesen, aber das hatte eher an seiner knappen Zeit gelegen als an fehlendem Interesse. Solange er sich außer einer auf Stundenbasis tätigen Putzfrau kein weiteres Personal leisten konnte, war er in der Pension einfach zu sehr eingespannt. Aber immerhin mit dieser Kritik hatte Dombrowski wohl recht. Er müsste sich bei den Kollegen häufiger sehen lassen, alles andere käme auf die Dauer nicht gut an.

Dombrowski nickte eifrig. »Sie sind dabei, aber wohlgelitten sind die beiden nicht, also zumindest nicht bei den Alteingesessenen. Wenn du mich fragst, Schnee von gestern.«

Hilgert dachte sich seinen Teil. »Georg Vetterich wollte aber nicht an Langer, sondern an eine Münchner Kette verkaufen«, sagte er stattdessen.

»Du kriegst ja doch was mit«, scherzte Dombrowski. »Genau so war es. Meine Fresse, muss das eine miese Stimmung gewesen sein.« Dombrowski konnte seine Schadenfreude darüber kaum im Zaum halten.

»Trotzdem feiert Olaf Langer mit Vetterich den Verkauf des Hotels, und am nächsten Tag ist der Eigentümer verschwunden und zwei Wochen später tot«, murmelte Fritz Friesen. »Mhm. Das ist ein traumhaftes Motiv.« Gedankenverloren stand er auf. Hilgert sah, wie er beim Hinausgehen sein Mobiltelefon zückte, und hoffte, er würde Anne anrufen.

»Muss der jetzt echt aufs Klo?«, raunzte Dombrowski. »Mitten im Spiel? Hier reißen vielleicht Sitten ein.«

»Er ist gleich zurück«, bemerkte Hilgert gelassen und löschte seinen Durst.

»Ich an Vetterichs Stelle hätte auch an den Großkonzern verkauft«, redete Dombrowski weiter. »Die haben anständig Schotter und können was aus dem Laden machen. Stell dir vor, du verhökerst dein Lebenswerk an so jemanden wie Klein-Olaf, und der kriecht dann da rum, ohne was Anständiges beizubringen. Du ärgerst dich in deinem Ruhestand doch jeden Tag schwarz, wenn du das siehst. Prost!« Dombrowski nahm sein Glas auf, stieß es unter lautem Klirren gegen das von Hilgert und trank es in einem Zug leer. »Bravo! Es geht nichts über ein anständiges Fassbier.«

Hilgert konnte seinem Nachbarn nur recht geben, in beiden Fällen. »Nun ärgert sich Olaf Langer vermutlich«, nahm er den Gesprächsfaden wieder auf.

»Aber so was von«, polterte Dombrowski. »Der Spinner. Und dann kommt Papa und marschiert vor lauter Groll bei der Uhlig auf. So viel Dreistigkeit musst du erst einmal aufbringen.« Sein wieherndes Lachen schallte durch das gesamte Restaurant. »Der Olaf und sein Alter sind schon zwei echte Typen.«

Hilgert grübelte schon länger über den ungleichen Freundeskreis von Georg Vetterich nach. Horn und Vetterich spielten in derselben Liga, wobei Horns Geschäft langfristig nicht von vergleichbarem Erfolg gekrönt war. Ob das auf falschen Entscheidungen basierte oder schlichtweg Pech war, konnte er nicht sagen. Anne würde den Mann in die Mangel nehmen, und falls das, was Vetterich das Leben gekostet hatte, tatsächlich nur der schnöde Mammon war, würde sie es herausbekommen. Norbert Blum hingegen schien der unterhaltsame Exot zu sein, den es wohl in jeder Gruppe gab, ein netter Kerl, mit dem man Bier trank und ein paar Witze riss. Er war nach Annes Schilderungen mit Georg Vetterich am besten befreundet gewesen und schien ihn ehrlich gemocht zu haben.

Hilgert vermutete bei Blum in Bezug auf seinen wohlhabenden Freund keinerlei Hintergedanken. Olaf Langer konnte er dagegen bei Lichte betrachtet nur schwerlich eine Rolle zuteilen. Er passte einfach nicht zu den anderen. Vielleicht war er einer von diesen Menschen, die einem zuliefen wie ein herrenloser Hund und von denen man später nicht sagen konnte, warum man sie nicht sofort wieder vertrieben hatte. Olaf Langer war geblieben und hatte in der Männerrunde den Ankerpunkt gefunden, den ihm sein dominanter Vater nicht bieten wollte oder konnte. Er agierte mit seinen weitaus erfolgreicheren Freunden auf Augenhöhe, was mehr war, als Hilgert der Vater-Sohn-Beziehung der Langers zuschreiben würde. Welcher erwachsene Sohn hockte schon im Gebüsch und schaute zu, wie sein greisenhafter Vater einen anderen Mann verdrosch? Das allein verriet Hilgert schon sehr viel über die beiden. Olaf Langer hatte ein Problem, eins, das auf einem Mangel an Anerkennung beruhte. Womöglich war die Nähe zu einem Mann wie Georg Vetterich ein Ersatz dafür gewesen. Oder war es ihm von vornherein um das Hotel Kurhaus gegangen? Wenn man den Eigentümer gut kannte, kam man eventuell leichter zum Zug.

Diese eiskalte Berechnung passte zu dem, was Hilgert von den Langers bisher mitbekommen hatte. Nach dem zu urteilen, war Olaf Langer kein wohlmeinender Freund, sondern schlichtweg ein Neider. Aber wieso pflegte Georg Vetterich eine intensivere Freundschaft zu jemandem, dessen Familie genau wie fraglos auch Langer selbst seiner Ehefrau unumwunden feinselig gegenüberstand? War das pure Gedankenlosigkeit, mangelnder Respekt gegenüber Lieselotte Uhlig, oder steckte da unter Umständen noch viel mehr dahinter?

Hilgert schoss sich innerlich immer mehr auf diesen Mann als potenziellen Mörder ein. Annes Beschreibungen seines Wesens, gepaart mit dem Angriff auf Fiete, hatten den Ausschlag gegeben. Der Aspekt, den Dombrowski gerade aufgeworfen hatte, verstärkte diesen Verdacht noch um ein Vielfaches. Nichtsdestotrotz musste es auch gegenüber Carsten Horn einen eindeutigen Verdacht geben, sonst hätte Anne ihn nicht festgenommen.

»Dass die Uhlig überhaupt bereit war, das Hotel zu verkaufen, verstehe ich nicht. Ausgerechnet die«, sagte Fritz Friesen, der wieder an den Tisch getreten war. »Davon weiß ihre Mutter bestimmt nichts. Die würde das niemals zulassen. Nach allem, was die durchhat.« Er setzte sich. »Ich habe uns übrigens ein paar Bratheringe bestellt. Ich dachte, ihr hättet Hunger«, ergänzte er.

Dombrowski nickte begeistert, während er sich mit seiner Zungenspitze über die Lippen fuhr. »Die Bratkartoffeln sind bei Claudi immer so labberig«, verkündete er mit angestrengtem Blick in sein Blatt.

Hilgert verspürte nur wenig Appetit. »Ihre Mutter lebt noch«, stellte er aus einem Reflex heraus fest. Aus irgendeinem Grund hatte er das Gegenteil angenommen.

»Allerdings. Marion Uhlig wohnt in der Seniorenresidenz am Wald«, sagte Friesen, »und nach meinem Dafürhalten hätte es mit ihr niemals einen Verkauf des Hotels gegeben.«

✳✳✳

»Sie bleiben einfach hier sitzen, und ich hole ein Taschentuch«, sagte Anne fürsorglich, während sie sich langsam erhob.

»Sie sind sehr nett, danke«, sagte Ella Gramberg schluchzend. »Um diese Zeit. Ich bin unverschämt, noch dazu, da das hier«, sie schaute sich verhalten um, »Ihr Zuhause ist. Ich wollte nicht in Ihre Privatsphäre eindringen. Bitte entschuldigen Sie.«

Anne nahm das gelassen. Ella Gramberg saß schließlich in einem der dicken Ohrensessel, die im Frühstückssalon vor dem Kamin standen, und nicht auf dem Bett in ihrem Zimmer. Die zwanzig Quadratmeter, die sie momentan ihr Reich nannte, hätte sie gnadenlos verteidigt, aber doch nicht den Gemeinschaftsraum von Hilgerts Pension. Abgesehen davon war sie bei Ella Grambergs Anruf ohnehin noch wach gewesen. Die Ereignisse des Tages konnte sie nicht so leicht abschütteln, auch wenn der süße Felix, den sie an Hilgerts Skatabenden beaufsichtigte, sie ein wenig davon ablenkte.

»Ich bin froh, dass Sie gekommen sind.« Anne ging hinaus, nahm sich in Hilgerts Küche die erstbeste Flasche Wein und zwei Gläser, griff in Ermangelung von Taschentüchern zu einer Rolle Zewa und kehrte in den Salon zurück, wo Ella Gramberg apathisch in ihrem Sessel vor sich hin stierte.

»Trinken Sie einen Schluck, dann geht es Ihnen gleich besser«, sagte Anne, während sie mit etwas zu viel Schwung die Gläser füllte.

Ella Gramberg wartete schweigend ab, bis sie ihr das Glas reichte, trank dankbar und hob an: »Carsten ist kein Mörder. Er spielt gern, manchmal auch auf Risiko, aber er bringt niemanden um. Dafür lege ich meine Hand ins Feuer.«

»Das will ich Ihnen gern glauben, sofern es dafür triftige Beweise gibt.« Anne empfand Sympathie für Ella Gramberg, ansonsten wäre ihre Antwort wohl weniger freundlich ausgefallen, hatte sie doch nicht das geringste Verständnis für Frauen, die heulenderweise bei der Polizei aufschlugen, um für ihre vermeintlich kriminellen Männer vorzusprechen. Sie fand dieses liebesdienerische Gehabe zutiefst beschämend, und die Damen bissen damit bei ihr absolut auf Granit. Zudem hatte sie in ihrem Berufsleben bisher nur wenige erlebt, die bei so etwas die Wahrheit sagten. Die meisten erfanden Alibis und gefühlige Geschichten von treu sorgenden, liebevollen Ehemännern, um ihre Kerle aus der Schusslinie zu holen, doch wenn man nur leicht an der Oberfläche kratzte, verwandelten sich die schönen Märchen in dreiste Lügen. Glücklicherweise gehörte Ella Gramberg nicht zu dieser dramatisierenden Sorte, zumindest hatte sie sich bis jetzt verhältnismäßig gut im Griff.

»Wir haben den Donnerstag von Georgs Verschwinden getrennt verbracht, nicht einmal ein Telefonat kann ich Ihnen liefern«, entgegnete sie mit Bedauern in der Stimme. »Es gibt daran nichts zu deuteln. So ist es.«

Anne hatte das bereits geahnt und hoffte, dass die Frau noch etwas mehr zu bieten hatte.

»Carsten hatte keinen Grund, Georg umzubringen.« Ella Gramberg beugte sich über die Armlehne zu ihrer auf dem

Boden stehenden Handtasche hinunter, kramte darin und hielt Anne ein Stück Papier entgegen.

Anne musste sich nicht sonderlich anstrengen, um zu erkennen, was sie da in der Hand hielt. Es war ein Scheck über fünfzigtausend Euro, ausgestellt von Georg Vetterich am Tag seines Verschwindens.

»Den hat Carsten von Georg bekommen, an ihrem letzten gemeinsamen Abend«, erklärte Ella Gramberg mit brüchiger Stimme. »Es gibt dafür keine Zeugen, falls Sie das denken. Dafür waren beide zu diskret.«

Anne schaute noch einmal auf das Datum und prüfte die Schrift, die ohne Zweifel mit der Unterschrift übereinstimmte. Angesichts dieses Belegs bröckelte das Motiv von Horn, das musste sie sich eingestehen. »Wieso hat er ihn nicht eingelöst?«

»Das wollte er am nächsten Morgen umgehend tun, aber da rief Olaf Langer an und sagte, dass Georg verschwunden sei. Wie hätte das denn ausgesehen, wenn Carsten trotzdem dessen Geld von der Bank geholt hätte?« Ihre Tränen waren lange versiegt, aber mit dem Küchentuch betupfte sie unaufhörlich ihre Augenpartie. Sicherlich fürchtete sie ein verschmiertes Make-up.

»Wann genau hat Olaf Langer Ihren Freund angerufen?«, wollte Anne wissen.

Ella Gramberg hielt sichtlich irritiert inne. »Äh, ja, das muss so gegen neun Uhr am Morgen gewesen sein«, entgegnete sie, wartete ab, ob Anne noch einmal nachhakte, und redete dann weiter. »Carsten hat ernsthafte finanzielle Probleme, aber er ist nicht pietätlos, noch dazu schätzte er Georg sehr. Er hätte den Scheck unter diesen Umständen keinesfalls eingelöst.«

Lieselotte Uhlig hatte ihren Mann am Freitagmorgen gegen acht Uhr als vermisst gemeldet. Darüber hinaus wollte sie niemanden weiter kontaktiert haben, nicht einmal ihren Notar. Wie hatte Olaf Langer also von der Sache Wind bekommen? Sie würde ihn danach fragen müssen, unbedingt.

»Sagen Sie, wann haben Sie eigentlich von Georgs Verschwinden erfahren?«, fragte Anne unvermittelt.

»Auch am Freitag, von Carsten.« Ella Gramberg schaute etwas befangen. »Er hat mich sofort angerufen, nachdem er mit Olaf gesprochen hatte. Es war schrecklich. Er stand komplett neben sich.«

Anne nickte. »Entschuldigung, mir war das gerade so eingekommen. Ich wollte Ihnen nicht zu nahe treten.«

Ella Gramberg bemühte sich um ein Lächeln.

»Warum hat Ihr Freund den Scheck aufgehoben?«, fragte Anne und konnte sich die Antwort gleich selbst geben. Immerhin hatte bis zum Auffinden der Leiche die Chance bestanden, dass Georg Vetterich wiederauftauchte, vorausgesetzt natürlich, Horn wusste nichts von seinem Ableben. Ein Scheck behielt achtzig Tage lang seine Gültigkeit, so lange hätte er Zeit gehabt, ihn einzulösen. Vetterichs Rückkehr hätte Horns finanzielle Probleme vielleicht nicht auf einen Schlag gelöst, sie aber abgemildert. Mit dem Tod des Freundes war der Scheck dann aber quasi über Nacht wertlos geworden, zumindest für jemanden, der sich nicht des Mordes verdächtig machen wollte. Was auch der Grund war, weshalb die liebende Ella dieses kleine, mittlerweile unwichtig gewordene Stück Papier vorsorglich an sich genommen hatte: um Carsten Horns Unschuld zu beweisen, falls ein solcher Leumund gebraucht würde. Es war schon erstaunlich, welche Blüten die Fürsorge dieser Frau für ihren jüngeren Geliebten trieb.

Ella Gramberg bestätigte Annes Vermutungen eins zu eins.

»Herrn Horn eine weitere Finanzspritze zur Verfügung zu stellen, war ein sehr feiner Zug von Herrn Vetterich«, bemerkte Anne beiläufig. Horns Motiv hatte sich vor ihrem geistigen Auge gerade komplett aufgelöst.

Ella Gramberg senkte den Kopf tief auf die Brust. »Georg hatte Carstens Hilfegesuch zunächst abgelehnt«, gestand sie

nahezu flüsternd. »Ich bat ihn, sich das noch mal zu überlegen, um unserer langjährigen Freundschaft willen.«

»Eine Bitte, von der Ihr Lebensgefährte jedoch nichts
erfahren sollte«, ergänzte Anne, lehnte sich in ihrem Sessel zurück und trank einen Schluck Wein. Das erklärte Ella
Grambergs anfängliche Zurückhaltung ihr gegenüber.

»Er darf es niemals erfahren. Lieselotte auch nicht. Für
beide wäre das ein schwerer Vertrauensbruch.« Ein flehent-
licher Blick unterstrich ihre Worte. »Insbesondere Lieselotte
ist bei so etwas unerbittlich.«

✳✳✳

Hilgert war zeitiger als sonst aufgestanden. Noch vor Anbruch des Tages hatte er seine Runde mit dem Hund gedreht,
die Frühstücksbrötchen für die Gäste gekauft und das Büfett
angerichtet. Während nun der Kaffee durch die Maschine
lief und im gesamten Erdgeschoss seinen Duft verströmte,
lehnte er an einem der Küchenschränke und überlegte. In der
Kühlschranktür hatte er zu seiner Überraschung einen seiner
Kochweine entdeckt, geöffnet und halb geleert. Niemand
außer Anne hätte sich das Recht herausgenommen, sich in
seiner Küche zu bedienen, davon war er überzeugt. Noch
dazu wusste er sowohl um Annes fehlendes Gespür für gute
Weine wie auch um ihre Ahnungslosigkeit hinsichtlich deren
Aufbewahrung. Einen Rotwein in den Kühlschrank zu stellen, glich für Hilgert einem Sakrileg, bei diesem Verschnitt
konnte er jedoch Milde walten lassen. Dass Anne den Wein
nicht allein getrunken hatte, wie er anhand der beiden Gläser
in der Spülmaschine unschwer erkennen konnte, machte ihn
allerdings stutzig. Sie war eine erwachsene Frau und durchaus
in der Lage, über die von ihr empfangenen Besuche selbst
zu entscheiden, aber da es bisher niemals welche gegeben
hatte, war Hilgert ein wenig besorgt. Er hatte den nächtlichen
Späher, den er am Samstagabend vor seiner Pension bemerkt

hatte, nicht vergessen. Und er wusste, was sich die Leute über Martin Kaminski erzählten. Nun war Anne kein naives Dummchen, das ihren Ex auf einen Wein einlud, wenn die reelle Chance bestand, dass sie sich damit in Gefahr begab, aber die Liebe war nun einmal unergründlich.

Hilgert wusste nicht, ob er sich hier grundlos in etwas verrannte und sich damit etwas anmaßte, das ihm nicht zustand, aber sein Bauchgefühl hatte ihn noch nie getrogen, und das stand derzeit auf Alarmstufe Rot. Annes seltsame Reaktion am Donnerstagabend, ihre unübersehbare Unruhe und die sorgenvollen Blicke hatten ihn bösgläubig werden lassen. Ungeduldig wartete er auf das Knacken im Treppenhaus, das ihm das Herunterkommen eines seiner Gäste signalisierte, aber es blieb still. Er musste mit Anne reden, dringend, wegen der Gestalt im Garten, aber auch weil sich mit der Information von gestern eine neue Wendung im Fall ergeben könnte. Womöglich hatte Friesen Anne gestern Abend nicht erreicht oder es nicht einmal versucht. Das konnte er zumindest nicht ausschließen.

Er tätschelte den Kopf des Pinschers, als endlich Schritte laut wurden. Schon am Tempo konnte er erkennen, dass es Anne sein musste. Der Hund hatte es noch eher bemerkt. Mit einem Satz war er auf den Beinen und lief ihr entgegen. Hilgert hastete ihm nach, streckte seinen Kopf zur Küchentür hinaus und rief Anne einen Morgengruß zu.

Sie kniete auf dem Fußboden und herzte Felix. Als Hilgert sie ansprach, erschrak sie, so sehr schien sie in Gedanken gewesen zu sein, dann lächelte sie und erwiderte den Gruß.

»Es gibt da etwas, das Sie wissen sollten«, sagte Hilgert. »Noch Zeit für einen Kaffee?«

Anne, die bereits auf dem Sprung war, schien ihm nicht zugehört zu haben. »Es gibt neue Wendungen. Ich muss dringend los«, erklärte sie im Hinausgehen, und schon fiel die Tür hinter ihr ins Schloss.

»Genau das wollte ich Ihnen gerade sagen«, murmelte

Hilgert perplex. Unschlüssig blieb er stehen. Das letzte Gurgeln der Kaffeemaschine drang in sein Bewusstsein, just als er eine Entscheidung getroffen hatte, was nun zu tun war. Er füllte zügig die Thermoskannen, stellte sie auf die gedeckten Tische und begutachtete noch einmal kurz sein Werk. Dann schnappte er sich seine Jacke und die Leine des Hundes, pfiff nach Felix, der noch immer hinter der Glasscheibe der Haustür stand und Anne nachschaute, und verließ das Haus.

Während Anne ihr Feld beackerte, würde er sein eigenes bestellen. Was war denn schon dabei, eine alte Dame im Seniorenheim zu besuchen, um ein wenig mit ihr über ihr ehemaliges Hotel zu plaudern?

SIEBEN

»Wie schön. Georg. Das ist aber lange her«, sagte Marion Uhlig freudestrahlend und drückte ihre kleine warme Hand in seine. Hilgert sah sich hilfesuchend zu der Pflegerin um, die ihn soeben hereingelassen hatte und nun am Nachbartisch das Geschirr abräumte. Sie nickte ihm ermunternd zu. Nachdem er unter dem Vorwand, dass er im Auftrag der Kurverwaltung zur Geschichte des Selliner Hotelwesens recherchierte, sein Anliegen vorgebracht hatte, mit Marion Uhlig sprechen zu wollen, hatte sie ihn um Geduld mit der alten Dame gebeten, aber damit hatte Hilgert nicht gerechnet.

Marion Uhlig ließ von seiner Hand ab und herzte ihn glücklich. »Georg, was für eine Freude«, jauchzte sie immer wieder. Hilgert widersprach ihr nicht. Selbstverständlich konnte er mit dieser Verwechslung leben, zumal er sich bereits einer kleinen Notlüge bedient hatte, um sein Ziel zu verfolgen. Möglicherweise heiligte der Zweck tatsächlich die Mittel. Hilgert hoffte es, wenigstens in diesem Fall.

Die alte Dame wandte sich wieder den anderen Herrschaften am Tisch zu. »Georg kümmert sich um das Hotel, nicht wahr, Georg?«, verkündete Marion Uhlig mit einer für ihr Alter erstaunlich resoluten Stimme. Überhaupt hatte man, zumindest auf den ersten Blick, nicht den Eindruck, eine weit über Achtzigjährige vor sich zu haben. Marion Uhligs Kleidung, ein fein kariertes Wollkostüm mit dazu passender Bluse und großer geschwungener Brosche, war ihrem Alter angemessen, aber von zeitloser Eleganz. Ihr weißer Bob wirkte wie gerade eben von professionellen Händen gerichtet, und auf ihren Lippen lag ein dezentes Weinrot, das angenehm mit dem zartgrünen Lidschatten auf ihren Augenlidern harmonisierte. Sie musste einmal eine ausnehmend attraktive Frau gewesen sein. Ihre geistige Fitness schien über die Jahre allerdings ein wenig gelitten zu haben.

Hilgert, der die Verwechslung anfänglich für ein Zeichen von Aufgeregtheit gehalten hatte, da es zwischen ihm und Georg Vetterich nicht die geringste Ähnlichkeit gab, sah seine Chancen, hier etwas Erhellendes in Erfahrung zu bringen, schwinden. Marion Uhlig lebte in ihrer eigenen Welt, und es ließ sich schwer abschätzen, was sich davon für Hilgert als brauchbar erweisen könnte.

»Frau Uhlig, erinnern Sie sich an das Hotel Kurhaus, Ihr Hotel?«, erkundigte er sich etwas umständlich.

»Das ist mein Schwiegersohn Georg«, wiederholte Marion Uhlig, wobei sie Hilgert unaufhörlich tätschelte. Ihre Tischgenossen, eine Dame und ein Herr, nahmen das wohlwollend, aber wenig interessiert zur Kenntnis. Mit dem Auftauchen der Pflegerin, die an ihren Tisch trat und allen fast schon liebevoll Kaffee anbot, fokussierte sie ihre Aufmerksamkeit neu. »Mhm. Bohnenkaffee«, flüsterte sie, woraufhin sie ihre Lippen schürzte, als hätte sie sehnsüchtig darauf gewartet. Entsprechend behutsam nahm sie die Tasse mit der dampfenden Flüssigkeit auf, führte sie unter ihre Nase, atmete tief ein und lächelte versonnen. »Echter Bohnenkaffee.«

»Wie jeden Morgen«, maulte ihr Tischnachbar, der mit seiner flachen Hand immer wieder angestrengt über die wenigen Falzlinien in der Tischdecke rieb, die sich durch das Zusammenlegen gebildet hatten. »Der Service wird hier auch immer schlampiger. Die Wäsche kommt frisch gestärkt auf den Tisch. Wie oft muss ich das denn noch sagen?«

»Dafür gibt es Bohnenkaffee, in feinem Porzellan«, wiederholte Marion Uhlig mit sanfter Stimme, schloss die Augen und wagte nun zögerlich und mit der Vorfreude eines Kindes einen kleinen Schluck von dem köstlichen Getränk.

Hilgert verfolgte das Geschehen mit einem beklemmenden Gefühl. Die Bewohner dieses Heimes hatten es sichtbar gut

getroffen. Alles war modern und sauber, die großen Fensterscheiben erlaubten einen wunderbaren Blick in den Wald,
und das Personal schien auch äußerst herzlich zu sein. Aber
war es das, was ein Mensch am Ende seines Lebens brauchte?
Er dachte an seinen Vater, der nach dem Tod der Mutter aus
freien Stücken in ein Seniorenheim gezogen war. Nicht wegen seiner Gebrechlichkeit, sondern aus purem Egoismus.
Hilgerts Mutter war für die Arbeiten im Haushalt zuständ-
dig gewesen, für sämtliche Notwendigkeiten, die sein Vater
immer als profan abgetan hatte und die ihm nun vollständig
vom Heim abgenommen wurden. Hilgert hatte diese Entscheidung teilnahmslos hingenommen und ihn nicht ein einziges Mal besucht.

Würde es Fiete einmal ähnlich ergehen? Der Freund ging
ohne Angehörige durchs Leben. Was sollte aus ihm werden,
wenn er nicht mehr in der Lage war, sich selbst zu versorgen?
In einem Seniorenheim mit gemeinschaftlichen Mahlzeiten,
geregelten Abläufen und dem ständigen Blick auf all jene,
die es gesundheitlich schlechter getroffen hatten, konnte
er sich den Freund nicht vorstellen. Fiete war quasi seine
Familie, der einzige Mensch auf der Welt, dem er diesen
Status zuschreiben würde. Könnte er es übers Herz bringen, ihn gegen seinen Willen hier einzuquartieren? Was aber,
wenn er gar keine andere Wahl hatte, da er weiter seinen
Lebensunterhalt verdienen musste? Lieselotte Uhlig hätte
sicherlich eine Wahl. Immerhin waren sie und ihr Mann
wohlhabend. Unsinn. Das ging zu weit. Er sollte nicht über
andere Leute urteilen, vor allem, wenn er sie nur flüchtig
kannte. Jeder hatte seine eigenen Gründe, die Wege so oder
anders einzuschlagen, und rund um die Uhr auf eine ältere,
verwirrte Dame aufzupassen und sie zu umsorgen, war nicht
jedermanns Sache.

Der Herr neben ihm ließ von der Tischdecke ab und betrachtete das Geschirr. »Mitropa.« Er nahm seinen Teller
auf, hielt ihn mit ausgestrecktem Arm von sich weg und

ließ ihn auf den Boden fallen. Dann lehnte er sich mit vor der Brust verschränkten Armen auf seinem Stuhl zurück und wartete.

»Oh, ein kleines Missgeschick«, rief Hilgert belustigt.

»Das haben wir gleich«, sagte er und bückte sich nach dem Teller, der erstaunlicherweise nicht zerbrochen war.

Der Herr schaute stoisch geradeaus und nickte zufrieden. »Mitropa, sage ich doch. Das Zeug können Sie an die Wand werfen und nichts passiert. Was man sich hier alles gefallen lassen muss, unbeschreiblich. Dienst am Gast können die hier nicht einmal buchstabieren.« Er rümpfte die Nase.

»Wir sind ja auch keine Gäste«, erklärte die Frau, die ebenfalls mit am Tisch saß. Das Gespräch schien sie nicht sonderlich zu interessieren, sie hatte nur Augen für die zwischen ihnen stehende Kuchenplatte, auf der noch zwei Tortenstücke übrig waren. »Wollen Sie Ihren Kuchen nicht?«, fragte sie, ohne jemanden anzusehen. »Zum Frühstück Kuchen essen zu dürfen, das hätte ich niemals zu träumen gewagt. Was für ein Luxus.«

Der Mann machte ein undefinierbares Geräusch.

»Sie können mein Stück haben. Mir genügt der Kaffee«, antwortete Marion Uhlig, die ihre Tasse erneut zum Mund führte und mit wonniglichem Schauder trank. »Unter dem kleinen Fenster hat mein Bett gestanden. Wenn ich meine Hand nach oben hielt, konnte ich den Wind auf meiner Haut spüren. Manchmal war er so stark, dass kleine Sandkörnchen zwischen meinen Fingern hängen blieben. Ich musste dann nur die Finger bewegen, und bald lagen auf meinem weißen Leinenbezug Tausende von hellbraunen Sandkristallen.« Sie kicherte wie ein kleines Mädchen. »Tante Lieselotte hat darüber immer tüchtig geschimpft. Sand auf dem Bett war verboten. Du erinnerst dich doch noch an Tante Lieselotte, nicht wahr, Per?« Sie schaute Hilgert fragend an.

Er nickte verhalten und versuchte, seine Enttäuschung über den Verlauf des Gespräches zu verbergen.

»Das ist Per. Er ist ein schwedischer Diplomat. Ich habe ihn 1955 bei uns im Hotel kennengelernt«, verkündete sie mit einem schamhaften Augenaufschlag. Liebevoll streichelte sie Hilgerts Wange. »Die erste Nacht in meinem Bett am Meer vergesse ich nie. Seitdem schlafe ich immer bei offenem Fenster. Immer«, beteuerte sie.

»Konditorware ist das nicht«, redete der Mann dazwischen und zeigte auf den Kuchen. Dann prüfte er auf seiner Armbanduhr die Uhrzeit und schaute vorwurfsvoll in Richtung Küche. »Zwei Minuten und zehn«, sagte er. »Grauenvolles Management. Das müsste hier längst alles abgeräumt sein.« Er deutete auf die Reste des Frühstückes. »Aber Zeit spielt bei uns Alten ja keine Rolle.« Er fing an, ungehalten mit den Beinen zu wackeln.

»So können Sie das aber nicht sagen«, erwiderte die andere Frau, die sich den Kuchen schmecken ließ, wie an ihren beschmierten Mundwinkeln unschwer zu erkennen war. »Die sind hier alle sehr freundlich und immer bemüht.«

Der Mann bleckte die Zähne. »Selbst ein Hund, der auf den Gehweg scheißt, ist bemüht.«

»Sie müssen sich noch eingewöhnen. Das dauert ein paar Tage. Aber dann wird es Ihnen gefallen«, sagte die Frau, und ihre Stimme klang ehrlich mitfühlend. »Es ist hier wie in einem teuren Hotel.«

Er schnaufte nur abwertend.

Hilgert konnte ihn gut verstehen. Er beschloss zu gehen, obwohl ein nur zehnminütiger Besuch alles andere als höflich auf die Leute hier wirken würde. Aber Marion Uhlig konnte ihm hinsichtlich seiner offenen Fragen zum Hotel Kurhaus leider nicht mehr helfen.

»Ich stamme gebürtig aus Dresden, wissen Sie«, plapperte Marion Uhlig weiter. »Seit 1944 bin ich eine Rüganerin.« Sie kicherte erneut, legte Ihren Kopf zur Seite und blinzelte Hilgert an. »Es ist nett, dass du mich besuchen kommst, Georg. Warum hast du Lieselotte nicht mitgebracht?«

Hilgert brachte höflich sein Anliegen vor und entschied, noch kurz abzuwarten.

»Man wird als Rüganer geboren und sonst nichts«, warf ihr Tischnachbar unhöflich ein und machte eine abwertende Handbewegung.

»Ich bin in Dresden geboren, Gutzkowstraße 14, aber seit meinem zehnten Lebensjahr bin ich in Sellin«, erklärte Marion Uhlig. Wir waren ausgebombt«, fügte sie an, als bedürfte es einer Rechtfertigung.

»Die Briten mit ihren B-17-Bombern.« Der ältere Herr fuhr mit seiner rechten Hand durch die Luft und ahmte das Motorengeräusch eines Flugzeuges nach. »Die konnten ordentlich was wegputzen.«

»Waren Sie mal in Dresden?«, fragte die Frau mit dem Kuchenmund, wobei sie Hilgert kurz anschaute und dann mit ihrer angefeuchteten Fingerspitze die Kuchenkrümel von ihrem Teller aufsammelte.

»Ja, sehr oft, eine wunderschöne Stadt«, gab Hilgert zurück.

»1944 nicht«, wandte der ältere Herr ein. »Dafür ist der zu jung.«

»Mit dem Zug haben sie die Kinder aus Dresden weggefahren, Hunderte Kinder. Ich hatte vorher noch nie das Meer gesehen.« Marion Uhlig wirkte nun nachdenklich. »Ich bin die Wilhelmstraße hinaufgegangen, an der Hand einer fremden Dame. Den Anblick des Pflasters habe ich heute noch vor Augen. Ich war allein auf der Welt, ganz allein.« Sie ahmte ein gleichmäßig ratterndes Geräusch nach und wackelte dazu mit ihrem Oberkörper. »Tante Lieselotte hatte einen Handwagen. Da stand mein Koffer drauf. Das Rattern der Räder ist die Melodie des Beginns meines neuen Lebens.«

Hilgert staunte über ihre vermeintlich klaren Worte.

»Damals wusste ich von nichts. Es gab nur den Wagen, meinen kleinen Koffer und die strenge Frau. Tante Lieselotte.« Sie wandte sich Hilgert zu. »Kennen Sie Tante Lieselotte? Sie ist 1990 gestorben. Sie war gar nicht so alt, nur krank.«

Hilgert wusste nicht, wen sie meinte, aber er vermutete, dass sie von ihrer Tochter sprach und dass ihre Erinnerungen ihr einen Streich spielten. Sie vermischte Vergangenheit und Gegenwart und die Menschen, etwas, das seine Mutter an ihren letzten Tagen auch getan hatte.

»Wie lange haben Sie hier Urlaub gemacht?«, fragte die andere Frau. »Das war doch bestimmt teuer damals, also, das ist es ja heute auch, aber ...«

Der Mann beugte sich zu ihr hinüber und schlug sich mit der flachen Hand vor die Stirn. »Kinderlandverschickung. Den Begriff schon mal gehört?«

Marion Uhlig lächelte zufrieden. »Vielen Kindern hat das damals das Leben gerettet«, sagte sie. »Meine Mutter hat mit meinem kleinen Bruder auf dem Arm am Bahnsteig gestanden und mir gewunken. Sie hatte ihr schönes gelbes Kleid an. Komisch, dass ich es nie wieder an ihr gesehen habe. Wenn ich es recht überlege, habe ich auch meinen Bruder nie wiedergesehen.«

»Mir hat einer von denen mein Fahrrad geklaut«, erwiderte der Mann unsensibel. »Aber das will immer keiner hören.«

Hilgert bezweifelte, dass der alte Kauz damit heute noch etwas anfangen könnte, schwieg aber höflichst.

»Das waren sicherlich die Russen. Oder die Volkspolizisten. Die haben auch Lieselottes Rechenmaschine und den Wein mitgenommen und die Einkochgläser aus dem Keller. Und den Bohnenkaffee.« Marion Uhlig presste wütend die Lippen aufeinander.

Hilgert zuckte innerlich zusammen. Das war es. Die »Aktion Rose«, das Hotel Kurhaus, Fiete und Lieselotte Uhlig. Das verband die beiden, auch gegen den alten Langer. Er hätte gleich darauf kommen können. Aber da Lieselotte Uhlig jünger war, hatte dieser Gedanke für ihn nicht nahegelegen.

»Die Männer haben herumgebrüllt, rohe, ungehobelte Kerle, die nicht einmal wagten, Tante Lieselotte in die Augen zu sehen. Alles haben sie kaputt gemacht, sogar die gute Vase. Schubladen haben sie aufgerissen, ganze Schränke ausgeräumt. Wie das ausgesehen hat, wie auf einem Schlachtfeld. Sogar in meinem Zimmer sind sie gewesen. Das Fenster haben sie zugemacht«, empörte sie sich erregt.

»Und Tante Lieselotte?«, fragte Hilgert, angestachelt von seiner Erkenntnis.

»Die war irgendwann weg. Emma auch. Von da an gab es ihren berühmten Schokoladenkuchen nicht mehr. Ich war ganz allein, aber wenigstens habe ich eine Anstellung als Zimmermädchen bekommen«, antwortete sie traurig, ehe sie von jetzt auf gleich ausgelassen ein Stück Erdbeertorte einforderte. »Als ich jung war, gab es Tanztee im Hotel. Da waren schmucke Burschen aus Skandinavien dabei. Das kann ich euch sagen …«

Hilgert startete noch einen Versuch, auf Tante Lieselotte und die Enteignung des Hotels zurückzukommen, jedoch vergeblich. Marion Uhlig hatte dichtgemacht – ob bewusst oder unbewusst, konnte er nicht sagen. Und doch hatte Hilgert mehr erfahren, als er eingangs vermutet hatte. Er stand langsam auf und verabschiedete sich, was Marion Uhlig dazu veranlasste, sich ebenfalls zu erheben und ihn am Stoff seines Pullovers mit sich in ein an den Gemeinschaftsraum angrenzendes kleines Appartement zu ziehen. Anhand der Fotos, die auf einer halbhohen Vitrine standen und auf denen unter anderem auch ihre Tochter Lieselotte abgebildet war, konnte Hilgert erkennen, dass es sich um ihr Zimmer handelte.

»Georg«, sagte sie mit Nachdruck und ernster Miene, während sie mit ihren Händen seine Oberarme umklammerte. »Du musst mir versprechen, dass du immer auf Lieselotte aufpasst. Sie ist etwas Besonderes. Hörst du!«

Hilgert versprach das brav, bemüht, sie nicht durch seine

Unaufmerksamkeit zu kränken. Das fiel ihm schwer, denn er hatte hinter ihrem Rücken ein Schwarz-Weiß-Foto entdeckt, das seine Neugier anfachte. Das Bild war vor dem Hotel Kurhaus aufgenommen worden. Es zeigte zwei Frauen und ein junges Mädchen, die Arm in Arm vor dem Haupteingang standen. Das Mädchen war Lieselotte Uhlig, kein Zweifel. Die elegante Frau neben ihr war ihre Mutter. Nur die andere Dame kannte Hilgert nicht. Auf den unteren Rand des Bildes hatte jemand in altdeutscher Schrift etwas geschrieben. Gebannt versuchte er, die verblichene Tinte zu entziffern. *Dieses Haus ist unser Band, in die Vergangenheit und in die Zukunft,* las er mehr als schleppend. Aber das waren die Worte, ganz eindeutig. Jetzt musste er nur noch herausfinden, ob sie etwas zu bedeuten hatten.

***

Die Formalitäten hinsichtlich Carsten Horns Entlassung aus der U-Haft waren schnell erledigt. Der Staatsanwalt hatte wie Anne nach den neuesten Erkenntnissen keine Veranlassung mehr gesehen, ihn weiterhin festzuhalten, und lediglich eingefordert, dass Horn sich weiterhin zur Verfügung halten solle. Anne nahm allerdings nicht an, dass eine weitere Befragung notwendig werden würde. Sie hatte Horn von ihrer Liste gestrichen, seinen Namen auf dem Flipchart weggewischt. Die Suche nach dem Mörder von Georg Vetterich musste jedoch weitergehen. Daher würde sie sich jetzt noch einmal Olaf Langer vornehmen. Nach dem zu urteilen, was Fritz Friesen ihr gestern Abend am Telefon stammelnd mitgeteilt hatte, gab es dafür einen triftigen Grund. Wieso konnte dieser Mann eigentlich nie normal mit ihr reden? Sie war doch kein Monster. Jedenfalls hatte Friesen ihr mit seiner Information sehr geholfen. Das war es vermutlich auch gewesen, was Hilgert ihr vorhin unbedingt hatte erzählen wollen. Hoffentlich hatte sie ihn nicht zu barsch abgefertigt. Aber nachdem sich die Sache mit Carsten Horn letzte Nacht gedreht hatte, war es ihr ein Bedürfnis gewesen, umgehend den Staatsanwalt zu informieren, ehe der Anwalt, den Horn höchstwahrscheinlich bald aus dem Hut gezaubert hätte, es tat. Ein Mann wie er ließ sich nicht in eine karge Zelle einsperren, wenn er kein Verbrechen begangen hatte. Sie bezweifelte sogar, dass er die Zelle im gegenteiligen Fall akzeptiert hätte, aber der war ja nun hinfällig. Überdies hätte auch Ella Gramberg mit ziemlicher Sicherheit alle Hebel in Bewegung gesetzt, um ihren Partner da rauszuholen, insbesondere jetzt, da sie Anne eingeweiht hatte. Nachher würde sie sich bei Hilgert entschuldigen und ihn auf den neuesten Stand bringen. Beides war sie ihm schuldig.

Sie saß zurückgelehnt auf ihrem Schreibtischstuhl, drehte sich von rechts nach links und wieder zurück, eine Entspannungsübung, die sie stundenlang fortführen konnte, und überlegte. Gleich stand die wöchentliche Teambesprechung an, die sie nutzen wollte, um Reed vor allen anderen auf seinen samstäglichen Einsatz hier im Büro anzusprechen. Aber war das ein kluges Vorgehen? Womöglich entspräche es eher den Führungsqualitäten einer Revierleiterin, ihn unter vier Augen danach zu fragen.

Noch ehe sie sich eine abschließende Meinung dazu gebildet hatte, klopfte es an der Tür, und Reed stand im Raum. »Störe ich?«, fragte er nahezu unterwürfig.

Anne antwortete nicht und schaute ihn nur fragend an.

»Die Sache mit den Pfarrhauseinbrüchen ist erledigt.« Er wedelte mit ein paar Zetteln in der Luft herum, die Anne für das Protokoll hielt. Sie bedeutete ihm mittels eines Kopfnickens, dass er es einfach auf ihrem Schreibtisch ablegen sollte. Reed tat das mit federndem Schritt und ohne den Blick von ihr abzuwenden. Er wartete auf ein Lob oder eine anerkennende Geste, das war unübersehbar. Anne jedoch hatte etwas anderes im Sinn.

»Sie haben sich ja richtig ins Zeug gelegt«, hob sie an, »wenn Sie dafür sogar an einem Samstag ins Büro kommen.« Sie unterbrach die Drehbewegungen ihres Stuhles und fixierte ihn mit schmalen Augen.

Seine Mimik ließ keinerlei Deutung seiner Gedanken zu.

»Kein Thema. Ich wollte das Ding endlich vom Tisch haben. Schließlich haben wir genug andere Sachen zu tun«, erwiderte er aufgeräumt.

Entweder hat er auf Ilkas Schreibtisch wirklich nur einen Bleistift gesucht, oder er ist total abgebrüht, dachte Anne.

»Aber Sie scheuen ja auch keine Überstunde«, redete er weiter.

Anne bemühte sich nicht um eine freundliche Erwiderung, die wäre ihr auch misslungen. Stattdessen wartete sie auf eine Erklärung. Die blieb jedoch aus.

»Es läuft gut bei uns auf dem Revier, seit Sie da sind«, sagte er. »Auch dass wir bei den Mordfällen neuerdings mit im Boot sind, gefällt mir. Das ist ja doch etwas anderes als so ein kleiner Fahrraddiebstahl, nicht wahr?« Er schaute Anne prüfend an. »Und wenn man von der Kripo kommt und eine der besten Ermittlerinnen Mecklenburg-Vorpommerns war, fehlt einem hier bei uns in Bergen schnell ein bisschen der Kick, könnte ich mir vorstellen …«

Du kannst mich gern beim Polizeipräsidenten anschwärzen, dann sehen wir, wer am längeren Hebel sitzt, dachte Anne böse. Erik war der Chef des Kriminaldauerdienstes, und er konnte so viel Amtshilfe in Anspruch nehmen, wie er wollte. Wie sie ihren korrekten Freund kannte, hatte er diese Entscheidung zudem mitsamt einer hieb- und stichfesten Begründung verschriftlicht. Und solange Anne einen schnellen Erfolg präsentieren konnte, sprach nichts gegen ihr kleines freundschaftliches Arrangement außer der unschönen Tatsache, dass eine solche Aufgabenverschiebung eher unüblich war.

Mit einem versierten Handgriff zog sie einen Vorgang aus

dem Poststapel auf ihrem Schreibtisch. »In Karlsdorf steht ein herrenloses Kamel. Bitte kümmern Sie sich darum.« Ihr zuckersüßestes Lächeln begleitete ihn hinaus.

»Ich komme dir schon noch drauf«, murmelte sie, als er außer Hörweite war. Über den Sinn und Zweck seines Verhaltens musste sie nicht lange nachdenken. Das Ziel, das er verfolgte, lag klar auf der Hand. Wie sie allerdings ihrer Kompromittierung vorbeugen konnte, war ihr noch nicht aufgegangen.

»Hast du einen Moment?« Ilka stand im Zimmer.

»Was ist los?«, fragte Anne.

»Ich müsste heute mal eine Stunde früher gehen«, antwortete sie. Sebastian hat Geburtstag und ...«

Sie musste nicht weiterreden. Wenn Ilkas Mann an seinem Ehrentag schon mal zu Hause war, konnte sie sich gern den Nachmittag freinehmen.

Ilka dankte es ihr mit einem Luftkuss. »Ich bin so froh, dass Knuts Mutter mir zwei Kuchen gebacken hat. Seit die Kleine da ist, komme ich zu nichts mehr«, erzählte sie aufgeregt. »Es soll doch schön sein, wenn Sebastian übermorgen wieder losmuss.«

Ilkas Mann war für die Bundeswehr im Auslandseinsatz und so selten da, dass Anne sich immer wieder fragte, wie eine solche Beziehung funktionieren konnte.

»Was hat Mama Reed denn gebacken?«, fragte Anne argwöhnisch.

Ilka verdrehte die Augen. »Er ist ein netter Kollege, und wenn du ihn nicht aus irgendeinem Grund gefressen hättest, würdest du das auch merken«, gab sie zurück.

»Hast du heute Morgen irgendetwas gesucht, auf deinem Schreibtisch oder so?«, fragte Anne mit unbedarfter Miene. »Ist womöglich etwas weggekommen?«

Ilka drückte Unverständnis aus.

Anne winkte ab. »Was hast du momentan auf dem Tisch, woran arbeitest du?«

»Das weißt du doch«, entgegnete Ilka, und ihr war anzumerken, dass sie Annes Frage als Misstrauen deutete, worüber sie wenig begeistert war. Sie machte auf dem Absatz kehrt, drehte sich aber noch einmal um. »Draußen sitzt ein Herr Blum für dich, und er schwitzt Blut und Wasser. Kein Wunder, so wie du heute drauf bist.«

Norbert Blum trug eine bis zum Hals geschlossene dunkelgraue Fleecejacke, hinter deren aufgestelltem Kragen er sein Kinn versteckte, als könnte er das, was er zu sagen hatte, nur solchermaßen geschützt vorbringen. Er saß mit verschränkten Armen auf dem Besucherstuhl gegenüber Annes Schreibtisch, und während an seinem Oberkörper kaum eine Regung erkennbar war, vollführten seine Beine eine Polka, so sehr zappelte er mit den Füßen. Sein Besuch auf dem Polizeirevier bereitete ihm sichtlich Unbehagen.

»Herr Blum, was führt Sie zu mir?«, fragte Anne nun bereits zum zweiten Mal ohne die leiseste Spur von Ungeduld. Sie mochte den Mann irgendwie, und er tat ihr leid.

Er rieb sich hektisch mit der Hand über das Gesicht. »Es geht um Georg.« Pause. »Oh Mann, mir geht das alles einfach nicht aus dem Kopf. Wenn einem der einzige echte Freund genommen wird, steht man ganz schön blöd da.« Er starrte geistesabwesend auf den Fußboden. »Dass wir alle einmal sterben müssen, schon klar. Aber auf so eine Weise.« Er seufzte.

Anne konnte seine Worte gut nachvollziehen.

Fahrig hob er den Kopf. Seine Augen glänzten feucht. »Wissen Sie schon, wer es war?«, fragte er, und ein Anflug von Angst huschte über sein Gesicht. So wie Anne ihn einschätzte, nagte seit ihrem ersten Gespräch die Sorge an ihm, dass er es doch gewesen sein könnte, wenn auch nur aus Versehen.

»Wir kommen voran«, gab sie nichtssagend zurück.

»Mhm.« Pause. »Mir ist was eingefallen«, flüsterte er. »Von meinem letzten Gespräch mit Georg.« Er beugte sich nach vorn, umfasste seine Knie, knetete sie und ließ sich dann abrupt wieder nach hinten fallen. »Georg hatte das Hotel noch nicht verkauft.« Er wartete ab, ob Anne eine Reaktion zeigte. Sie signalisierte ihm, dass sie Bescheid wusste, was ihn ein wenig zu erleichtern schien. »Der Termin wurde kurzfristig um ein paar Tage verschoben«, redete er weiter. »Das trieb ihn echt um.«

»Wieso?«, fragte Anne neugierig.

»Keine Ahnung, es lag an den Käufern.«

»Nein, ich meine, wieso meinen Sie, dass ihn die Terminverschiebung so umgetrieben hat? Das neue Datum war doch schon anberaumt. Er hätte ganz gelassen sein können.«

»Ach so, na wegen Lieselotte, seiner Frau«, antwortete Horn, als wäre es das Selbstverständlichste auf der Welt. »Er redete sonst nie über das Geschäft, aber als Olaf und Carsten gegangen waren, fing er mit einem Mal davon an.«

Anne hob die linke Braue, was ihn wie gewünscht dazu veranlasste, die Sache zu erklären.

»Er hatte Sorge, dass sie ihm bei dem Verkauf doch noch in die Quere kommen könnte. Deswegen hätte er den Termin gern zügig über die Bühne gebracht. Sie war wohl nicht so überzeugt. Also gesagt hat er das nicht, aber man konnte es zwischen den Zeilen heraushören.« Norbert Blum hob abwehrend die Hände. »Ich bin bei so etwas nicht gut, also beim Subtilen, aber wenn sogar ich das mitkriege, muss es quasi schon der Holzhammer gewesen sein.« Er quälte sich ein Lächeln ab. »Georg redete nie schlecht über seine Frau, nicht einmal ein flapsiger Spruch kam über seine Lippen. So etwas habe ich nie von ihm gehört. Während wir ... also, Carsten und mir rutscht so etwas schon mal raus. Nichts Böses, nein, nein.«

Carsten, natürlich, den brauchst du als Unterstützung. Anne lächelte in sich hinein. »Und damit sie keinen Rückzieher machen konnte, wollte er seiner Frau nichts von der Terminverschiebung sagen?«

»Liegt nahe«, entgegnete er.

»Hat er das gesagt?«, hakte Anne nach.

»So genau? Puh. Keine Ahnung. Ich kann mich nicht erinnern«, sagte er geknickt. »Aber Georgs Nerven schienen blank zu liegen, was den Verkauf anging, das weiß ich. Er glaubte wohl, es könnte alles noch kippen«, erklärte er weiter. »Dann hätte sich auch das mit dem neuen Haus erledigt gehabt.«

»Wieso sollte Frau Uhlig Einwände gegen den Verkauf geltend machen und dadurch etwas verhindern, was sie gern haben wollte?« Das ergab nach Annes Dafürhalten so keinen Sinn.

»Was sollte das sein?«, fragte Blum verunsichert nach. »Das raffe ich jetzt nicht.«

»Das Seegrundstück.«

Er lachte überrascht auf. »Lieselotte hätte niemals einen Fuß dort hineingesetzt. Ein Auszug aus der Russow-Villa? Nie im Leben. Es war Georg, der das Haus unbedingt haben wollte, um ihr etwas Gutes zu tun, wie er sagte. Er hat diese Idee wochenlang mit sich herumgeschleppt, ohne ihr etwas zu sagen. Lieselotte ist eine sehr starke, aber auch eigensinnige Frau. Georg musste immer sehr klug vorgehen, um sie von etwas zu überzeugen.«

Anne war ratlos.

»Kennen Sie das Wohnhaus der beiden?«, fragte Blum. »Diese verwinkelte Almhütte aus den Neunzehndreißigern«, schob er nach, und es war nicht zu überhören, wie unschön er diesen Baustil fand.

Anne nickte. So könnte ihr Traumhaus aussehen, wenn sie jemals genug Geld verdienen würde, um sich das leisten zu können.

»Das Haus hat Lieselotte von ihrer Mutter überschrieben bekommen. Die hatte es von der alten Lieselotte Russow. Deswegen nennt es jeder im Ort nur die Russow-Villa. Georg hat das Haus nie gefallen, aber was tut man nicht alles aus

Liebe?« Seinem verklärten Blick nach zu urteilen, wusste er, wovon er sprach. »Er wollte es moderner und bequemer haben. Ohne Treppen, ebenerdig. Das wäre auch für Lieselotte besser gewesen. Mit dem Krebs in ihren Knochen kann sie nicht mehr viel länger ohne Rollstuhl auskommen.«

ACHT

»Haben Sie Informationsmaterial zu den Hotels und Pensionen im Ort?« Hilgert stand vor dem Tresen der Selliner Kurverwaltung und schaute in das Gesicht eines ziemlich überfordert dreinblickenden jungen Mädchens.

»Im Internet?«, fragte sie nahezu tonlos.

Hilgert, der im Allgemeinen ziemlich viel Geduld gegenüber der Jugend aufbringen konnte, hielt einen Temperamentsausbruch nur mühevoll zurück. Er spürte, dass die Lösung dieses Mordfalls zum Greifen nah vor ihm lag. Mehr als sein Bauchgefühl mochte das nicht sein, aber es genügte ihm, um vom Adrenalin getrieben den aus seiner Sicht notwendigen nächsten Schritt zu gehen. Dass auch Anne daran teilhaben sollte, stand für ihn außer Frage, doch die ging, seit er das Seniorenheim verlassen hatte, nicht an ihr Telefon. »Hören Sie, die Gemeindeverwaltung ist heute geschlossen. Sie als Kurverwaltung betreuen alle Gastbetriebe. Meine ganz einfache Frage ist die, ob sie auch etwas über die Geschichte der einzelnen Häuser respektive über die des Hotels Kurhaus in der Wilhelmstraße wissen?« Hilgert war sich bewusst, dass seine hart gesprochenen Sätze messerscharf daherkommen mussten, aber nichts anderes hatte er beabsichtigt.

Das junge Mädchen beeindruckte das wenig. »Brauchen Sie ein Zimmer?«, fragte sie, so als hätte Hilgert sie auf Polnisch oder Serbokroatisch angesprochen.

»Entschuldigung, Herr Hilgert«, beschied ihn in diesem Moment eine freundliche Frauenstimme aus dem Hintergrund. Er erkannte eine adrette Dame, die ihm schon mehrfach hier begegnet war, deren Name ihm aber gerade nicht einfiel. »Maja, schau mal bitte, ob du ein paar Kopien von den Gastgeberverzeichnissen machen kannst«, bat sie das

Mädchen freundlich und komplimentierte sie damit vom Tresen weg. »Schülerpraktikum«, erklärte sie Hilgert mit einem Augenzwinkern. »Erster Tag. Wir haben alle mal angefangen.«

Hilgert verkniff sich eine Antwort, um den im Normalfall von ihm angestrebten Grad der Höflichkeit nicht zu sprengen. Stattdessen zeigte er sein Pensionslächeln und kam ohne Umschweife zum Punkt. »Ich suche die Chronik des Hotels Kurhaus.« Aus seiner Sicht dauerte sein Besuch hier ohnehin schon viel zu lange. »Ich habe gehofft, bei Ihnen fündig zu werden. Das Gemeindeamt ist heute geschlossen, und ich weiß nicht, wen ich sonst danach fragen kann.«

Sie wartete geduldig, bis er ausgeredet hatte. »Wir haben bereits vor einiger Zeit damit angefangen, die Vergangenheit unserer Gastgeber aufzuarbeiten. Also was heißt wir, unser Ortschronist hat das dankbarerweise übernommen«, verkündete sie enthusiastisch, ohne dass Hilgert sagen konnte, ob diese Begeisterung aus der Befriedigung seines Anliegens resultierte oder seiner Person geschuldet war. So, wie die Dame mit den Wimpern klimperte, erschien ihm Letzteres naheliegender. Er bemühte sich, darüber hinwegzusehen. »Die entsprechende Publikation ist noch nicht ganz fertig, aber ich kann Ihnen gern den Entwurf geben«, sie hielt inne, »zu treuen Händen, da Sie einer unserer nettesten Gastgeber sind.« Sie beugte sich weit über die Theke, sodass ihm ihr angenehmes Parfüm in die Nase stieg, und lächelte bezaubernd.

Hilgert, dem es nicht angesichts der Avancen dieser Frau, sondern wegen des Falls in den Fingern kribbelte, nickte und bedankte sich überschwänglich.

»Sie treibt wohl der Brand um?«, fragte die Dame, während sie dienstfertig hinter einen der Computer trat und dessen Maus betätigte.

»Wem geht es nicht so?«, antwortete Hilgert ausweichend. Er bemerkte ihren irritierten Blick und erzählte irgendetwas von einer befreundeten Fotografin, die viele Jahre im Kurhaus Urlaub gemacht hatte und dort nun, so kurz vor dessen Abriss, noch ein paar Aufnahmen für eine mögliche Ausstellung machen wollte. Um diese in einen Gesamtzusammenhang stellen zu können, benötigte sie die historischen Eckdaten.

Die Begeisterung der Dame hätte kaum größer sein können. Sie bot sogar an, die Ausstellung in den Räumen der Kurverwaltung zu zeigen.

Hilgert lächelte darüber hinweg.

»Ach, da haben wir ja die Datei«, frohlockte sie irgendwann. »Aber bitte erwarten Sie keine Vollständigkeit. Über Sellins Gastgewerbe gibt es so viel Spannendes zu berichten, dass wir noch ewig brauchen werden, um alles zu erzählen.« Der Drucker begann mit seiner Arbeit. »Am Ende wird es eine wunderbare Broschüre geben. Und Hinweistafeln vor den Häusern, damit unsere Gäste etwas zu entdecken haben, wenn Sie durch unsere schöne Gemeinde flanieren.«

Hilgert fragte sich, was wohl auf seiner Tafel stehen würde. Damit hatte er sich bislang nie auseinandergesetzt. Schließlich überreichte sie ihm einen dicken Stapel Papier, den er nervös entgegennahm. Es wurde Zeit, in die Vergangenheit einzutauchen, denn die offenbarte ihm den Mörder von Georg Vetterich. Dessen war er sich mittlerweile sicher.

***

Im Haus blieb es still. Anne stand eine Weile unbeweglich vor der Tür und lauschte, doch Lieselotte Uhlig schien nicht zu Hause zu sein. Annes Ungeduld wurde damit auf eine harte Probe gestellt. Die Witwe würde ihr einiges erklären müssen, insbesondere, was sie gegen den Verkauf des Hotels einzuwenden hatte und warum sie das gegenüber Anne nicht offen und ehrlich zugeben konnte. Auch wenn die Frau sie darüber nicht direkt angelogen hatte, etwas zu verschweigen war schließlich nicht gleichbedeutend mit einer Lüge, haftete dem Ganzen ein unguter Beigeschmack an. Diese irreführende Form der Kommunikation schien bei Lieselotte Uhlig aber an der Tagesordnung zu sein, denn selbst bei einem aus ermittlungstechnischer Sicht so unwichtigen Punkt wie dem Erwerb des Seegrundstückes hatte sie es vorgezogen, die Wahrheit zu verschweigen, und einen ganz anderen Eindruck erweckt als den einer Frau, die den Einsatz ihres Mannes nicht zu schätzen wusste.

Anne hatte bei ihrem letzten Gespräch zwar zuweilen ein unbestimmtes Gefühl beschlichen, dass mehr dahintersteckte, aber wenn Norbert Blum nicht zu ihr gekommen wäre, hätte sie die Version von Frau Uhlig womöglich nicht hinterfragt. Und nachdem die Frau die Wahrheit schon hier auf diese Weise strapaziert hatte, fiel es Anne inzwischen schwer, ihr alles andere zu glauben. Dass sie von dem verschobenen Notartermin gewusst und Anne dreist darüber angelogen haben könnte, stellte ihr vermeintliches Desinteresse an der Veräußerung des Hotels nämlich in ein etwas anderes Licht, und das war nicht besonders vorteilhaft.

Enttäuscht von ihrer unverkennbaren Verblendung durch diese beeindruckende Frau trat Anne den Rückzug an. Sie hatte kaum den Vorgarten hinter sich gelassen, als Olaf Langer in einem schicken großen Geländewagen an ihr vorbeifuhr und fast schon auffällig unauffällig durch sie durchzusehen schien. Auf dem Beifahrersitz hockte sein mürrisch dreinblickender Vater, der sie, nachdem Langer ein paar Worte zu ihm gesagt hatte, unverhohlen angaffte.

Anne blieb auf dem Bürgersteig stehen und wartete, wo die Fuhre zum Stillstand kommen würde. Dass dies vor einem der angrenzenden Häuser sein musste, wusste sie von Hilgert, und es würde ihr ein Vergnügen sein, nun umgehend dorthin zu marschieren und sich die beiden Kerle zur Brust zu nehmen. Das war lange fällig.

»Eierweitwurf zählt also zu den gängigen Geschäftsgebaren der Familie Langer«, begann sie die Unterhaltung, als sie noch einige Meter von Olaf Langer entfernt war, der seinem Vater beim Aussteigen half. »Die Gelenke machen Schwierigkeiten, aber für kriminelle Handlungen sind sie noch gut einsetzbar. Allerdings muss der Junior Schmiere stehen, oder waren Sie am Donnerstag zugegen, um Ihren Vater nach Hause zu führen, sollte er dies nach seinem enormen Krafteinsatz nicht mehr allein bewerkstelligen können?« Anne wusste um die Schärfe ihrer Worte, aber im Gedanken an Fietes Verletzungen hatte sie Mühe, sich zurückzuhalten.

Olaf Langer hauchte seinem Vater etwas ins Ohr, aber der Senior bedachte Anne nur mit einem fiesen Blick und ließ sie dann links liegen.

»Was wollen Sie?«, blaffte Olaf Langer ungehalten.

»Ach, nichts Besonderes.« Anne tat nun unbedarft. »Bei uns liegt eine Anzeige wegen Sachbeschädigung und Körperverletzung gegen Ihren Vater vor. Der gehe ich nach. Weiter nichts.«

Das zog. Dem Alten entglitten die Gesichtszüge. »Das hat der Abschaum nicht gewagt«, knurrte er aufgebracht.

»Offenkundig doch«, entgegnete Anne lapidar. »Sonst stünde ich ja nicht hier.

»Lass dich nicht provozieren, Vater«, flüsterte Olaf Langer. »Das ist nichts Wildes. Das kriegt unser Anwalt leicht weg.«

»Ich weiß nicht, als ›nichts Wildes‹ würde ich die Verletzungen, die Sie Fiete beigebracht haben, nicht bezeichnen. Ein findiger Anwalt könnte da schnell auf versuchten Totschlag kommen.« Anne lächelte, als verkündete sie die Lottozahlen. »Der hinterrücks ausgeführte Angriff, das wehrlose Opfer, der Stock als Tatwaffe, na ja, das sind alles gute Argumente, finden Sie nicht? Derselbe Anwalt würde Fiete sicherlich auch zu einer Zivilklage und einem ordentlichen Schmerzensgeld raten. Kein Richter würde das ablehnen. Davon bin ich überzeugt.« Anne sah, dass der Alte innerlich kochte, aber der Siedepunkt schien noch nicht erreicht. »Außerdem muss man das ja alles immer irgendwie im Zusammenhang sehen. Wenn es der erste tätliche Angriff gewesen wäre, ja dann. Aber da es gegenüber dem Opfer schon etwas mehr gibt … Das sieht nach Methode aus, der Eindruck drängt sich zumindest auf.«

»Das waren andere Zeiten. Ich habe im Auftrag der Staatsmacht gehandelt«, brüllte der Alte wie von Sinnen. Er wankte bedrohlich. Olaf Langer hatte Mühe, ihn zu halten, ihn gleichzeitig zum Schweigen zu bringen, war jedoch aussichtslos.

»Und was war letzte Woche? In wessen Auftrag waren Sie da unterwegs, Herr Volkspolizist a. D.?«, fragte Anne spitz. »Oder verliert man diese Bezeichnung, wenn man unehrenhaft aus dem Dienst entlassen wird?«

»Mein Vater war verwirrt«, warf Olaf Langer linkisch ein. »Er ist ein alter Mann.«

Anne behielt das Lächeln im Gesicht. »Erzählen Sie mir keine Märchen. Außerdem schützt Alter vor Strafe nicht«, konterte sie. »Ich denke, nach allem, was Ihr Vater anderen Menschen angetan hat, ist es für Strafe zwingend an der Zeit.«

»Das lasse ich mir nicht bieten«, schrie Edwin Langer außer sich. »Wer bin ich denn, dass irgendein dahergelaufenes Weib auf mein Grundstück marschiert und mir blöd kommt!«

Anne übersah ihn gekonnt und widmete sich weiter seinem Sohn. »Sie fanden den Einsatz Ihres Vaters gut, oder? Eine trauernde Witwe, deren Mann – Ihr guter Freund«, Anne betonte die letzten drei Worte, »der sein Hotel nicht an Sie verkaufen wollte, dazu der alte Feind Ihres Vaters, den man offiziell nicht mehr schikanieren kann, dem man aber im Schutz der Dunkelheit gern noch mal einen mitgibt. Wie in alten Zeiten, oder? Das muss doch herrlich für Sie beide gewesen sein.«

»Sparen Sie sich Ihren Sarkasmus«, entgegnete Olaf Langer. »Er ist mein Vater, nicht mein Mündel. Ich hatte damit nichts zu tun.«

»Sie haben von Georg Vetterich eine Abfuhr bekommen. Das allein reicht als Mordmotiv. Wenn ich dann noch berücksichtige, dass Ihr Vater in den Uhligs, denen das schicke Hotel Kurhaus ja einst gehört hat, seine größten Feinde gesehen hat, dann kann ich eins und eins zusammenzählen.«

»Diese dreckigen Schlampen«, meldete sich der Alte erneut. »Was die sich immer eingebildet haben. Was Besseres wollten die sein«, der Alte spuckte verächtlich aus, »das feinste Hotel am Platz, dass ich nicht lache.«

»Aber dann sind ja Sie und Ihre Kollegen gekommen, nicht wahr?« Anne hatte dafür keine Anhaltspunkte. Da Langer jedoch zu dem Trupp gehört hatte, der Fietes Familie aus der Waldhalle vertrieben hatte, lag die Vermutung, dass er im Rahmen der »Aktion Rose« auch im Hotel der Uhligs sein Unwesen getrieben hatte, nahe.

Er grinste schmierig und wischte sich mit dem ausgestreckten Zeigefinger unter der Nase lang. Anne hätte sich am liebsten übergeben, so widerlich fand sie dieses Verhalten.

»Nun, aber was hat es genützt, wenn Lieselotte Uhlig heute noch im Hotel sitzt?« Sie sah ihn provozierend an. Er öffnete den Mund, aber sie ließ ihn nicht zu Wort kommen. »Nichts, rein gar nichts. Und deswegen haben Sie gedacht, Sie versuchen es mal mit legalen Mitteln, also zumindest vordergründig. Die Langers kaufen das Hotel Kurhaus und sind am Ziel Ihrer Träume. Nur Pech, dass Lieselotte Uhlig ein gutes Gedächtnis hat und Georg Vetterich den Wunsch seiner Frau respektierte, auch wenn er jeden Donnerstag mit Ihnen Whisky getrunken hat.« Anne wiederholte die Geste, die der Alte gerade gemacht hatte.

»Wir waren sauer, ja. Aber wir haben Georg nicht umgebracht«, beteuerte Olaf Langer.

»Halt's Maul, Junge«, keifte der Alte. »Ich weiß, wie der Hase läuft. Die kann uns gar nichts.«

»Ach nein?« Anne taten so langsam die Gesichtsmuskeln weh, so angestrengt zog sie die Mundwinkel nach oben. »Woher wussten Sie denn bereits am Freitag früh um neun, dass Georg verschwunden war?«

Olaf Langer öffnete den Mund, klappte ihn aber umgehend wieder zu.

»Sie haben Carsten Horn deswegen angerufen. Schon vergessen? Und Lieselotte Uhlig hat Sie sicherlich nicht kontaktiert, oder wollen Sie mir weismachen, sie hätte bei Ihnen Trost suchen wollen?«

Der Alte schaute verächtlich. »Hervorragende Beziehungen sind nun mal alles«, verkündete er in grenzenloser Arroganz. »Echte Kameradschaft überdauert die Zeit.«

Sein Sohn warf ihm einen ärgerlichen Blick zu.

Anne dachte an die Polizeidienststelle in Baabe, die die Vermisstenanzeige aufgenommen hatte. Dort gab es einen älteren Kollegen, den Langer womöglich kennen könnte. Aber vielleicht pokerte der Alte auch bloß. »Der Mörder weiß, was er getan hat«, sagte sie hart und fixierte Olaf Langer mit festem Blick. Ihn hielt sie für das schwächere Glied in diesem Duo.

Ihr Eindruck trog nicht. Bei ihm schien die Fassade so langsam Risse zu bekommen.

»Das ergibt doch alles keinen Sinn«, jammerte er wie ein kleiner Junge. »Besonders jetzt, wo Georg nicht mehr ist, käme Lieselotte nicht im Traum auf die Idee, uns das Haus zu geben. Niemals. Das habe ich immer gewusst. Auch Georg hat keinen Hehl daraus gemacht.«

»Mag sein«, antwortete Anne. »Aber wer sagt mir, dass Sie Georg Vetterich nicht nur aus Rache und Wut über die nachtragende Familie Uhlig in dem Garderobenschrank haben sterben lassen?«

»Ich.«

Anne wandte sich erschrocken um. Hinter ihr stand eine ältere Dame. Sie lächelte treuherzig wie eine alte Freundin. Dabei hatte Anne keine Ahnung, wer sie war.

»Wieso hast du mir nicht erzählt, dass Georg tot ist?«, fragte Marion Uhlig und tupfte sich mit einem weißen bestickten Stofftaschentuch die Tränen aus den Augenwinkeln. Die alte Dame saß mit herunterhängenden Schultern auf einem Sessel in Lieselotte Uhligs Wohnzimmer und weinte auf eine überaus vornehme und zurückhaltende Art.

»Du solltest dich nicht aufregen«, gab Lieselotte mitfühlend zurück. Sie streichelte unablässig den Arm ihrer Mutter, reichte ihr Tee und schien auch sonst auf jede erdenkliche Art und Weise absichern zu wollen, dass es ihr gut ging.

»Unsinn. Du hältst mich für plemplem, weil die Birne bei mir manchmal nur noch glimmt«, antwortete Marion Uhlig unwirsch. »Der liebe Gott gesteht mir glücklicherweise noch ein paar helle Momente zu, und dies ist einer davon. Du hättest es mir sagen müssen. Georg wurde ermordet, und ich hocke in meinem Heim und esse Torte.«

Lieselotte Uhlig erwiderte nichts, sondern schaute ihre Mutter nur mit fürsorglichem Blick an.

Anne beobachtete die beiden eine Weile und nahm eine enorme Vertrautheit zwischen ihnen wahr.

»Was ist mit dem Hotel?«, fragte die alte Frau Uhlig, nachdem sie sich etwas beruhigt hatte. »Eine aus meinem Heim ist daran vorbeigegangen. Angeblich hängt ein Schild an der Tür, dass es geschlossen ist.« Ihre Augen verengten sich zu schmalen Schlitzen. »Die ist noch wirrer im Kopf als ich.«

»Es muss alles renoviert werden«, entgegnete Lieselotte Uhlig. »Das weißt du doch.« Ihr Blick streifte Anne, aber die reagierte nicht.

Marion nickte zufrieden. »Du darfst dem guten Herrn Rosenblum keine Schande machen. Das weißt du«, forderte sie mit Nachdruck. »Das Haus ist unser Band, in die Vergangenheit und in die Zukunft.«

Ihre Tochter senkte den Blick.

Anne verstand nicht und schickte sich an nachzuhaken, als Lieselotte Uhlig ihr stumm bedeutete, dass sie sich lieber zurückhalten sollte. Wohl weil das die alte Dame zu sehr aufwühlen würde. »Frau Uhlig«, sagte Anne und beugte sich zu Marion hinüber. »Wieso denken Sie, dass die Langers Ihren Schwiegersohn nicht ermordet haben? Für mich hat Olaf Langer ein glaubhaftes Motiv, und an einem Alibi für die Tatzeit fehlt es ihm auch.«

Nach Aussage ihrer Tochter hatte Marion Uhlig zunehmend demenzielle Ausfälle, aber da Anne davon bisher noch nichts mitbekommen hatte, hoffte sie, von der alten Dame etwas Neues zu erfahren. Ihr Auftauchen in der Einfahrt der Langers hatte Anne überrascht, jedoch nur für einen kurzen Moment, denn wenig später war auch Lieselotte Uhlig in ihr Blickfeld getreten. Die Ähnlichkeit der beiden war so frappierend, das Anne schnell aufgegangen war, wen sie da vor sich hatte. Die beiden Frauen waren im Garten gewesen, um die Frühlingsblüher zu bewundern, als sie eine laute Unterhaltung in ihrer Nachbarschaft vernommen hatten. Marion Uhlig hatte nachsehen wollen, worum es ging, und noch bevor Lieselotte ihren Haustürschlüssel und eine Jacke greifen konnte, war sie bereits verschwunden gewesen. Edwin Langer war beim Anblick von Marion Uhlig kreidebleich geworden. Seine Verwandlung von einem bösen, herrschsüchtigen Mann zu einem devoten Greis war beeindruckend gewesen. Er hatte Angst vor dieser Frau. Das war weder Anne noch seinem absolut perplexen Sohn entgangen, der eine derartige Schwäche von seinem Vater wohl nicht gewohnt war.

Marion Uhlig schaute Anne gütig an. »Um jemanden zu ermorden, muss man ein mutiger Mann sein.« Sie ließ den Satz durch ihr nachfolgendes Schweigen wirken.

»Das müssen Sie mir erklären«, bat Anne, denn diese

Aussage konnte kaum ausreichen, um jemandem von einem Mordverdacht freizusprechen.

»Edwin ist ein boshafter, durchtriebener und gieriger Mensch. Und da Gott dachte, dass das an schlechten Eigenschaften noch nicht genügt, hat er ihm zusätzlich eine dicke Portion Feigheit verpasst.« Marion Uhlig sprach langsam und vornehm, und Anne konnte kaum glauben, dass sie dement sein sollte, aber gerade darin lag wohl das Heimtückische dieses Krankheitsbildes. »Er hat unserer Familie Furchtbares angetan, aber nicht er allein. Abgesehen davon waren es andere Zeiten. Auch wenn das nichts entschuldigt. Dieser Mann hat kein Gespür für Recht und Unrecht. Sonst hätte er nicht so viele Jahre um mich gebuhlt. Richtig vernarrt war er in mich.« Sie schien sich noch immer darüber zu amüsieren.

Lieselotte Uhligs Augen hätten nicht größer sein können. »Davon hast du mir nie etwas erzählt.«

»Also erlaube mal«, echauffierte sich ihre Mutter. »Das gehört ja wohl kaum zu den Dingen, die eine Mutter ihrer Tochter mit auf den Lebensweg gibt.« Sie hob den Kopf und reckte entschlossen das Kinn.

Die Strenge, die auf einmal von der alten Dame ausging, überraschte Anne. Sie wirkte wie eine Frau, der Grenzen enorm wichtig waren und die deren Übertretung nicht duldete. »Und Sie haben ihm einen Korb gegeben«, stellte sie fest.

Marion Uhlig nickte. »Fraglos, ja. Da Edwin mit Absagen jedoch nicht umgehen kann, hat er sich immer neue Schikanen für mich ausgedacht. Er war bei der Volkspolizei, müssen Sie wissen.« Vor allem im letzten Satz lag deutliche Abscheu. »Ein kaputtes Licht am Fahrrad, lautes Lachen auf der Straße … ausgemachter Unsinn, aber er konnte sich damit über mich erheben.« Sie machte eine abwertende Handbewegung. »Steck einen Menschen in eine Uniform … na ja.«

Anne hörte das mit Interesse. Lieselotte Uhligs Miene dagegen blieb indifferent.

»Irgendwie hat er nie damit aufgehört«, sagte Marion Uhlig leise. »Seltsam.«

»Dennoch«, wandte Anne ein und wollte erneut das Motiv zur Sprache bringen.

»Nichts da«, widersprach sie. »Sein Junge ist wie er, nur wird er im Gegensatz zu Edwin nie handgreiflich. Beide sind keine guten Menschen, aber sie sind keine Mörder.«

Wieder wollte Anne etwas einwenden, doch Marion Uhlig fuhr ihr über den Mund: »Olaf hat Georgs Nähe gesucht, von Anfang an. Ich glaube, er wollte ihm nacheifern, hat ihn bewundert. Dass Georg darauf anspringt, hätte ich nie für möglich gehalten, aber jeder Mensch hat so seine kleinen Eitelkeiten. Die Langers wollen die Größten sein oder wenigstens mit den Größten verkehren, ein Gen, das sich vom Vater auf den Sohn übertragen hat, mehr nicht.« Sie richtete ihren Blick auf ihre Tochter. »Nein, die Langers haben Georg nicht umgebracht.«

✳✳✳

Hilgert nahm das Geräusch der Haustür, die ins Schloss gezogen wurde, nur unterbewusst wahr. Er las gespannt in den vor ihm liegenden Papieren und fragte sich nach jeder Seite, wieso er seine Entscheidung, an diesen Ort zurückzukehren, noch nie im großen Gesamtzusammenhang betrachtet hatte. Wie konnte er die Seevilla sein Eigen nennen, ohne sich dessen, was davor war, bewusst zu sein? Die Oberflächlichkeit seines Verhaltens ließ ihn zunehmend verdrießlicher werden. Sicher, ihn hatten andere Dinge beschäftigt, angefangen mit der Beendigung seines Beamtenverhältnisses und der Aufnahme des Kredits über die Renovierung und das damit einhergehende Leben auf der Baustelle bis hin zur Sorge um die ausbleibenden Gäste. Doch keine dieser sich immer wieder in seinen Kopf drängenden Begründungen konnte ihn von seiner Selbstkritik abbringen. Immerhin lag zwischen der stressigen Lebensphase des Neubeginns und heute ein gutes Jahr, und in diesem Zeitraum hätte ihm irgendwann einmal aufgehen müssen, dass Sellin mehr bot als zufriedene Gäste und eine klingelnde Kasse. Er wollte kein Mensch sein, der mit Scheuklappen durch sein eigenes Leben lief. Diese Erfahrung glaubte er lange hinter sich gelassen zu haben. Eigentlich.

»Störe ich?«

Felix, der tief und fest geschlafen hatte, sprang auf und hüpfte schwanzwedelnd auf Anne zu.

Hilgert sah von seiner Lektüre auf. »Nein, kommen Sie ruhig herein«, antwortete er, und noch während er sich wieder über den Text beugte, ging ihm auf, dass eine liebenswürdige Einladung anders klang. Er ließ umgehend von dem überaus interessanten Lesestoff ab und suchte Annes Blick. »Ich stehe heute etwas neben mir, Entschuldigung. Bitte setzen Sie sich.« Erst jetzt fiel ihm das dicke Kuchenpaket in ihrer Hand auf. »Nervennahrung?«

»Ausgleichende Gerechtigkeit. Nachdem Sie Ihren leckeren Kuchen gestern so selbstlos an Ihre Gäste und die Nachbarn verteilt haben«, entgegnete sie schmunzelnd. »Hauptsache, Ihr lauter Nachbar revanchiert sich nicht mal mit einem Stück abgelaufenem Rührkuchen aus dem Ramschladen.« Sie lachte.

Erstaunlich, wie gut sie Dombrowski einzuschätzen weiß, dachte Hilgert und spürte, wie seine schlechte Laune von ihrer Anwesenheit beiseitegedrängt wurde.

»Ich habe gesehen, dass Sie angerufen haben, und dachte, bevor ich aufs Revier zurückfahre, schaue ich kurz rein«, erklärte sie. »Heute früh hat es mit uns ja auch schon nicht geklappt.«

»Jaja, sehr gut«, antwortete Hilgert nicht ganz bei der Sache, während er aufstand, um die Kaffeemaschine in Betrieb zu nehmen.

Sie bedeutete ihm, sitzen zu bleiben, und verschwand in

die Küche. Kurz darauf kam sie mit einem vollen Tablett zurück, das sie auf einen der Nebentische abstellte.

»Ich hätte auch Platz gemacht«, sagte Hilgert, der sich, kaum dass sie aus dem Zimmer gewesen war, umgehend wieder den Papieren gewidmet hatte.

»Sie waren so vertieft, da wollte ich Sie nicht unterbrechen«, gab Anne zurück. Mit zwei dicken Pötten Kaffee in der Hand trat sie neben ihn. Hilgert bemerkte ihren neugierigen Blick, der flink über die Unterlagen huschte.

»Das wird Sie interessieren«, sagte er und berichtete Anne ausführlich von seinem Besuch im Seniorenheim. Auch den Teil, der die Langers betraf, ließ er nicht aus.

Anne, die sich mittlerweile ein Stück Kuchen genommen und sich neben ihn gesetzt hatte, hörte ihm gespannt zu. Über die Langers wusste sie Bescheid, was Hilgert beruhigt zur Kenntnis nahm.

»Und das hat mich auf eine Idee gebracht«, fuhr Hilgert fort. Er ließ Anne keine Zeit, irgendetwas zu erwidern. Auch den Kuchen beachtete er nicht. »Manchmal liegt in unserer Vergangenheit die Erklärung für unser heutiges Verhalten.« Er lachte leicht gequält. »Was sage ich, manchmal?« Amüsiert über sich selbst, schüttelte er den Kopf. »Eigentlich sind wir doch alle nur von unseren Altlasten getrieben, den Fehlern der Eltern und Großeltern, der eigenen Lebensgeschichte ...« Er besann sich auf sein ursprüngliches Anliegen und fuhr in euphorischem Tonfall fort: »Es ist wirklich spannend. Sie werden staunen.«

Er nahm das Blatt, auf dem er sich Notizen gemacht hatte, in die Hand, schaute aber darüber hinweg und hinaus in den Garten. »Ende des 19. Jahrhunderts kam der Tourismus in den Küstenorten unserer schönen Insel zum Laufen. Den Badebetrieb gab es schon weitaus früher, aber um die Jahrhundertwende wurde er so richtig modern. Damit entstanden allerorts Hotels, Pensionen ... na ja, Sie wissen schon.« Hilgert bedeutete ihr mit einer kreisenden Bewegung seiner rechten Hand, dass er diesen Teil abkürzte, und sah auf seine Notizen. »1895 erwirbt Samuel Rosenblum einen Bauplatz in schönster Uferlage, auf dem er 1896 das Hotel Fürst Wilhelm einweiht, der Putbuser Fürst, Sie wissen schon. Er betreibt zusätzlich ein eigenes Café mit Konditorei und beweist ein glückliches Händchen, kurzum, der Laden brummt. 1934 stirbt Rosenblum und vererbt das Hotel seinem Sohn Levi. Der kann die Familientradition jedoch kaum vier Jahre fortführen.«

Er stoppte und schaute auf Anne, die ebenso fasziniert von seiner Entdeckung zu sein schien wie er, weshalb er schleunigst fortfuhr.

»Es droht die Enteignung durch die Nazis. Um ihr zu entgehen, veräußert er das Hotel an«, Hilgert atmete tief durch, »den wohlhabenden Kaufmann Albert Russow, der das Haus für seine Tochter Lieselotte Russow erwirbt. Tante Lieselotte.« Die letzten beiden Worte flüsterte er fast. »Der Preis, den er für das Hotel bezahlt, ist nicht der Rede wert, obgleich im Vergleich zu dem, was andere Juden beim Veräußern ihres Hab und Gutes erzielten, immer noch anständig. Aber 1938 hätte Herr Russow kaum ein faireres Geschäft mit einem Juden machen können, würde ich zumindest annehmen. Lieselotte Russow führt das Hotel erfolgreich, auch während des Zweiten Weltkriegs.« Hilgert hielt inne. »Könnten Sie mir bitte einmal meinen Kaffee reichen? Mein Mund ist schon ganz trocken.« Er wischte sich den Schweiß von der Stirn und lächelte verlegen. Dass ihn diese Geschichte so anging, hatte er nicht erwartet.

Anne nahm die Tasse, die sie weitab von den Papieren abgestellt hatte, und reichte sie ihm hinüber. Er trank ein paar kleine Schlucke, redete dann zügig weiter. Die Puzzleteile ergaben so langsam ein Bild, und das musste Anne aus seiner Sicht unbedingt ebenfalls erkennen.

»Mit der Kinderlandverschickung nimmt Lieselotte Russow ein Mädchen aus Dresden auf, Marion Uhlig. Ich vermute, Marions Eltern sind in den Bombennächten ums Leben gekommen. Jedenfalls bleibt Marion auf Rügen –«

»Und erbt von Lieselotte Russow das Hotel«, warf Anne bewegt ein. Sie hatte ihren Kuchen noch nicht einmal angerührt, obwohl sie sonst kaum an etwas Süßem vorbeigehen konnte, wie sie Hilgert gegenüber immer beteuerte.

»Warten Sie, nicht so eilig«, entgegnete Hilgert. »Mit der ›Aktion Rose‹ kommen Lieselotte Russow und ihre Konditorin Emma Meier ins Gefängnis. Emma stirbt während der Haft. Sie ist Diabetikern, und man verwehrt ihr das Insulin. Frau Russow wird nach zwei Jahren freigelassen und kehrt in ihr einstiges Hotel zurück, das zum FDGB-Hotel »Frieden« geworden ist. Marion Uhlig hat dort eine Anstellung als Hausmädchen gefunden. Sie ist jung und stellt keine Gefahr für den sozialistischen Staat dar. Noch dazu gilt sie als ausgebombte mittellose Waise, nicht als die Kapitalistin, die das SED-Regime in Lieselotte Russow sieht.«

Hilgert sah auf. »Letzteres kann ich nur vermuten, aber gut. Irgendwie schafft es auch Lieselotte Russow, eine Arbeit in ihrem alten Hotel zu ergattern. Angesichts der vielen DDR-Urlauber wird nun mal jede Hand gebraucht. Vermutlich schluckt sie diese Kröte auch, um das Haus nicht komplett zu verlieren. Auf diese Weise behält sie jedenfalls alles im Blick, obwohl sie nichts mehr zu sagen hat. Sie bleibt in der DDR und unterwirft sich ihrem Schicksal, eine erstaunliche Frau.«

»Dann wird Marion irgendwann schwanger. Sie bekommt ein Mädchen und nennt es Lieselotte, nach der Ziehmutter«, sagte Anne.

Hilgert nickte. »Ich vermute, es war der schwedische Diplomat«, erklärte er eher beiläufig.

»Na, Sie nun wieder«, rief Anne erheitert. »Sie sollten frühmorgens beim Bäcker Ihr Wissen kundtun. Die Tratschen der Gemeinde würden es Ihnen danken.«

Hilgert grinste. »Und dann passiert das Unwahrscheinliche. 1989 geht die DDR unter, und die enteigneten Hotelbesitzer haben ein Anrecht auf Rückübertragung ihres Eigentums. So auch Lieselotte Russow, sie erhält das Hotel zurück. Wenig später stirbt sie. Marion erbt alles. Und überschreibt es irgendwann ihrer Tochter Lieselotte.« Er ließ das Blatt aus seinen Händen gleiten und schaute Anne selbstzufrieden an.

»Eine wahnsinnige Verantwortung für Lieselotte, möchte man meinen. Und das wissen Sie alles ganz genau woher?«

»Die Hotelchronik plus das, was die alte Frau Uhlig mir bei meinem Besuch erzählt hat. Zusammen ergibt sich ein rundes Bild.« Hilgert schüttete den mittlerweile lauwarmen Kaffee hinunter, als handelte es sich um ein kühles Bier.

»Lieselotte Uhlig hätte das Hotel unter keinen Umständen verkauft«, sagte Anne voller Überzeugung. »Obwohl sie auch vorhin wieder mehrfach beteuert hat, dass sie sich den Plänen ihres Mannes nicht entgegengestellt hätte. Ich habe sie extra noch mal danach gefragt.« Sie erzählte Hilgert von Norbert Blums Besuch in der Dienststelle und seiner Aussage, die sie gegenüber Lieselotte Uhlig kritisch gemacht hatte.

»Eine Lüge.« Hilgert schüttelte den Kopf. »Sie hat Sie angelogen.« Nach kurzem Überlegen fragte er ungläubig: »Knochenkrebs?«

Anne bestätigte das. »Das Hotel ist ein Band ... für unsere Zukunft, nein. Es ist der Halt ... Ach, ich kriege den Spruch von Marion Uhlig nicht mehr zusammen.«

»Dieses Haus ist unser Band, in die Vergangenheit und in die Zukunft«, sagte Hilgert.

»Woher ...«

»Bei Marion Uhlig stand ein Foto von den drei Frauen. Da konnte man das lesen«, erklärte Hilgert. »Und jetzt weiß ich auch, wer die Dritte im Bunde war.« Er nahm sein Taschentuch, wischte sich über den Mund und setzte seine Ausführungen fort. »So einem Auftrag entzieht sich keiner. Lieselotte Russow jedenfalls scheint diesen Satz gelebt zu haben. Dem Hotel gehört ihr gesamtes Engagement, als Eigentümerin wie als Angestellte … es gibt diverse Zeitungsartikel und Zeitzeugenberichte zu ihrem Wirken in der Gemeinde.« Hilgert wühlte sich durch die Blätter, wurde aber nicht fündig und ließ wieder davon ab. »Und das Waisenkind Marion Uhlig erzieht sie ganz in diesem Sinne.«

Anne nickte.

»Beide Frauen hätten nach der Enteignung in den Westen abhauen können wie viele andere auch, aber sie sind geblieben, wegen des Hotels. Marion liebte Lieselotte Russow wie ihre eigene Mutter und teilte deren Überzeugungen. Ohne Frage sollte ihr eigenes Kind, das sie sogar nach ihr benannt hat, den gleichen Weg einschlagen. Das Hotel Kurhaus wurde Lieselotte Uhlig quasi in die Wiege gelegt, und wie mir scheint, hat sie als Erwachsene alles darangesetzt, dieser Verantwortung gerecht zu werden.«

»Dafür bringt man seinen eigenen Mann um?«, fragte Anne ungläubig. »Das lässt sich doch wohl anders regeln.«

»Vetterich war drauf und dran, das Lebenswerk ihrer Mutter und Großmutter zu verhökern«, erwiderte Hilgert. »Ich würde ihm zwar unterstellen wollen, dass es kein Akt von Eigennutz war. Er wollte seiner todkranken Frau ein einfacheres Leben ermöglichen, so wie Norbert Blum es gesagt hat, ihr die Bürde und die Verantwortung abnehmen. Lieselotte Russow ist seit Langem tot. Marion Uhlig ist dement und auch schon in einem Alter, na ja. Und Kinder, die das Familiengeschäft übernehmen könnten, gibt es nicht. Nur Lieselotte Uhlig ist übrig und noch dazu sterbenskrank. Wieso sollte man ihre letzten Jahre nicht leichter gestalten? Er hat sie geliebt und deswegen über ihren Kopf hinweg entschieden.«

»Er wollte sie zu ihrem Glück zwingen?« Anne klang, als fände sie das absurd. »Das funktioniert nicht. Niemand kann aus seiner Haut, und das hätte er wissen müssen, zumal seine Frau angeblich kein leichter Charakter ist.«

»Manchmal braucht es in der Liebe auch ein Quäntchen Vernunft«, antwortete Hilgert in sich gekehrt.

»Sie verstehen ihn.«

»Ja.«

»Mhm. Für Lieselotte gilt das wohl nicht, wenn sie ihn wegen dieses Liebesdienstes tatsächlich umgebracht hat.«

Für Hilgert wurde das immer glasklarer. »Wenn ihr das Hotel wichtiger war als ihr Mann, war das ihre beste und vielleicht einzige Chance, den Verkauf zu verhindern. Zumal er ebenso stur wie sie gewesen sein muss.«

»Obwohl sie womöglich bald ein Pflegefall ist und in absehbarer Zeit sogar stirbt? Sie hat, wie Sie richtig sagen, keine Erben. Die Familientradition endet mit ihr. Warum sollte sie etwas bewahren wollen, das keine Zukunft hat? Welchen Wert hat der Mord an einem geliebten Menschen, hat diese Selbstkasteiung unter diesen Bedingungen?«

»Diese Frage kann ich leider auch nicht beantworten.«

***

Anne saß im Schein ihrer Schreibtischlampe in ihrem Büro und las nun schon zum dritten, vierten Mal die Protokolle zum Mordfall Vetterich. Sie hatte etwas übersehen. Es konnte nicht anders sein. Wort für Wort rekapitulierte sie ihre Gespräche mit Lieselotte Uhlig. Anders als Hilgert kämpfte sie mit sich, was deren Schuld am Tod ihres Mannes anging. Natürlich gab es keine Schablone, die man einem Menschen überstülpte und anhand derer man erkennen konnte, ob er zu einem Mord fähig war. Die normalsten Leute konnten in Situationen geraten, die alles, was das Menschsein ausmachte, alle ethisch-moralischen Grundsätze, in den Hintergrund treten ließen. Die Schwelle lag hoch, aber sie war nicht unüberwindbar.

In ihren Jahren als Kriminalistin war Anne Zeugin von so einigen menschlichen Abscheulichkeiten geworden. Unstrittig war bei der Mehrzahl die Liebe der Keimboden für das Böse gewesen. Eifersucht, Hass, eine starke Zuneigung konnte auch diese Gefühle hervorbringen. Aber all das konnte Anne im Fall von Lieselotte Uhlig nicht erkennen. Ihr Mann hatte sie so sehr geliebt, dass er ihr eine tonnenschwere Bürde von den Schultern nehmen wollte. Aber anstatt dankbar und glücklich zu sein, sollte sie sich seiner mit einer erschreckenden Kälte entledigt haben? Das Hotel der Stachel in Georg Vetterichs Fleisch? Er hatte diesbezüglich viel für seine Frau getan, das finanzielle Risiko getragen, das Geschäft wieder nach oben gebracht, aber für ihn war das Hotel Kurhaus nur ein lukratives Unternehmen gewesen, das man veräußern konnte, wenn es einem gefiel.

Hilgert hatte vom Quäntchen Vernunft gesprochen. Aber diese Einschätzung teilte Anne nicht. Georg Vetterich hatte eine Grenze übertreten, indem er über Lieselottes Erbe entschieden hatte, aber das rechtfertigte diese Anmaßung nicht. Er hätte den Wunsch seiner Frau achten müssen. Jemandem das für einen Wichtigste anzuvertrauen und dann mitansehen zu müssen, wie dieses Zutrauen missbraucht wurde, ging nicht spurlos an einem vorüber. Dennoch rechtfertigte selbst das kein derartiges Verbrechen.

Anne schloss die Augen und überlegte. Lieselotte Uhlig wollte zur Tatzeit allein in ihrer Villa gewesen sein. Sie besaß einen Generalschlüssel für das Hotel, wodurch sie sich jederzeit unbemerkt Zutritt verschafft haben könnte. Das war nichts, was sie zu verschweigen versucht hätte, im Gegenteil, ihr offensiver Umgang mit diesen Fakten hatte Anne in ihrem guten Glauben bestärkt. Zusätzlich zum fehlenden Motiv. Andererseits hatte sie geschickt gemauert, als es um das Hotel gegangen war, und ihr Unwissen über den verschobenen Verkauf hatte sich als glatte Lüge herausgestellt.

Sie hatte alles so aussehen lassen, als ob sie und ihr Mann, was das Hotel anging, als Einheit gehandelt hätten. Überaus geschickt hatte sie sich Annes kritischem Blick entzogen, ganz die trauernde Witwe, die nicht einmal gegenüber den unliebsamen Freunden ihres Mannes die Contenance verlor, als diese unter Mordverdacht standen. Dabei wäre es ein Leichtes für sie gewesen, gegen Carsten Horn und Olaf Langer glaubhafte Anschuldigungen auszusprechen und Anne damit die Munition zu liefern, die sie für eine Verhaftung brauchte. Vielleicht deswegen, weil sie niemanden in ihre eigenen Angelegenheiten mit hineinziehen, niemandem eine Schuld zuschreiben wollte, die er nicht begangen hatte? Und trotzdem war sie nicht so weit gegangen, die Tat zu gestehen. Seltsamerweise hätte Anne von dieser Frau gerade das erwartet.

Unzufrieden blätterte sie in der Akte und blieb bei den Protokollen zu Georg Vetterichs Handykontakten hängen. Am Tag seines Verschwindens hatte es keine Telefonate oder Textnachrichten zwischen ihm und seiner Frau gegeben. Das hatte sie alles schon hinlänglich in ihre Überlegungen einbezogen. Etwas anderes ließ Anne jedoch stutzen. Obwohl Georg Vetterichs Mobiltelefon noch immer nicht aufgetaucht war, lief der Vertrag mit seinem Mobilfunkanbieter weiter. Die Firma hatte ihnen daher nicht nur die Kontakte für den angefragten Zeitraum vor seinem Verschwinden geliefert, sondern für den gesamten Monat entsprechend dem Turnus der Rechnungslegung. Der begann und endete jeweils am Fünfzehnten des Monats. Georg Vetterich verschwand am 13. März abends. Seitdem hatte niemand mehr das Telefon benutzt. Das musste aber nicht zwangsläufig bedeuten, dass es keinen mehr gegeben hatte, der versucht hätte, ihn zu erreichen.

Es waren nicht viele Anrufer aufgelistet, die am Freitag und Samstag mit Georg Vetterich hatten sprechen wollen, der Notar, das Steuerbüro und irgendein Callcenter. Erstaunlicherweise war eine Nummer jedoch nicht zu finden: die seiner Ehefrau.

***

Hilgert schmunzelte zufrieden. »Sie haben das gut gemacht, Kompliment«, sagte er, während er mit zwei voll beladenen Tellern den Salon betrat.

»Heringe und Bratkartoffeln.« Anne schnupperte neugierig. »Ich habe es schon im Foyer gerochen.«

Hilgert senkte leicht beschämt den Kopf. »Ich hoffe, Sie haben Appetit darauf? Nicht dass Sie denken, ich kriege nichts anderes mehr hin, ich –«

»Her damit!«, kommandierte Anne und winkte ihn überschwänglich zu sich. »Ich könnte mir jetzt nichts Besseres vorstellen.«

Hilgert beeilte sich, die Teller abzustellen und sich zu setzen. Während er die Serviette auf seinem Schoß ausbreitete, prostete sie ihm mit ihrem vollen Bierglas zu, und sie stießen an. »Ich brenne auf das, was Sie zu berichten haben«, sagte er.

»Am Ende hat sie einen entscheidenden Fehler gemacht, wie wohl jeder Mörder.«

»Die meisten«, verbesserte Hilgert sie keck.

Sie strahlte ihn an, als könnte ihr nicht mal seine Pingeligkeit die gute Laune verderben. »Bei unserem ersten Treffen hatte sie mir von den vielen unbeantworteten Anrufen erzählt, die sie an ihren Mann gerichtet hatte. Das war gelogen. Für Freitag und Samstag, die beiden unmittelbaren Tage nach seinem Verschwinden, war in der Liste der eingegangenen Anrufe auf seinem Handy kein einziges Mal ihre Nummer verzeichnet. Allerdings sagt mir der normale Menschenverstand, dass man gerade dann fieberhaft versucht, den anderen zu erreichen.«

»Mhm.« Hilgert nickte kauend.

»Sie hat niemals versucht, ihn zu kontaktieren, weil sie genau wusste, wo er war«, ergänzte Anne. »Sie hat es die ganze Zeit gewusst.«

Hilgert konnte ihr ansehen, dass diese späte Erkenntnis an ihr nagte. »Sie haben sich in ihr getäuscht, das kann passieren«, sagte er voller Mitgefühl.

»Das passiert mir in letzter Zeit öfter«, gab Anne mit missmutig verzogenem Mund zurück.

Hilgert überging ihren Einwand galant. »Hat sie gestanden?«

»Relativ schnell, ja. Sie hat sich sogar bei mir für alles entschuldigt.«

Er hörte auf zu kauen. »Entschuldigt?«

Anne nickte, ging aber nicht näher darauf ein. »Georg Vetterich hatte sie Ende des letzten Jahres in seine Verkaufspläne eingeweiht. Um ihr die Sache schmackhaft zu machen, schließlich wusste er, welche Bedeutung das Hotel für sie hatte, bot er ihr einen Kompromiss an. Die Verantwortung für das Hotel sollte jemand anders übernehmen, und dafür würden sie ihren Lebensabend in Sellin und nicht auf Mallorca verbringen, was wohl eigentlich sein Wunsch gewesen war. Ihre Ablehnung zog eine wochenlange Diskussion nach sich. Irgendwann lenkte ihr Mann ein, und das Thema schien vom Tisch. Bis zum 13. März. Das Notariat hatte versucht, Georg Vetterich zu erreichen, und da der nicht an sein Handy ging, war man über die Privatnummer bei Lieselotte Uhlig gelandet.« Sie griff zu ihrem Bierglas.

Hilgert nutzte die Pause. »So hat sie von der geplanten Vertragsunterschrift erfahren?«, fragte er dazwischen.

Anne bestätigte das. »Und von dem neuen Termin drei Tage später, genau. Dadurch ist ihr erstmals die Ernsthaftigkeit bewusst geworden, mit der ihr Mann dieses Unterfangen betrieben hat. Natürlich auch, dass er sie angelogen hatte.«

»Bitter«, bemerkte Hilgert.

»Selbst wenn sie ihn damit konfrontiert hätte, konnte sie nicht sicher sein, dass er seine Bemühungen einstellen würde. Sie hat ihm nicht mehr vertraut.« Sie widmete sich wieder dem Brathering auf ihrem Teller. »Kurzum, Sie wusste, dass die Männer sich im Hotel treffen würden, und hat sich kurz vor Mitternacht auf den Weg dorthin gemacht. In Langers Wohnung neben der Pension brannte Licht, das heißt, Carsten Horn und Olaf Langer waren schon gegangen. Sie hat oben auf dem Hochuferweg im Schutz der Bäume gewartet, bis Norbert Blum mit ihrem Mann aus dem Hotel kam, und ist, als Blum weg war, zu ihrem Mann hineingegangen. Er war angetrunken und glaubte wohl, sie würde ihn abholen wollen. Als er seinen Mantel aus dem Garderobenschrank nehmen wollte, hat sie ihn hineingestoßen. Zu ihrem eigenen Erstaunen war das problemlos möglich, da er dabei das Gleichgewicht verloren hat. Na ja, und den Rest kennen Sie.«

»Sind ihr denn in den sämtlichen Tagen danach keine Zweifel an ihrem Tun gekommen? Ich meine, im Moment der Tat war sein Tod ja noch nichts Endgültiges. Sie hätte diesen Fehler noch korrigieren können.«

»Das habe ich sie auch gefragt«, entgegnete Anne.

»Und?«

»Sie hat mir keine Antwort darauf gegeben. Nur dass sie sicher gewesen sei, dass er durch seinen Diabetes nicht lange zu leiden hätte, das hat sie gesagt.«

»Puh! Da spricht die liebende Ehefrau.« Hilgert säuberte Mund und Hände an der Serviette und lehnte sich zurück. Die Lust auf das leckere Essen war ihm irgendwie vergangen. »Sie war ihren Mann los und gut.«

»Genauso ist es. Sie hat sich auch keine Gedanken über die Entsorgung der Leiche gemacht. Das wäre für sie ohnehin nicht machbar gewesen. Darüber war sie sich absolut im Klaren. Es spielte in Ihren Überlegungen aber keine Rolle. Sie hätten ihren Blick sehen sollen, als ich sie danach gefragt habe. Sie hatte es tatsächlich nicht auf dem Schirm. Ihr Mann saß im Schrank und konnte nichts mehr anrichten. Damit war die Angelegenheit für sie erledigt.« Anne sprach langsam und gefasst, aber Hilgert konnte sehen, dass der Fall sie innerlich aufwühlte.

»Und wofür das alles?«

»Sie bleibt die Hoteleigentümerin«, gab Anne schulterzuckend zurück.

»Im Knast?« Die Worte kamen ungewohnt schrill aus Hilgerts Mund. Aber das Ganze schien ihm so absurd zu sein, dass es ihn aufregte.

»Das war ihr durchaus bewusst. Sie zeigte deswegen im Nachhinein kein Bedauern.«

»Nein, nein«, sagte er schnell. »Dafür begeht man keinen Mord. Nach allem, was wir über den Bund der drei Frauen wissen, würde sich keine mit den bloßen Eigentumsrechten zufriedengeben. Denen ging es und geht es um den erfolgreichen Fortbestand des Hotels, nicht um ihren Besitzanspruch. Ersteres kann Lieselotte Uhlig aus dem Gefängnis heraus aber nicht gewährleisten.« Er goss den restlichen Inhalt der Bierflasche in sein Glas, nahm es auf, trank aber nicht. »Das weiß sie.«

»Sie kümmert sich um einen anständigen Verwalter. Das geht doch«, warf Anne ein.

»Die Frau kommt aus dem Gefängnis vermutlich nie wieder raus, und wenn, dann nur, um in ein Haftkrankenhaus verlegt zu werden«, widersprach Hilgert. »Das passt nicht. Damit kann Lieselotte Uhlig, so wie ich sie einschätze, nicht leben.«

»Der Fall ist abgeschlossen. Es spielt keine Rolle mehr«, antwortete Anne, doch Hilgert konnte unschwer erkennen, dass auch sie sich damit nicht wirklich abfinden mochte.

»Womöglich haben Sie recht«, entgegnete er und lenkte das Gespräch wieder auf die Einzelheiten des Falls zurück. »Demnach hat sie auch seine Sachen entsorgt?«

»Ja. Die Papiere und das Handy liegen in der Ostsee. Seinen Generalschlüssel hat sie behalten und bei ihrer Mutter im Seniorenheim deponiert.«

»Sehen Sie!«, erwiderte Hilgert etwas zu energisch. »Sie hätte den Schlüssel auch ins Meer werfen können. Aber dafür ist er ihr zu wichtig.«

Anne ging nicht darauf ein.

Sie aßen schweigend weiter. Die anfängliche Gelöstheit

hatte sich während der Unterhaltung verflüchtigt. Anne hing ihren Gedanken nach, und auch Hilgert konnte die Unzufriedenheit, die sich nach und nach in ihm breitgemacht hatte, nicht mehr verhehlen. Natürlich war der Mord an Georg Vetterich mit dem Geständnis seiner Frau aufgeklärt. Die Mühlen der Bürokratie würden nun zu mahlen beginnen und Justitia für Gerechtigkeit sorgen. Aber ganz so einfach war das nicht, nicht für ihn und glücklicherweise auch nicht für Anne. Einem guten Kriminalisten genügte das nicht. Eine Geschichte war nicht zu Ende, nur weil die Spielregeln der Ermittlungsarbeit durchexerziert waren und der Schuldige gefasst war. Das wurde den Menschen nicht gerecht, nicht den Opfern und in diesem speziellen Fall auch nicht der Täterin.

»Ich ...«, hob Anne an, als im Eingangsbereich der Pension die Haustür mit einem ordentlichen Knall zufiel.

Jetzt bitte nicht Dombrowski, dachte Hilgert und erhob sich eilig, um ihn im Foyer abzufangen. Heute Abend hatte er keine Lust auf seinen Krawallnachbarn, erst recht nicht, wenn Anne zugegen war.

Aber es war nicht Dombrowski, der sich in die Seevilla verlaufen hatte und mit dem Hilgert einen Augenblick später in den Salon zurückkehrte.

»Frau Berber, bitte verzeihen Sie«, rief der Mann schon im Türrahmen. »Und Sie auch.« Er schaute Hilgert über seine goldumrandete Brille hinweg an und zupfte fahrig an seinem Mantelrevers. »Wo habe ich nur meinen Kopf? Einfach so hier hereinzumarschieren, ohne mich vorzustellen. Dr. Meier.« Er verbeugte sich leicht. »Ich bin Rechtsanwalt und Notar, und es ist dringend, also, Frau Berber, eventuell sollten Sie das wissen oder noch besser die Verteidigung von Frau Uhlig. Ich weiß nicht, welcher Kollege das übernehmen wird. Deswegen ...«

Anne war aufgestanden und auf sie zugetreten. »Wie immer gut informiert, Herr Meier«, sagte sie, und Hilgert konnte an der Art, wie sie ihre Hände rieb, erkennen, wie angespannt sie war.

Dr. Meier deutete eine weitere Verbeugung an und lächelte zustimmend. Dann lugte er an Anne vorbei hinüber zu den noch nicht ganz leer gegessen Tellern. »Abendessen?«, fragte er, und er hätte sich nicht extra mit der Zunge über die Lippen fahren zu müssen, um seinen Appetit erkennen zu lassen. »Seit ich das Rauchen eingestellt habe, nimmt das Essen eine herausragende Stellung bei mir ein«, erklärte er, ohne den Blick vom Tisch zu nehmen.

»Setzen Sie sich bitte. Sie sind mein Gast«, sagte Hilgert.

»Ausnehmend freundlich«, entgegnete Herr Meier, und während Hilgert in die Küche ging, um einen dritten Teller anzurichten, nahm der Notar am Tisch Platz und plauderte mit Anne über die Zubereitung von frischem Hering. Das heißt, er plauderte, Anne hörte schweigend zu, und Hilgert hätte schwören können, dass sie innerlich kurz vorm Platzen war.

Als er in den Salon zurückkehrte, war Herr Meier bei der Konsistenz von Bratkartoffeln angekommen. Sein Monolog endete jedoch umgehend, nachdem er seine Portion in Empfang genommen hatte. »Sie sind zu gütig zu mir«, erklärte er freudig, während der erste Bissen in seinem Mund verschwand.

Dass Herr Meier nur zum Essen in die Seevilla gekommen war, hielt Hilgert für abwegig, aber er ließ ihn gewähren. Er wollte nicht allzu unhöflich erscheinen. Anne schien nicht so viel Geduld mit dem ausgehungerten Notar zu haben.

»Was gibt es denn so Dringendes, Herr Meier?«, fragte sie unverblümt.

»Ach ja, natürlich«, sagte der Notar zwischen zwei Schlucken Bier. Dann wurde sein Gesicht ernst. »Sie hatten mich am Samstag nach der Erbregelung von Georg Vetterich gefragt.« Er nickte hastig. »Ich habe Ihnen nichts Falsches erzählt. Seine Frau ist die Alleinerbin, alles korrekt. Aber …«

Hilgert glaubte zu sehen, wie Anne während Meiers Sprechpause vor Ungeduld die Luft anhielt.

Der Notar schaute unsicher erst zu ihr und dann zu Hilgert. »Ich weiß nicht. Das ist nichts, was man öffentlich … Also verstehen Sie mich bitte nicht falsch, aber Ihr Mann ist keine Amtsperson. Ich darf ihm keine …« Sein Tonfall hatte auf einmal etwas Gequältes.

»Das ist mein Kollege, Wachtmeister Friesen von der Polizeistation Baabe«, entgegnete Anne so umgehend, dass Hilgert nicht mal daran denken konnte, ihr zu widersprechen.

Der Notar lächelte erleichtert. »Wenn das so ist.« Annes und Hilgerts Geduld wurde durch den großen Happen Bratkartoffeln, den er sich auf die Gabel lud, noch weiter strapaziert. »Es gibt eine Ergänzung zum Testament der beiden. Ich hatte das nach so langer Zeit nicht mehr auf dem Schirm.« Er hob entschuldigend die Hände mitsamt dem Besteck darin. »Eine Unachtsamkeit meinerseits, Entschuldigung. Jedenfalls verhält es sich so: Wenn Frau Uhlig ihr Erbe nicht antritt, aus welchem Grund auch immer, fällt alles an einen Dritten. Das galt und gilt übrigens auch im Falle ihres Todes.« Er genoss sichtlich sein Essen.

»Wer ist dieser Dritte?«, fragte Anne, die nun angefangen hatte, nervös auf ihrem Stuhl hin- und herzurutschen.

»Ein gewisser Jonathan Rosenblum, wohnhaft in New York«, erklärte der Notar.

Anne warf Hilgert einen vielsagenden Blick zu.

»Zum Testament gibt es eine Erklärung. Ich habe den Auftrag, auch das ist darin vermerkt, diese Erklärung nach Verkündigung des Willens von Frau Uhlig und der Annahme des Erbes durch Herrn Rosenblum an die Zeitung zu geben.« Er griff in die Innentasche seines geöffneten Mantels, von dem Hilgert erst jetzt bemerkte, dass er ihn noch trug, und zog ein zusammengerolltes Stück Papier hervor, das er Anne reichte.

Eilig überflog sie die darauf geschriebenen Zeilen. Am

Ende angekommen, legte sie es zur Seite und schaute Hilgert mit großen Augen an. »Lieselotte Russow hat Levi Rosenblum beim Kauf des Hotels im Jahr 1934 versprochen, dass sie das Haus nicht nur immer in seinem Sinne weiterführen, sondern es im Falle, dass sie keine Erben hat, an seine Familie zurückgeben wird. Die einzige Voraussetzung ist, dass die Familie Rosenblum noch existiert und das Hotel haben will. Jonathan Rosenblum ist Levis Enkelsohn.«

»Alle Wetter«, entfuhr es Hilgert.

Dr. Meier nickte begeistert. »Wiedergutmachung, wunderbar.«

Und die ultimative Einlösung ihres Versprechens, dachte Hilgert.

»In den Unterlagen, die mir Frau Uhlig gegeben hat, findet sich der komplette Briefwechsel der Anfangsjahre, regelmäßige Berichte von Lieselotte Russow und Marion Uhlig an Herrn Rosenblum und dessen Sohn sowie deren Antworten, außerdem einige Briefe jüngeren Datums, die Lieselotte Uhlig und Jonathan Rosenblum zuzuordnen sind. Allerdings scheinen die beiden meistens telefoniert zu haben, die Anzahl der Briefe ist vergleichsweise dünn. Sicher hat Frau Uhlig auch noch ein paar weitere in ihrem Besitz.« Sein fröhliches Lachen erstarb nicht einmal beim nächsten Bissen von den Bratkartoffeln, den er sich in den Mund schob. »Eine Sache ist mir besonders in Erinnerung geblieben«, sagte er kauend. »Davor, zwischen 1953 und 1955, scheint eine Weile Funkstille geherrscht zu haben, oder die Post ist weggekommen.«

Lieselotte Russow durfte aus dem Gefängnis garantiert nicht in die USA schreiben, dachte Hilgert, sagte aber nichts.

»Na ja«, der Notar zuckte mit den Schultern, »1955 schrieb Frau Russow jedenfalls von einem heißen Sommer auf Rügen. Ich bin in diesem Sommer geboren, und es war der nasseste, den wir auf der Insel jemals hatten, sagt zumindest meine Mutter.« Jetzt schüttelte er sich aus vor Lachen.

Anne warf Hilgert einen nicht zu deutenden Blick zu.

Sie wollte ihm sicherlich durch die Blume zu verstehen geben, dass irgendetwas nicht in Ordnung war. Eine Vorsichtsmaßnahme, denn man konnte ja nie wissen, ob jemand mitlas, vor allem bei Briefen ins kapitalistische Ausland. Die Zensur schien den Brief jedoch nicht erwischt zu haben, denn dass der Wetterbericht nicht stimmte, hätte jeder merken müssen. Hilgert brannte darauf, diese Unterlagen zu sehen zu bekommen.

»Ich habe übrigens heute mit Herrn Rosenblum telefoniert«, redete der Notar weiter, nachdem er sich wieder beruhigt hatte. »Er nimmt das Erbe an und wird in den nächsten Tagen über den Großen Teich geflogen kommen. Wie es scheint, hat er große Pläne mit dem Hotel Kurhaus. Wir dürfen also gespannt sein.«

***

Ein leises Klopfen schreckte Anne aus ihrem Schlaf.

»Anne? Sind Sie noch wach? Anne?«, hörte sie Hilgert vor ihrer Zimmertür mit unterdrückter Stimme rufen. Sie tastete nach dem Mobiltelefon auf ihrem Nachtschrank. Es war kurz nach dreiundzwanzig Uhr.

»Was um alles in der Welt ...«, murmelte sie. »Ich komme!«

Schlaftrunken stieg sie aus dem Bett. Der Fernseher lief noch und tauchte das Zimmer mit seinen bunten unruhigen Bildern in ein surreales, kaltes Licht, das ihr jedoch genügte, um zur Zimmertür zu finden und sie zu öffnen.

»Entschuldigen Sie bitte die späte Störung«, sagte Hilgert, dem die Anspannung ins Gesicht geschrieben stand. »Sie sollten einmal mitkommen.« Ohne ein weiteres Wort der Erklärung drehte er ab und ging, darum bemüht, seine Gäste nicht zu belästigen, die Treppe hinunter. Anne folgte ihm im Schlafanzug und barfuß.

Der Salon war in das angenehme Licht der großen Stehlampe getaucht, deren Birne stark gedimmt war. Im Kamin flackerte ein Feuer, das gerade erst richtig Fahrt aufzunehmen schien und dessen leichter Kohlenmonoxidgeruch noch in der Luft lag. Genau wie eine intensive Alkoholnote. Hilgert blieb neben einem der Ohrensessel stehen, und erst jetzt sah Anne, dass darin jemand sitzen musste. Sie schaute ihn fragend an, aber er schwieg und bedeutete ihr, Platz zu nehmen.

»Was ist …« Anne hatte den Satz noch nicht beendet, als ein blonder Haarschopf neben der Rückenlehne auftauchte. »Frau Michaelsch«, entfuhr es ihr entgeistert. Sie hatte sich nicht vorstellen können, wer sie nachts in der Seevilla aufsuchen sollte, aber Dana Michaelsch hätte sie ganz bestimmt nicht erwartet. »Ist etwas passiert?«

Anne war zu schnell, denn als Dana Michaelsch sich ihr komplett zugewandt hatte, konnte sie sich die Frage selbst beantworten. Von der natürlichen Schönheit der Maklerin war momentan nicht mehr viel übrig. Ihre Nase leuchtete rot, und die Partie um ihre Augen war aufgedunsen, so sehr musste sie geweint haben. Auch jetzt konnte sie die Tränen kaum zurückhalten, obwohl sie es angestrengt versuchte.

Anne stand da wie versteinert und brachte keinen Ton mehr heraus. Allein Danas Atemgeräusche, die immer wieder von unterdrücktem Schniefen begleitet wurden, durchbrachen die Stille.

»Ich dachte, es ist besser, wenn Sie …« Hilgert brach ab, als er Annes betroffenen Gesichtsausdruck wahrnahm.

»Das wollte ich nicht«, murmelte sie. »Das müssen Sie mir glauben.«

»Setzen Sie sich«, forderte Hilgert. »Und trinken Sie einen Schnaps.« Er ging zu der Vitrine, nahm ein Glas heraus und goss ihr aus einer Flasche Korn ein, die auf dem Beistelltisch zwischen den beiden Sesseln stand.

Dana Michaelsch bemühte sich um ein Lächeln. »Sie trifft keine Schuld, ganz sicher nicht. Sie wussten nicht, dass ich und Martin … na ja, sonst wären Sie doch nicht in mein Büro gekommen?« An der Art, wie sie das sagte, war deutlich zu erkennen, wie unsicher sie sich dessen war und dass sie insgeheim auf Annes Bestätigung hoffte.

Anne erklärte ihr, wie sich alles zugetragen hatte, und beteuerte, dass sie ihr keineswegs übel mitspielen wollte. Im Augenwinkel konnte sie sehen, wie Hilgert sie eindringlich musterte, aber sie hatte keinen Schimmer, was ihn ihm vorging.

Dana regierte nicht. Sie trank ihren Schnaps und starrte ins Nichts.

»Was hat Martin getan?«, fragte Anne aufgewühlt.

»Nein, nein«, wiegelte Dana ab. »Er hat mir nichts getan.« Sie kämpfte mit sich, um dann schleppend fortzufahren. »Ihr Besuch bei mir hat gesessen, wie Sie sich vorstellen können. Zunächst leuchtete mir Ihre Bitte nicht ein. Wieso sollten Sie eine Wohnung verkaufen wollen, die Ihnen nicht gehört?« Sie wartete kurz und schaute Anne fragend an. »Aber ich unterstelle niemandem per se etwas Böses, und Sie haben auch nicht den Eindruck gemacht, als wollten Sie sich bloß an mir rächen, die eifersüchtige Ex oder so. Allerdings haben Sie dadurch natürlich mein Misstrauen gegenüber Martin gesät.«

Sie trank ihren Schnaps auf ex und schwieg.

»Ich habe Martin schließlich nach der Wohnung gefragt, und er hat felsenfest behauptet, dass es sich um sein Eigentum handelt. Als ich das anzweifelte, ist er wütend geworden. Wir haben uns gestritten. Ich habe ihn einen Lügner genannt und ihm erzählt, dass Sie bei mir in der Firma waren.« Sie stoppte und presste die Lippen zusammen.

»Wann war das?«, wollte Hilgert wissen.

Anne wunderte sich über diese Frage, blieb aber still.

»Am Sonntag. Nachdem er sich in seiner Wut verbal an Ihnen abgearbeitet hatte, entschied ich, dass ich mit einem Mann, der sich so verhält, nicht zusammen sein kann. Ich habe meine Tasche gepackt und im Büro übernachtet.«

Erst jetzt bemerkte Anne die dicke Reisetasche, die neben ihrem Sessel auf dem Boden stand.

»Das ist keine Dauerlösung, aber was sollte ich machen?«, fuhr sie fort. »Er hat dann den ganzen Montag vor meinem Büro herumgelungert und sogar meine Angestellte beschimpft. Als er heute Abend wieder da war, habe ich Angst bekommen und mich mit dem Taxi hierherbringen lassen.«

Anne schluckte. Vom Immobilienbüro bis zu Hilgerts Pension waren es keine fünfhundert Meter. Martin Kaminski war womöglich ernsthaft verliebt, sonst wäre er nicht mit einer Frau zusammengezogen. Aber dann hätte er mit seinem Leben aufräumen müssen, dieser Vollidiot.

»Ich habe erst vor acht Wochen das Büro hier übernommen. Anfangs wohnte ich noch in einer Ferienwohnung, aber dann traf ich Martin, und der hatte diese schöne Wohnung. Es sprach nichts dagegen, bei ihm einzuziehen. Ich habe doch geglaubt, es sei etwas Ernstes.« Sie fing wieder an zu schluchzen.

»Sie können so lange bleiben, wie Sie wollen«, sagte Hilgert. »Hier passiert Ihnen nichts.«

Anne schämte sich für Kaminski, für ihre eigene Dummheit und dass Hilgert jetzt in all das mit hineingezogen wurde. Sie hatte ihr altes Leben aus ihrem neuen heraushalten wollen, aber so einfach funktionierte das leider nicht.

Dana Michaelsch hatte sich in eins der freien Zimmer in der Pension zurückgezogen, und Anne hoffte inständig, dass sie eine ruhige Nacht haben würde. Sie selbst war noch im Salon geblieben, weil sie glaubte, Hilgert etwas erklären zu müssen, aber bis jetzt hatte sie kein einziges Wort über ihre Lippen gebracht. Hilgert würde sie zu nichts drängen, dessen war sie sich sicher. Er saß auf dem Sessel neben ihr und beobachtete die wunderbar gleichmäßig lodernden Flammen im Kamin.

»Sie hatten schon recht mit den Nachwehen aus der Vergangenheit«, sagte sie irgendwann in die Stille hinein.

»Das ist nichts, was nur Sie allein betrifft, falls Sie das irgendwie tröstet«, entgegnete er verständnisvoll, ehe er aufstand, ein Holzscheit nachlegte und ihr noch einen Schnaps einschenkte.

»Wenn Sie alle Martin-Kaminski-Geschädigten aufnehmen wollen, müssen Sie anbauen«, sagte Anne, um einen Scherz bemüht. »Ein psychologischer Hilfsdienst würde auch nicht schaden.«

Er reagierte lange nicht. Irgendwann wandte er ihr das Gesicht zu, stieß mit seinem Glas gegen ihres und sagte: »Ich bin froh, dass Sie hier sind.«

Anne lächelte ihn dankbar an und nickte. »Das bin ich auch.«

Nachwort

Zentraler Hintergrund dieses Romans ist die »Aktion Rose«, die große Enteignungswelle an der ostdeutschen Ostseeküste, die am 10. Februar 1953 begann. Ziel der Durchsuchungen von Hotels, Pensionen und Restaurants war es, die bis dahin privat geführten Unternehmen in die volkswirtschaftlichen Strukturen der DDR zu integrieren, kurz: sie zu verstaatlichen. Für die Eigentümer der Häuser kam dieser Übergriff absolut überraschend. Man wollte ihnen keine Gelegenheit geben, vermeintliche gegen sie verwendbare Beweismittel zu vernichten. Nach offiziellen Angaben oblag die Vorbereitung der »Aktion Rose« dem Innenministerium. Tatsächlich wurde sie jedoch vom Ministerium für Staatssicherheit organisiert.

Im sächsischen Arnsdorf stand bis zum Jahr 1958 die Zentralschule der Volkspolizei der DDR. Hundertacht der dort kasernierten Polizeischüler mussten an der Ostsee-Operation teilnehmen. Nur vier Wochen später, am 10. März 1953, gehörten vierhundertvierzig Hotels, Pensionen und Restaurants zum Volkseigentum. Die Besitzer waren enteignet worden, vierhundertsiebenundvierzig von ihnen hatte man festgenommen, vierhundertacht unter Vorwänden in Schnellverfahren verurteilt und inhaftiert, viele zwangsausgesiedelt. Die fadenscheinigen Gründe lauteten unter anderem Steuerhinterziehung, Hortung von Lebensmitteln, illegales Einführen von Westwaren und Preisvergehen.

Erst nach der Wende bekam der überwiegende Teil der Eigentümer beziehungsweise deren Nachfahren die Hotels und Pensionen zurück. Der Einigungsvertrag sieht für die von der »Aktion Rose« Betroffenen Rückgabe vor Entschädigung vor. Dennoch sind bis heute nicht alle Fälle geklärt.

In der ehemaligen DDR gab es insgesamt drei große Enteignungswellen von privaten Gastbetrieben. Den Auftakt machte im Jahr 1950/51 Oberhof im Thüringer Wald. Es folgten die »Aktion Rose« an der Ostsee und die »Aktion Edelweiß« in den ostdeutschen Mittelgebirgen.

Im Buch wird auch auf die Enteignung jüdischer Hotel- und Pensionsbesitzer durch die Nationalsozialisten Bezug genommen. In einigen Fällen wurden die jüdischen Familien ab dem Jahr 1938 vom NS-Regime zwangsenteignet, erwarben 1945 ihr Eigentum zurück und wurden 1953 erneut enteignet. In der SBZ/DDR gab es keine umfassende Rückerstattung »arisierten« Eigentums an die jüdischen Vorbesitzer. Bis auf einige Ausnahmen blieb das Vermögen im Besitz des Staates beziehungsweise derjenigen, die in den 1930er Jahren von der Enteignung profitiert hatten.

Das Hotel Kurhaus Sellin, einstiges Hotel »Fürst Wilhelm« und späteres »Hotel Frieden«, stand an besagter Stelle am Ende der Selliner Wilhelmstraße. Sein Abriss erfolgte im Sommer 2020. Alle anderen im Roman erwähnten Geschehnisse dieses Haus betreffend sind von mir frei erfunden und erzählen exemplarisch die dunklen Kapitel der vielen wunderbaren Hotels, Pensionen und Restaurants auf der Insel Rügen und an der weiteren Ostseeküste.

Die Kriminalromane von Erfolgsautorin Julia Bruns im Überblick:

Alle Titel sind auch als eBook erhältlich.

Thüringen-Krimis

Zwei Bier und ein Mord
ISBN 978-3-95451-500-4

Im Schatten der Heidecksburg
ISBN 978-3-95451-801-2

Äpfel und Dirnen
ISBN 978-3-7408-0043-7

Thüringer Teufelswerk
ISBN 978-3-7408-0282-0

Thüringentod
ISBN 978-3-7408-0500-5

Letzter Ausstieg Thüringen
ISBN 978-3-7408-0773-3

Rügen-Krimis

Eiskalte Ostsee
ISBN 978-3-7408-0612-5

www.emons-verlag.de